Le smoking des orques

Du même auteur

L'os de Lebowski, prix littéraire 30 Millions d'amis, Philippe Rey, 2021 ; Points, 2022

Methanic, Ramsay, 2021

Springsteen-sur-Seine, Éditions Fanlac, 2019

Vincent Maillard

Le smoking des orques

roman

Philippe Rey

7, rue Rougemont – 75009 Paris
www.philippe-rey.fr

Prologue

Il y a bien longtemps, une femme, qu'on avait surnommée la putain de la République, avait menacé de publier un dossier capable de « faire sauter » ladite République. À part elle-même, elle n'a rien fait sauter du tout. Mais moi, oui. Je m'en vais le conter pas plus tard que tout de suite. Je vais imprimer ce texte en cinq exemplaires et l'envoyer à : l'AFP, Mediapart, *Le Monde*, *Le Figaro* et *Marianne*, ça suffira. Il ne faudra pas quinze jours pour que le président du Sénat devienne le président de la République par intérim, puis deux mois pour organiser de nouvelles élections présidentielles.

Orques en piscine

Ça a commencé par un petit séjour du côté de Nice, il y a cinq mois, début mai.

Je savais que ce serait le plus facile et, étrangement, le plus difficile aussi. Un billet de train pour Nice, un ticket d'entrée adulte à Océland, et je verrais des orques. J'avais préféré ne pas, dans un premier temps, me présenter comme journaliste (ce que formellement je n'étais pas, ou plus, je suis désormais réalisateur de documentaires, mais comme il est plus facile d'expliquer la différence entre la relativité générale et la relativité restreinte qu'entre le reportage et le documentaire… bref), car je savais que la direction du parc aquatique se méfiait des journalistes comme un bronchitique du covid.

Le complexe était dirigé par un couple de quarantenaires *win-win*, Alexandre et Amélie Hurst. Elle était originaire de Loire-Atlantique et lui de l'Oise, ils avaient suivi des cursus comparables en écoles de commerce de province, avaient passé deux ans aux États-Unis (dont la dernière année comme COO juniors – Chiefs Operating Officers – au Seaworld d'Orlando) où ils s'étaient rencontrés, puis acoquinés, puis accouplés, puis épousés, puis associés. Ils avaient alors été remarqués par la Young Talents Foundation of Florida et étaient revenus en France, recrutés par le Fonds d'investissement suisse propriétaire d'Océland pour le diriger. Là, en quelques années, ils s'étaient fait une place au soleil dans le mundillo des affaires niçoises, à coups de mawashi-geri en kimono Dolce & Gabbana et de couvertures étincelantes dans le supplément magazine de *Nice-Matin*. « Alexandre et Amélie Hurst, unis par la passion »… Ouais… J'avais dans l'idée que, si je les appelais, ils ne m'inviteraient pas (à l'inverse du photographe de *Nice-Matin*) à venir siroter un cocktail au bord de leur piscine afin de disserter sur les différentes manières dont le libéralisme précipitait le collapse général. Je me suis donc abstenu. D'ailleurs, pour une fois – profitons-en –, je ne faisais pas bande à part, et rejoignais le troupeau laineux et bien compact (hormis donc les chiens de berger sélectionnés de *Nice-Matin*) de mes anciens confrères : les Hurst se méfiaient de moi comme de tous les journalistes. Ça n'avait rien d'étonnant, car ces derniers avaient, faute de s'attaquer à la logique commerciale qui les générait (ce que font les réalisateurs de documentaires engagés… re-bref), des combats simples et emblématiques : les cétacés devaient nager dans la mer, et les migrants non.

J'irais donc en touriste. Je m'infiltrerais, *undercover*, derrière les lignes ennemies ; pour trente-deux euros quatre-vingt-dix centimes, et, s'il le faut, prêt à tout, je mangerais un wrap et boirais un Coca zéro.

Quand j'étais petit, je n'étais pas grand (moralement) et (donc) j'aimais les zoos. J'adorais ça. Je préférais mille fois aller au zoo de Vincennes, revoir encore et encore les zèbres aussi immobiles en vrai que sur les photos qu'on prenait d'eux en noir et blanc et à 200 Asa, ou les deux éléphants d'Afrique qui se balançaient d'une patte sur l'autre comme s'ils se gelaient les pieds en attendant un bus pour le Serengeti, qui ne viendrait jamais. Je pouvais rester des heures à fixer l'endroit du minuscule bassin d'eau noire où le phoque sortait ses moustaches tous les deux tours pour souffler sa pulvérisation métronomique. Même la panthère noire, déchirante à force d'aller et de venir dans sa cage en feulant imperceptiblement, me fascinait comme une reine de Saba. Aujourd'hui, bien sûr, je hais les zoos, comme tout le monde. C'est ça, grandir. On ne pense plus tout seul, on a appris des choses au contact des autres, des livres, on a intégré une culture, on s'est frotté aux contingences. Plus ou moins.

Eux, non. Apparemment. Ils viennent en processions ininterrompues de véhicules à pots catalytiques, ou même à moteurs hybrides, dans lesquels ils s'assemblent par groupes de trois, de quatre ou de cinq, pas plus, c'est la loi pour les berlines. Les voitures s'alignent sagement sur les parkings à perte de vue. Hors période de congés scolaires, la plupart des véhicules déversent des tout-petits, pas encore scolarisés, comme pour les baptiser dans ce temple de la vie confinée du XXIe siècle. Les adultes qui les drivent (des jeunes couples en baskets, encore fébriles mais bien glorifiés d'avoir, tels des demi-dieux, parachevé la recréation du monde par leur simple copulation – ou des jeunes retraités, des grands-parents qui s'échinent à renouer avec leurs plus belles années, celles de « quand les enfants étaient petits », mais ça ne marche qu'à moitié, c'est poussif on va dire, et pourtant ils font tout ce qu'ils peuvent, des sudokus à la chaîne et des séances de Pilates le jeudi soir, mais rien à faire, ils sont sidérés de constater que la flèche du temps les transperce eux aussi, et que ces petits qui marchent avec leurs couches-culottes tels des pingouins défoncés aux champipis leur bottent les fesses vers la sortie) déploient leurs poussettes *full option* avec allume-cigare et freins à disque et se dirigent vers les files d'accès du zoo aquatique avec la joie tranquille de qui est là où rien ne peut advenir, rien.

Pourtant ils ne sont pas idiots, et ils savent bien, eux aussi, que mettre une orque dans une piscine, c'est comme mettre une tortue de Floride dans une cuvette de WC, c'est pas très cool. Et encore, dans une piscine, y a pas de chasse d'eau, c'est sans espoir, même pas celui de l'issue vers le tout-à-l'égout. Mais c'est comme pour le reste, comme pour la flèche du temps, le déficit public, le réchauffement climatique et la QRcodisation des cerveaux humains : qu'est-ce qu'on y peut ? On va pas délivrer une orque ! Comment faire ? On va pas la mettre dans la bagnole ! On est déjà cinq, tarif spécial famille nombreuse.

Il fallut s'intégrer, vaille que vaille, au cortège coloré des pantacourts, des paréos, des casquettes et des bobs siglés par des multinationales qui avaient déniché le très répandu support publicitaire ambulant, non seulement gratuit, mais même prêt à payer : le benêt. Faute de chiens – qui étaient interdits –, la foule canalisée par des barrières métalliques de foire aux bestiaux tenait son impatience en laisse et ses enfants comme à la messe. Ils allaient voir les dauphins. Ils allaient voir les sirènes des légendes, les messagers de Neptune. Une connotation religieuse évidente imprégnait cette ferveur collante de barbe à papa, car le mythe antique avait pris cher, aujourd'hui les gens évoquaient surtout : « C'est qui qu'on va voir, Kiki ? Hein ? C'est les cousins à Flipper qu'on va voir ! », et un grand-père entonnait même la chanson de Gérard Lenormand : « Moi le gentil dauphin je n'y comprends rien », de fait. Trente-deux euros quatre-vingt-dix centimes, c'était la blinde de départ, ensuite le micheton devra être essoré jusqu'à la couture. Va falloir raquer ta race, l'ami. Peluche, petite, grande, moyenne, orque, dauphin ou tortue, quatorze euros, dix-huit euros ou vingt-quatre euros, tu suis ou tu te couches ? Un Coca, grand, petit, moyen ? Moyen : quatre euros, je vous donne le gobelet, y a un code, vous vous servez là-bas à la machine. Pipi ? OK, ça, c'est cadeau. « Gentil, le dauphin », t'avais pas bien compris, c'est ça ? Tu vas vite comprendre. J'ai fait profil bas, ma spécialité, j'ai un master 2 en anonymat appliqué, je l'ai obtenu avec la moyenne, à peine.

***

« Nice, Norvège, Alaska, ça va, tu t'emmerdes pas ! » C'est la première chose que m'avait dite John-Luc en parcourant d'un regard accablé les pages de mon dossier, au cours de notre première « réunion de travail » sur ce projet. John-Luc est le patron de la société Cubic Productions, rue du Chemin-Vert, dans le 11ᵉ arrondissement de Paris. Son bureau s'étend dans les combles aménagés de l'immeuble, au sixième étage, avec ce qu'il faut de verrières, de plantes vertes, de canapés faussement usés, de baby-foots et de flippers de collection qui étaient *trendy* dans les *working spaces* des films américains des années 1990. Est-ce que cela se faisait encore ? Va savoir, vu que les *working spaces*, désormais, se déplacent peu à peu vers les salons, les cuisines ou les salles de bains des travailleurs alvéolés à domicile pour alimenter la matrice. Donc, je disais, il a commencé par m'affirmer que le tournage en Norvège allait lui coûter un rein et celui en Alaska ses deux testicules. J'ai laissé dire. Je le connaissais. C'était mon troisième documentaire avec lui. J'avais prévu la Norvège ET l'Alaska juste pour finir par en lâcher un des deux en l'accusant d'amputer le film d'une partie essentielle et donc de le mettre en danger. Mais si je n'avais retenu que l'un des deux, je ne serais allé nulle part. Il m'aurait dit : « Tu feras jamais mieux, ni moins cher, que les *stock shots* du National Geographic, ou de Cousteau, ou de Perrin, ou de je ne sais pas qui. » Je lui ai dit : « On aura aussi besoin de ces archives. » Il a fait « Argh ! » en basculant la tête en arrière sur le dossier de son fauteuil comme s'il mourait dans un film burlesque. Je crois que John-Luc vivait une petite entaille sur le bout du doigt chaque fois qu'il achetait une baguette de pain et une opération à cœur ouvert sans anesthésie quand il devait verser un salaire. Lorsque, un peu plus tard, je lui ai dit qu'il fallait que j'aille très vite en repérage à l'Océland de la Côte d'Azur, il m'a dit : « Qu'est-ce que t'as besoin d'y aller ? Y a tout sur leur site. – Il faut que je parle aux gens, et que je sente l'ambiance », j'ai répondu. Il a insisté : « Pour parler, y a le téléphone, et si tu veux sentir les parfums de déodorants aux churros, je te paye un ticket de RER jusqu'au parc Astérix. » Il est pénible, mais il n'est pas complètement idiot, et puis, sur l'essentiel, il finit toujours par céder, il a accepté de payer ce repérage. Bien sûr, il n'a pas pu s'empêcher de commenter : « Pff ! Et ne claque pas tes frais de mission au casingue ! » Tu parles ! Au casino, avec mon look d'étudiant attardé, ou de journaliste retardé, à tous les coups je me ferais recaler.

Quoique ? Je suis du genre passe-partout, si ça se trouve, même au casino, ça passerait, sur un malentendu. Car si je suis un rien négligé, une espèce de SDF avec un domicile, je suis tout de même un clodo propre, un rockeur gentillet, un mec ni jeune ni vieux, un mec si moyen que, même dans cette foule de gens ordinaires en parc de loisirs (bien que bariolés, car les gens ordinaires se bariolent quand l'été fut venu et qu'ils ont accompli leur mue de salariés – actifs, en recherche d'emploi ou retraités – en touristes), je passais inaperçu. Parfaitement inaperçu. C'est le mot : personne ne me percevait. Personne ne me calculait. À une exception près.

J'avais filé direct dans le « Tunnel des orques » et je m'étais arrêté devant l'un des vastes hublots, à l'épaisseur proportionnée à la taille du bassin et des créatures qui l'habitaient. Le seul exempt de gnomes hurleurs et de visiteurs sac-à-dosés ou bananés, car il ne donnait sur rien d'autre qu'un vide aquatique verdâtre, étrange comme un silence à la radio. J'ai entendu un murmure de surprise à ma droite, un « Oooh ! » prolongé à la manière de personnes frappées par l'apparition d'une Vierge noire ou d'une sirène obèse. Elle est entrée dans le champ de mon hublot par la droite. Glissant sans un mouvement. Indescriptible. Un sous-marin biologique, un avatar de nonne-grenouille extraterrestre, gonflée à bloc, un rêve d'hydrodynamisme aux couleurs du yin et du yang. Et elle s'est arrêtée devant moi. Elle a basculé pour se positionner presque à la verticale et elle s'est tournée sur le côté. J'ai compris qu'elle me regardait. J'ai compris que nous nous regardions, mes yeux dans son œil, son œil dans mes yeux. Cet œil, si doux, si perçant d'intelligence, si accordé au perpétuel sourire de sa morphologie, s'est insinué en moi, dans le système nerveux, puis dans le réseau sanguin. Une sensation de chaleur électrisée a fait le tour de mon organisme, un drôle de truc. Ce ne serait pas exagéré de parler d'un micro-orgasme, mais ce serait déplacé, car c'était très différent, bien que tout aussi bouleversant. Puis, tout doucement, elle a pivoté sur elle-même, comme si elle voulait me regarder avec son autre œil, le droit, et m'envoyer une seconde décharge, mais les visiteurs bruyants et chatoyants m'avaient rejoint, avaient envahi mon espace devant ce hublot. Ils se précipitaient en fait de hublot en hublot, attirés par le déplacement silencieux des orques comme une bande de poules hirsutes galopant en caquetant derrière une remorque de tracteur fuyante de grain. J'en avais assez vu. J'ai filé.

J'ai gravi trois échelons de gradins. Ils étaient vides. Le spectacle des orques était programmé à 11 h 30, après celui des dauphins à 10 h 30, c'était marqué dans le petit dépliant coloré (tout ici était aussi coloré que dans une crèche sponsorisée par Kinder Surprise) que la caissière m'avait remis. Donc, assis là, tout seul, je devais passer pour un analphabète, ou un demeuré, ou un monomaniaque des orques, ou les trois. Pas grave. Je me posai là. Je refusais d'aller voir les dauphins exécuter leurs pitreries, leurs reprises de volée avec leur nageoire caudale pour gagner un poisson, un spectacle aussi merveilleux qu'épouvantable. Un monde enchanteur de joie enfantine, un bassin étoilé par l'écume des plongeons explosant sous le soleil, avec une cabane de rondins qui auraient pu être de pain d'épice, tout était aussi artificiel que dans une série télévisée horrifique d'*escape game*. Je refusais d'aller voir les dauphins car, à la différence des autres enfants de tous âges, je savais. Je savais que ça allait mal tourner, ce n'était pas possible autrement. Et on ne le verrait pas venir. Parce qu'un dauphin, ça a toujours l'air heureux, même quand ça ne l'est pas. Alors un jour un dauphin va avaler une grenade offensive puis bondir hors du bassin jusque dans les tribunes pour y exploser au milieu du public. Un truc comme ça.

Je suis resté ici, avec les orques. Dans les tribunes vides de public. Le bassin ressemblait davantage à une sorte de « réservoir » d'eau d'irrigation. Avec ces armatures métalliques, il avait des airs de chantier, un chantier à l'abandon.

Je distinguais les trois énormes formes noires et oblongues qui glissaient de temps à autre sous la surface. Je repérais les trois animaux : deux adultes et un juvénile. Le dépliant de l'accueil les identifiait. Il y avait Paula, mon coup de foudre, une femelle de seize ans, née en captivité, et son fils, Haka, deux ans ; et enfin le grand mâle Bulko, reconnaissable à sa nageoire dorsale complètement repliée sur le côté. Ce qui aurait dû être un soc d'acier noir dressé sur presque deux mètres n'était plus qu'une chiffe piteusement enroulée sur elle-même, telle une nouille à l'encre de seiche, signe – quoi qu'ils en disent – d'un état de santé très altéré. Le texte expliquait que Bulko avait vingt-six ans, qu'il avait été « capturé en Norvège à l'âge de quelques mois, à la suite de la mort de ses parents dans un filet de pêche ». Je savais que cette histoire était contestée par les opposants au parc. Je cherchais le grand Bulko du regard. L'épaulard orphelin sauvé des eaux, ou le bébé arraché à ses parents pour être emprisonné à vie ? Est-ce que j'imaginais, rien qu'en le voyant, pouvoir répondre à cette question ? Non. D'ailleurs, on ne le distinguait que très mal. L'eau était trouble, et la surface çà et là sclérosée de grandes plaques d'algues brunes. Je savais que la qualité de l'eau du bassin des orques était un souci majeur du parc. L'eau était très chargée, de restes de poissons morts pour commencer, car les orques les mâchent et recrachent les arêtes et la tête, ce sont des animaux extrêmement délicats, des êtres raffinés que l'on faisait nager dans leurs déjections, car on ne parvenait pas à trouver la bonne formule pour aseptiser l'eau. Les pompes étaient toujours trop faibles et les produits chlorés esquintaient le derme très fragile des grands cétacés. Donc tant pis, on les laissait mariner dans leur merde. J'ai fait quelques photos au téléobjectif des nappes algueuses en vérifiant que personne ne m'observait, surtout pas les agents en polo violet chargés, à l'entrée et à la sortie du « Domaine des orques », de gérer les flux de visiteurs. Bon, voilà. Ces images étaient du bon boulot de reporter infiltré, même si, il faut bien le reconnaître, ça n'était pas non plus une enquête révélant un secret sur le nucléaire iranien ou sur les traficotages de virus dans les laboratoires chinois. C'est comme ça. On fait ce qu'on peut. C'est du documentaire, pas de l'enquête ; c'est la forme, le film, l'émotion qui constituent ma matière première. En parlant d'émotion, pour l'heure, je me laissai gagner par un spleen vaguement nauséeux alimenté par le café refroidi dans son gobelet de carton.

Ça a bougé dans la cabane en rondins de plastique. Une jeune femme rangeait des bouées, aspergeait la plate-forme devant le bassin à grands coups de jet, puis préparait des tas d'accessoires. Elle agissait avec méthode, ses gestes étaient souples, ajustés. Cette fille préparait la représentation. Elle bossait, voilà tout. D'ailleurs, je remarquai que la surface était maintenant tranchée par le fil d'un aileron courbe et noir comme une obsidienne ruisselante dans le courant d'un torrent. Paula s'agitait. La fille de son côté poursuivait son activité comme si, c'est l'impression qu'elle me donnait, elle pensait à tout autre chose. Mais à quoi ? On se pose de drôles de questions lorsqu'on s'ennuie. À quoi pense cette fille ? Pourquoi cette question me collait-elle aux méninges comme un Malabar aux molaires ? Ce n'était pas le sujet de mon documentaire. Il ne s'agirait pas d'illustrer les états d'âme, ou les tubes de l'été, ou les listes de courses que les employés ruminent pendant leurs heures de travail. C'était peut-être une erreur d'ailleurs, ce serait sans doute plus original que le millième sujet sur le scandale des delphinariums. Oui, peut-être, mais ça n'intéresserait pas les chaînes de télévision. La télévision, les journaux, les réseaux sociaux, les gens en général ne s'intéressent pas tant que ça à l'être humain, car c'est trop compliqué, on ne comprend rien et, si on comprend, c'est pire, c'est désespérant, ça fout un bordel pas possible. Par contre, moi oui, je m'intéressais à cette fille, au point de vouloir connaître le secret de ses pensées. D'ailleurs, même pour mon repérage, elle pourrait bien représenter une source d'information précieuse, de première bourre, si je puis me permettre, car les employés repentis sont souvent les meilleurs lanceurs d'alerte. Et puis… comment dire… la fille était plutôt jolie. Jolie tout court même.

Bulko

Une impulsion. Imperceptible. Et se laisser, inlassablement, glisser, doucement avancer. Vers où ? Vers nulle part. Des heures à faire la ronde, en longues ondulations, de l'aurore au crépuscule, du crépuscule à l'aube. Obliquer à gauche, encore et encore, lover la trajectoire sur elle-même, nager, sans effort, dans le cercle du temps. Lentement ballaster, jusqu'à la surface, par l'évent souffler, l'oxygène absorber, sans même se réveiller. Dans cette demi-hypnose tout oublier, s'abandonner à l'eau, sans la perturber, sans la remuer, et sans sonder, puisque déjà voilà le fond grumeleux, le béton à frôler.

Nous tournons. Tous les trois nous tournons. Paula devant, Haka à ses côtés, moi derrière. À moins que nous ne soyons immobiles et que le reste pivote tout autour ? Économie des mouvements, manège ralenti, tournis. Comment savoir ? Seule la caresse de l'eau sur la peau huilée, fluidité silencieuse de l'horreur sans fin. Cette eau n'est pas de l'eau. Elle est de l'acide qui dissout tout.

Couler avec le sourire

À partir de 11h15, les gradins commencèrent à se remplir pour le show des orques. La foule n'était plus celle des jeunes enfants sages du jour de la rentrée, elle avait été chauffée par le spectacle des dauphins et se préparait pour le « Grand Final des orques », mais, et je ne saurais pas dire pourquoi, un malaise diffus flottait dans l'air. Ce bouquet final de la visite clochait, comme un caillou sur le gâteau ou une cerise dans la chaussure, quelque chose n'allait pas. Ou c'était moi ? La nervosité de la foule paraissait se propager en ondes magnétiques dans l'eau du bassin, et les orques avaient accéléré leurs allées et venues. Elles prenaient, en approchant de bords qui arrivaient toujours trop vite, des virages brutaux qui produisaient des remous de chasse d'eau géante. L'eau, ainsi brassée par les énormes bêtes, avait englouti les algues et les avait dissipées en une soupe indistincte. Avec ces ondes de surface, soudaines, creusées, on aurait dit que l'eau fronçait les sourcils.

La femelle adulte, Paula, pratiquait des *spy hopping*: elle émergeait sa tête de la surface à la manière d'un comédien de théâtre qui jette un œil par un trou du rideau pour contrôler le remplissage de la salle. Deux employés en combinaison néoprène, un homme et une femme, ont fait leur apparition sur la plage de béton blanche. Ils étaient équipés de micros HF et souriaient comme s'ils avaient subi une intervention chirurgicale qui leur aurait tendu les zygomatiques au taquet. Vus d'en haut, dans cet univers de peinture bleue et de petits drapeaux colorés, ils ressemblaient à deux figurines mobiles dans un jeu pour enfants. À moins qu'ils n'aient été des étudiants dont les candidatures auraient été refusées en master d'océanographie et qui se seraient reconvertis comme tout le monde dans la com', après un stage « Comment créer sa chaîne YouTube »? D'ailleurs, ça ne ratait pas, au-dessus du bassin, un écran géant diffusait des images d'orques. Des orques en liberté. On venait voir des orques en vrai, en chair et en os, évoluer dans une cuvette de cinquante mille mètres cubes d'eau, mais, parce qu'on ne sait jamais, parce qu'on ne voyait pas pourquoi il y aurait des écrans partout et pas là, où, par une espèce de perversion impensée, on montrait sur cette grande dalle numérique des fausses orques (en vidéo), mais en vraie liberté. Pour avoir les deux, c'est-à-dire de vraies orques dans leur milieu naturel, il fallait lâcher un petit billet d'avion pour le Canada ou l'Islande, plus le bateau, etc. C'était pas trente-deux euros, l'ami. C'était pas pour les ploucs. C'était pour les gens éduqués, votant souvent vert, ou pour les journalistes raccro comme moi. Bref, revenons à nos épaulards qui faisaient moutonner la surface. La femme a salué la foule et présenté les trois orques tout en déroulant un cours sur la biologie des orques pour une classe de niveau maternelle grande section. Une loi votée en 2021 exigeait des parcs aquatiques qu'ils se séparent de leurs cétacés avant 2026, mais, comme d'habitude, une échappatoire avait été discrètement aménagée : « Sauf s'ils démontraient l'utilité des études scientifiques » menées sur les animaux en question… Et puis la femme blonde en plastique insistait beaucoup, de plus en plus au fil des années (à mesure que les opposants aux parcs aquatiques se faisaient plus virulents), sur la manière dont les animaux étaient ici respectés et traités avec un maximum d'attention. Pour démontrer que ces grands prédateurs océaniques étaient ses petits chéris, elle déposait un bisou sur le front de Haka, le juvénile venu s'échouer sur la plage au moment où elle l'avait appelé par son petit nom tout en masquant le geste discret – presque indécelable – de sa main droite qui indiquait à l'animal qu'il devait adopter ce comportement, comme à chaque spectacle, deux fois par jour, jour après jour.

Ensuite, comme prévu, tout se déroula selon la mécanique millimétrée des centaines d'heures de dressage. D'abord la femelle et le juvénile bondirent alternativement, puis ensemble, puis renvoyèrent des ballons, et tout le folklore habituel de ce genre de spectacle ponctué par les « oh ! » du public tout aussi prévisibles que le reste. Lorsque Bulko, enfin, transperça la surface tel un missile intercontinental éjecté d'un sous-marin nucléaire lanceur d'engins pour se laisser retomber sur le dos, il déclencha une gerbe d'eau tsunamiesque qui explosa jusque dans les tribunes. Un délicieux frisson de surprise et de peur parcourut les moelles épinières des êtres humains assis. Seuls les plus jeunes, ceux qui ne tenaient pas encore sur leurs deux pattes arrière, calés dans leurs poussettes en position cosmonaute dans le nez de la fusée sur le pas de tir, ne réagirent pas. Ils ne pouvaient pas comprendre, ces animaux étaient trop grands pour entrer dans leurs petits cerveaux. Le spectacle avançait, de plus en plus impressionnant au fil des minutes. L'homme chevaucha Paula comme un cow-boy debout sur un cheval. Les orques étaient au turbin. Malgré l'ambiance de jeu pour enfants à taille réelle, les épaulards avalaient plusieurs harengs ou maquereaux à chaque effort fourni. Ils gagnaient leur croûte. Je les regardais, de plus en plus affligé. On n'a rien pour rien, mon pote, le capitalisme a étendu son emprise sur les plus puissants des êtres marins, réduits à bosser pour gagner leur pitance, salariés sans autre salaire que quelques kilos de poiscaille, esclaves affichant un taux de profitabilité hors du commun. Les gens applaudissaient. Ils étaient contents. Étaient-ils ravis de participer à l'engraissement des actionnaires de la Sealand Inc. (la fameuse financière d'investissement propriétaire basée en Suisse), qui se goinfraient en torturant des animaux à propos desquels la science elle-même n'écartait pas l'hypothèse qu'ils fussent plus intelligents qu'eux ?

Je souffrais. Étais-je le seul ? Peut-être pas. Peut-être même qu'une proportion non négligeable de mes congénères pensait comme moi. Sans oser le dire ni le montrer, et tous nous vivions un énorme malentendu qui persistait tant que personne ne se levait pour hurler : « Mais arrêtez, enfin ! Arrêtez ce cirque ! Laissez ces orques tranquilles et préparez leur libération. C'est une prison, une cage de torture, et elles n'ont rien fait pour mériter ça ! » Mais, bien sûr, personne n'a crié, et surtout pas moi. Je suis ici *undercover*, me répétais-je pour me dédouaner. J'observais l'assistante qui était arrivée avant les deux poupées Barbie et Ken moulées dans leur néoprène bleu fluo. Elle se tenait à l'écart, elle n'arrêtait pas, préparait des bouées, apportait les seaux de poissons, rangeait le cerceau et les ballons multicolores comme les T-shirts dans les travées, comme tout. Le multicolore finissait par être si écœurant que je me demandais même si les orques n'avaient pas décidé de leur élégant noir et blanc de smoking par pure réaction de rejet. Comme d'ailleurs cette employée, en combinaison noire, aux gestes toujours vifs, alertes, précis. Je constatais qu'elle était en permanence attentive aux mouvements des orques, comme si elle avait besoin de savoir à tout moment où elles se trouvaient et comment elles réagissaient.

Le soigneur sourieur se défit de son micro-casque et plongea avec une certaine élégance dans le bassin. Houla! Faut oser quand même. D'autant que les directives réglementaires prohibaient le travail des dresseurs dans l'eau depuis un accident mortel à Orlando en 2010, mais la pratique existait encore, la preuve. Le silence se fit dans les gradins. L'homme nagea en souplesse (j'imagine qu'on nage toujours en souplesse quand des dizaines et des dizaines de téléphones filment) jusqu'au centre du bassin et s'arrêta là. Seule sa tête sortait de l'eau, toujours souriante. Le gars vivait, au moins durant quarante minutes, dans une publicité pour dentifrice, le reste de la journée il devait se masser les maxillaires pour les détendre. Toujours est-il qu'Aquafresh-Siddhârta sortit soudain de l'eau et s'éleva dans les airs, les bras en croix, tel un saint qui rejoint le royaume des cieux. L'orque femelle, ma copine, serviable, le soulevait par la plante des pieds et le propulsait à la verticale. Elle se laissa retomber sur le dos tandis que lui s'élançait vers l'avant pour effectuer une sorte de saut de l'ange très gracieux. Ken, faut admettre, était aussi un acrobate et un plongeur remarquable. Les hommes étaient jaloux, les femmes séduites. Quel spectacle! On attendait que Ken émerge, lui et son sourire Ultra-Brite. Mais, dans l'immédiat, le temps passait et ça n'arrivait pas.

Bulko

Avaler. Calmer. Avaler. Calamar. Schlak.

Altra. Ancora.

Là. Donne. Là. Alimenter. Valse à gauche. Paula et Haka. Elles sont là.

Ont assez. Pas moi. Allez, allez, valse à droite. Où est Callico ? Malade. Pas là. Où est la balle. La balle blanc et bleu. Blanc et bleu : c'est moi, hop-là. Donne, donne. Avaler. Faim. Pas assez.

Mal. Mal. Le dos. La peau. Dol. Là-haut. Lui.

Donne. Ça résonne. Qu'est-ce qui résonne ?

Un écho. Dans l'eau ? No. Où ? Dans le cerveau. Un écho.

Au fond, poisson mort, mort de mort, je mords.

Paula. La chandelle.

Lui, ses pattes, dans l'eau. Donne. Donne.

Je l'attrape. La jambe. Donne.

Ludo sauvé des eaux

L'apnée de Ken était vraiment longue, très longue, très, très longue.

Dans les travées, ils la ramenaient moins tout à coup, les tontons blagueurs et les mamies enflammées. Hormis un bébé brailleur qui décidément n'entravait que dalle, le silence s'était fait. On avait pu voir le sourire de Barbie se crisper aux entournures et la soigneuse attentive s'approcher du bord du bassin. Finalement, ouf, on n'y croyait plus, il était ressorti, discrètement, là-bas, tout au bout à gauche, très essoufflé. Les cheveux lui tombaient sur les yeux, il ne s'est pas donné la peine de les recoiffer, il était un peu rouge et il a toussé en regagnant le bord sur lequel il a pris appui pour s'extraire de l'eau. Barbie a hésité à venir l'aider, il fallait maintenir l'illusion que tout allait bien. Au moment où il commençait à effectuer son rétablissement avec les bras, il est reparti en arrière. Dans l'eau. Aspiré comme un spaghetti dans les lèvres en cul-de-poule d'un gougnafier. Cette fois, tout le monde a compris. Pas normal. Non non. Pas normal du tout. Ken était en train de se faire bouffer. Un cri collectif s'est élevé des tribunes. La foule connaissait bien son répertoire : ça n'était plus du tout le « oh » admiratif bien modulé, c'était un « haaa ! » dans les aigus, éraillé, dissonant, qui mettait les pacemakers de quelques papys à rude épreuve. Deux types de la « sécurité » se sont avancés sur la plage du bassin, l'un parlait dans un talkie-walkie, Barbie, elle aussi, s'était approchée de l'eau qu'elle fixait, la bouche ouverte, elle ne savait vraiment pas quoi faire.

Et puis plus rien.

La surface de l'eau était en train de redevenir lisse. Les trois orques stagnaient sans doute au fond, collées au liner. Enfin, brusquement, l'eau a bougé, et Ken a refait son apparition, en coup de vent. Il a émergé de l'eau à peu près jusqu'à la taille et a parcouru cinq ou six mètres à une vitesse stupéfiante, jamais il ne s'était déplacé dans l'eau à cette allure. Ken était promené exactement comme s'il avait effectivement été une poupée de plastique secouée par un petit enfant qui jouait dans sa baignoire. Sa main droite était posée sur le bulbe frontal de Bulko dans un effort pour se tenir le plus droit possible, se maintenir hors de l'eau et pouvoir reprendre son souffle. Sa jambe droite, à la hauteur de la cuisse vraisemblablement, était coincée dans la gueule du grand mâle. Mais le plus stupéfiant était que le gars continuait de sourire ! À moins qu'un rictus de douleur puisse, chez lui, ressembler à s'y méprendre à un sourire ? Incroyable ! Le chirurgien, c'est sûr, n'y était pas allé de main morte avec ses coutures façon « l'homme qui rit » !

Enfin le tout n'a duré que deux secondes, donc on n'avait pas eu le temps de bien tout comprendre, on verrait ça plus tard, sur les images, car tous les téléphones, avides de vidéos autres que bébé mange sa glace en s'en mettant partout, filmaient la scène, tandis que des femmes posaient une main sur les yeux de leurs petits-enfants. Peut-être était-ce pour cette raison que l'homme agissait de la sorte ? « Souriez, vous êtes filmés. » Quand même, fallait des nerfs et du souffle. Il avait de nouveau disparu et je me demandais bien s'il continuait à sourire au fond. Pour ma copine Paula, la belle femelle, ou à cause des hublots peut-être ? Il pouvait très bien, irrémédiablement bloqué dans la tenaille dentue de Bulko, effectuer un passage devant l'une des ouvertures vitrées derrière laquelle un spectateur aurait été en train de filmer ! Était-il foutu d'agrémenter son sourire d'un petit coucou de la main ?

Je culpabilisais de ma cruauté cynique quand j'ai vu la fille, l'assistante à la silhouette parfaite, assise sur le rebord, placer un masque sur ses yeux et se mettre à l'eau ! Elle s'est laissée glisser, sans à-coup, puis elle a basculé en canard et on a vu ses palmes sortir de l'eau avant de s'y enfoncer en douceur. La folle ! Cette fille était captivante, mais folle. Ça n'arrangeait pas mes affaires.

Barbie courait de long en large, affolée, de temps en temps elle se penchait sur l'eau, elle y secouait sa main. Un autre type de la sécurité était arrivé avec une carabine, ou plutôt un fusil, un gros truc à seringue hypodermique, j'imagine. Un truc prévu pour les éléphants, au moins. Ça s'agitait dans tous les sens quand l'homme qui rit est miraculeusement ressorti de l'autre côté du bassin. Il a réussi à nager tant bien que mal vers une plate-forme sur laquelle il s'est hissé, cette fois en ressortant bien vite les jambes. Il est resté assis. Enfin son sourire avait disparu – on a tous nos limites. Il se tenait la jambe. De là où j'étais, très loin, je distinguais sa combinaison déchirée sur la cuisse, mais je ne voyais pas s'il était grièvement blessé. Des employés se précipitaient vers lui pour lui porter secours. Et la fille ? Où était-elle maintenant ? Est-ce que le *killer whale* l'avait lâché lui pour la saisir elle ?

Je comprenais son choix, mais n'en étais pas moins furieux. Ken passait encore, mais pas l'assistante de noir fuselée ! Qui, dans l'intervalle, était aussi devenue une héroïne. Ça aussi, ça me perturbait un peu, j'aimais bien l'idée que cette femme ne fût qu'une modeste assistante, discrète, avec le recul de ceux qui sont sur la touche, comme moi. Son statut avait changé : elle allait devenir une sainte martyre aquatique ou une demi-déesse palmée. Ce serait selon. L'un, ou l'autre. Ce fut l'autre. Elle ressortit elle aussi. Elle ressortit comme elle était entrée. En souplesse, sans faire de vagues. Non loin de la plage principale du bassin. Elle a retiré son masque, puis ses palmes, et elle s'est relevée pour s'avancer vers les autres qui venaient vers elle comme si elle avait marché sur l'eau. De son côté, elle agissait à la manière d'une baigneuse de piscine municipale qui a fini ses longueurs et regagne les vestiaires en toute tranquillité.

Mais moi non plus, je ne m'y trompais pas. Cette femme était devenue Wonderwoman. Mon petit plan, qui, si tout s'était passé normalement, aurait consisté à m'approcher d'une simple employée du parc pour lui dire : « Bonjour, je suis réalisateur de documentaires. J'aimerais bien discuter un peu avec vous. Est-ce que je peux vous inviter à prendre un café ou un verre, quelque part, quand vous aurez un moment ? », devenait un tantinet plus délicat. J'avais été journaliste. Je savais que ce qui venait de se passer allait déchaîner toute la presse européenne, et même mondiale. Une attaque, violente, un homme agressé par un monstre, puis sauvé par une femme courageuse, et, surtout, l'ensemble filmé, de partout ! Ce genre d'attaque dans des delphinariums s'était déjà produit, mais il y avait un certain temps, à une époque où les téléphones ne filmaient pas encore en HD. Là, ça allait être le rush. Les grands networks allaient lancer leurs filets pour nasser le maximum de spectateurs présents et tenter de les convaincre, un, de ne pas diffuser leurs images sur les réseaux sociaux, deux, de signer avec eux un contrat d'exclusivité. Il y aurait des fuites bien sûr. Dans une heure, des vidéos allaient faire fureur sur YouTube, mais les grandes chaînes tenteraient de capter les meilleures images et d'en détenir les droits d'exploitation…

Je savais tout cela. Et moi, j'étais là. Comme un con. Sans doute le seul homme de télévision, plus ou moins journaliste, dans le public. Qu'est-ce que j'avais filmé avec mon Canon ? Rien. D'abord, j'avais vite compris que je n'aurais rien de mieux que les téléphones des spectateurs beaucoup mieux placés que moi, mais, surtout, j'avais quitté le journalisme pour le documentaire précisément dans le but d'échapper à ça. À l'écume spectaculaire de l'actualité dénuée de sens. Au grand cirque des événements manipulés, à ces journaux télévisés et à ces chaînes d'information qui étaient à la vie et au monde ce que ces parcs aquatiques étaient aux océans : de l'esbroufe, du trucage, de la propagande et du scandale. Mais je me doutais bien que ce genre de petit argumentaire ne m'aiderait pas beaucoup quand il faudrait que je réponde à mon producteur – et aux autres – qui me demanderait : « Comment ça t'as rien filmé ? »

Le directeur du parc, en chemise blanche – j'identifiais Alexandre Hurst avec sa grande mèche qui lui faisait une visière de cheveux – avait saisi le micro et, avec une voix de pilote de ligne *low cost*, invitait les spectateurs à quitter l'enceinte des orques dans le calme. Il donna des nouvelles de l'homme attaqué. « Ludo va bien », dit-il. Ken s'appelait donc Ludo. Ludovic, j'imagine. Mais « Ludo attaqué par Bulko », ça sonnait mieux, on restait dans le thème, ludique, on passait simplement du Ken de Mattel au delphinarium en Lego. Alexandre expliqua ensuite doctement que l'*incident* (c'est le terme qu'il utilisa) était une première dans le parc et que « toutes les mesures seront prises, pour que, plus jamais, cela ne se reproduise ». Bla-bla-bla. Cet homme s'exprimait avec un calme qui confinait à l'indifférence. Il se confirmait que, en entrant dans ce parc, nous franchissions l'écran d'une production Pixar, un univers de fiction sucrée dans lequel rien de grave ne pouvait advenir, même quand quelque chose de grave survenait. Derrière Alexandre, je reconnus son épouse, Amélie. Elle n'était pas difficile à identifier, outre que les employés s'écartaient respectueusement sur son passage : qui d'autre ici aurait porté de tels escarpins avec un tailleur pantalon droit en coton-lin écru et de telles lunettes de soleil Chanel surdimensionnées ? Après s'être accroupie auprès de Ludo, elle s'était relevée pour s'approcher de sa glorieuse employée. Tout en lui parlant, Amélie Hurst posa une main diamantée sur le bras mouillé de la jeune femme sans nom qui, je crus le déceler, semblait se raidir. Elle ne regardait pas son interlocutrice, ses yeux continuaient à balayer la surface de l'eau.

On entendit une sirène d'ambulance approcher.

Les trois orques étaient de nouveau invisibles. Le bassin semblait carrément vide. L'eau redevenait impeccablement lisse. Les trois cétacés devaient être planqués au fond de la piscine, comme des enfants au fond de leur lit après une grosse, grosse bêtise. À la surface, les algues, lentement, se réaggloméraient.

La fille en néoprène noir

Hôtel Miramar à Golfe-Juan, choisi par la production : deux étoiles, un parallélépipède de béton, boîte à sommeil avec petit déjeuner inclus (jus d'orange vitriolé et croissants en plastique recyclé). Zéro surprise. La télévision est vissée en haut du mur blanc. Assis sur une chaise orange, je devais basculer la tête en arrière – à l'instar d'un enfant qui se fait sermonner par un adulte debout – pour regarder et écouter le travail des « vrais » journalistes : la logorrhée audiovisuelle de l'événement de la journée. Même les journaux de 20 heures avaient ouvert leur édition avec ce sujet, juste après les titres de l'actualité politique, économique et internationale. Les présentateurs précisaient toutefois, comme pour se faire pardonner par avance leur petite putasserie coutumière : « Mais avant de développer tous ces titres, ces images qui nous sont parvenues aujourd'hui du parc aquatique de la Côte d'Azur, où un soigneur s'est fait attaquer par un orque… » Suivait une succession de plans plus ou moins tremblés de ce brave Ludo en train de faire le nonosse en plastoc dans la gueule de Bulko, un coup à droite, un coup à gauche. Ça, c'est de l'image ! Ils peuvent tous aller se rhabiller, les reporters cameramen. Désormais, ceux qui sont sur le coup, c'est les papys en pantacourt avec leurs téléphones qu'ils savent dégainer, mon vieux, comme des cow-boys du XXIe siècle. C'est ainsi que, sur toutes les chaînes d'info en continu, Ludo continuait inlassablement à faire l'essuie-glace. Certaines avaient « zoomé » les images pour que l'on distingue mieux son expression malgré la pixellisation, ce drôle de sourire, façon emoji « ça craint ». Je zappais, je zappais. Sur France 3-Provence-Alpes-Côte d'Azur, une journaliste était devant l'entrée du parc pour donner « les derniers éléments sur place ». Donner les dernières nouvelles d'un événement achevé depuis des heures, depuis un endroit où on en savait moins que devant n'importe quel ordinateur, imposait aux journalistes des qualités de remplissage du vide par le vide qui suscitaient mon admiration. Celle-ci expliquait ainsi que, « aux dernières nouvelles, les animaux étaient toujours dans leur bassin ». Non ? Bulko n'avait pas été menotté et engouffré dans une voiture de police en lui tenant la tête pour qu'il ne se cogne pas ? Comme toujours devant la télé, mon cerveau s'était mis en mode veille, quand mon téléphone a sonné.

John-Luc, mon producteur.

– Pourquoi tu me rappelles pas ?

– J'allais le faire.

– T'as des trucs ?

– Quels trucs ?

– Merde, Sébastien ! Tu te fous de ma gueule ? T'es sur un documentaire où il se passe un bordel qui fait la une de toutes les télés du monde et tu me demandes de quoi je te parle ?

– Bah oui. Je te raconterai. C'était tout à fait impressionnant, le pauvre mec, il a vraiment eu chaud. Toute cette affaire va sans doute infléchir notre film, pour l'instant je ne sais pas trop dans quelle direction. Il faut y réfléchir, et travailler. J'ai quelques pistes.

– Et des images ?

– Quoi des images ? Y en a partout.

– Mais toi, t'as filmé ?

– Non.

– Putain, mais t'es con ! T'es cameraman, non ?

– J'étais pas au bon endroit.

– Putain !

– Qu'est-ce que ça peut foutre ?

– Ça peut foutre que ce sont des images en or. T'es con ou quoi ? Réfléchis, merde ! Des images pro sur un truc pareil, c'est de la balle ! Ça se vend ! Ou bien c'est un argument de vente pour ton film. Genre « avec des images exclusives de l'accident du parc Océland ! ». Tu me facilites pas la vie, merde !

Je n'ai rien répondu. Je me suis fugitivement demandé si, en effet, je n'étais pas le pire documentariste vivant sur terre. J'ai piteusement tenté :

– Je n'étais pas en tournage. J'étais en repérage, et déguisé en touriste.

– Justement, les touristes, eux, ils filment…

– C'est pour ça. D'ailleurs c'est ça que je voulais te dire. Il faut tout récupérer. Le maximum d'images.

– Comment veux-tu que je fasse, c'est toi qui es là-bas !

– Récupère tout auprès des agences, hors diffusion, ça coûte que dalle.

– Tu crois ça, toi ! Tu fais chier, merde ! Bon, sinon, t'es OK pour répondre à une interview ?

– Quoi ?

– Info-TV veut t'interviewer.

– Mais pourquoi ?

– Pourquoi ! Mais arrête, enfin ! T'es le seul journaliste qui a assisté au truc ! Réponds à cette interview et toutes les chaînes du monde te voudront !

– Je ne suis pas journaliste.

– Ne joue pas sur les mots, personne ne fait la différence.

– Non.

– Non quoi ?

– Je refuse.

– Pourquoi ?

– Parce que j'ai rien à dire.

– Les émissions seraient vides, on aurait une mire avec de la musique classique toute la journée si on devait n'interviewer que les gens qui ont des trucs à dire.

– Justement, je ne fais pas ça.

– Que tu te tires une balle dans le pied, Seb, c'est ton problème. Mon problème à moi, c'est que sous ton pied y a le mien. T'es en train de saborder notre film. Je vais réfléchir à ce que je vais faire sur ce projet, parce que je n'ai pas l'intention de me laisser couler avec toi.

Il a raccroché. Sans un salut, sans rien. Il voulait se faire passer pour un producteur enflammé qui avait joué jusqu'à sa chemise pour mon film. Il n'avait, comme tous les autres, pas mis un centime dans ce projet. Il n'annulerait rien du tout, il ne pouvait pas. Il avait touché un budget de développement de la part de la chaîne, plus les aides du CNC et de la Procirep, des paquets d'argent public qui, cumulés à tous ses autres projets, assuraient son salaire, son loyer, l'entretien de sa piscine dans le Var et sa passion pour les vieux flippers (les billards électroniques, pas les dauphins du feuilleton des années 1970) ; ensuite, ensuite seulement, un peu de cet argent avait servi à payer mon billet de train pour Nice en seconde classe, et une chambre dans cet hôtel aussi prévisible et désolant que cet échange téléphonique.

Malgré tout, ma petite médaille d'or de champion du monde toutes catégories confondues de ratage de scoop continuait à pendouiller sur ma poitrine. J'ai réfléchi pour de bon. Pas moyen d'échapper aux grosses ficelles du « Guide du scénario pour les nuls » : l'attaque de Bulko ne pouvait pas être autre chose que soit le climax, soit l'événement déclencheur de mon histoire. Il allait falloir être malin, je ne pouvais pas être nul en tout.

Mais le joint n'était pas facile à trouver. C'était un peu comme… je ne sais pas… obliger Arnaud Desplechin à donner le premier rôle de son prochain film à Jean-Claude Van Damme, ou bien essayer de convaincre Alain Badiou d'être candidat à *The Voice* : c'était pas gagné. Mon projet de départ était frontalement opposé à ce genre d'actualité clinquante, il s'agissait de proposer un « hymne à l'harmonie holistique du vivant » (dans mon dossier, j'avais écrit ça, pour dire). J'avais choisi l'exemple des orques et des océans pour leur dimension digne du Cinémascope (et pour caresser dans le sens du poil les conseillers de programmes de la télévision qui, à force de se mettre à la place des téléspectateurs qu'ils considéraient comme des personnes à l'intelligence d'un enfant de sept ans, avaient fini, eux aussi, par redescendre à ce niveau de réflexion), mais j'aurais très bien pu, pour illustrer mon propos, choisir les poissons-chats de la Seine. En termes de frais de mission, John-Luc aurait été ravi, et la probabilité de tomber sur un scoop mondial était – ou alors… mais alors vraiment !… – moins évidente.

Bref, j'ai tourné le problème dans tous les sens et je n'ai entrevu qu'une seule issue possible pour m'aider à avancer. J'avais beau me répéter que mes raisonnements étaient peut-être biaisés par une attirance suspecte (vis-à-vis de laquelle je concluais que ces choses mystérieuses, ces impressions irrationnelles, si trompeuses pour un journaliste, étaient la meilleure des boussoles pour un réalisateur), je me résolvais à me fier au fléchage de mes pensées qui, toutes, convergeaient vers la fille en néoprène noir.

La sirène héroïque.

Qu'avait-elle fabriqué sous l'eau ? Comment avait-elle convaincu le gros balèze de lâcher son pantin rigolard ? Cette fille avait dû faire un stage GIGN de négociation / libération d'otages, on aurait dû l'envoyer à Kiev en 2022 pour dealer avec Poutine. Je m'égarais. Je devais la rencontrer.

Le poids du défi m'écrasa sur ma petite chaise orange, accoudé à la petite tablette vissée au mur, sous la petite télé de ma petite chambre. Il ne m'avait pas échappé que cette fille, que l'on voyait se mettre à l'eau dans tous les reportages, restait cachée. Des tas de touristes avaient témoigné devant les caméras du courage dont cette femme avait fait preuve, mais elle, elle ne se montrait pas. Comme moi. Quelque chose nous rassemblait, me dis-je, et comme je croisais mon regard dans l'étroit rectangle de glace qui faisait office de miroir, j'y ajoutais un petit sourire à la Clark Gable, ces trucs ridicules qu'on ne s'autorise que lorsqu'on est bien seul, car, à la petite différence de Wonderwoman, je n'étais sollicité que par un canal secondaire de la Firme audiovisuelle – pour qui j'étais, accessoirement, censé réaliser un film sur le sujet –, tandis qu'elle l'était par tous les médias nationaux et internationaux. Bref. Pour la choper, j'allais juste devoir être meilleur que tous les autres, tous ; après avoir été, à peine quelques heures plus tôt, le pire.

Attika

Froid. Frost. Kald. Eaux glacées. Fjord noir. Arctique. Jour à bloc. Pas de phoques. Débusquer les calamars. Plus loin, plus lourd, plus dur, plus profond. Ténèbres. Malgré le soleil. Noir des grands fonds. Le monde en sons. Clics. Sifflets. Chants des baleines et grondement sourd d'un moteur, tout très loin. Sons granulés après leur rebond sur le sable. Sable. Rien. Échos plats, ondulés. En ligne, toute la famille. Quatorze orques. Formation de chasse. Dans le noir. Plus de taches blanches visibles. Seulement leurs formes dessinées par le sonar cérébral. Quatorze orques. Poussant devant elles une vague de sons. Sculpture de l'eau. Cartographie sous-marine. 3D glacée. Moi, la matriarche. En pointe de la ligne devenue une flèche. Pousser ; pousser sur la caudale. Vingt nœuds. Plus. Les trois juvéniles, instables. Là. Sur la gauche. Et là. Juste à côté. Deux calamars. Deux géants. Un plus gros que l'autre. Attaquer. Le moins énorme. Il fuit, soulève du sable. Crache de l'encre. Noir sur noir. Pas grave. Sans espoir. Mais attention. Plus grand que prévu. Tentacule dangereux. Peut blesser, voire étouffer. Par le haut. Mordre. Avant de percuter la base de la tête, broyer l'influx nerveux. Accélérer. Choper. Ses sons sont maintenant désordonnés, affolés. Passer au-dessus. Soudain.

Il bifurque. À gauche. Judu, à toi ! Le jeune mâle. A mordu deux tentacules, les autres l'enserrent. Palanquée de boas marins ; vite, la nuque, je clampe, j'écrase, je démédule, je tue.

Manger ensuite.

Partager.

Sur le *Flo-ter*

Le lendemain matin, après avoir fait la queue pour soutirer un café à la bonbonne d'aluminium de buffet (un breuvage délivré à une température proche de la fusion nucléaire solaire qui nécessitait alors, de nouveau, pour ne pas s'incendier la langue, beaucoup de patience avant de révéler son goût : un mélange étrange de Viandox caféiné aux extraits de pneu brûlé), j'ai pu constater que, comme dans tous les lieux de rassemblement des nouveaux fidèles de la modernité décérébrée, l'écran géant accomplissait son office de moine lecteur au réfectoire, délivrant la parole des évangiles selon saint Wall Street. Même avec un volume du son réglé assez bas, les petits-déjeuneurs écoutaient et regardaient, parachevant leur dévotion en égrainant leur chapelet de posts et de tweets sur leur missel Apple ou Samsung.

Tout tournait encore autour de l'attaque du parc. L'affaire, ça va de soi, avait déclenché un ouragan de réactions qui convergeaient vers une prise de conscience collective du scandale que constituait l'enfermement d'orques et de dauphins dans les bassins touristiques. Même si, dans le détail, les commentaires de la rue ressemblaient plutôt à : « Ah bah l'machin il a pété les plombs là ! Il est remonté sur ses gonds hein c'est sûr hein ! », voire : « Moi j'aurais été le r'quin ou chais pas quoi là p'tain j'y aurais bouffé la gueule à c't'enculé » ; malgré tout, pour une fois, la tendance était plutôt constructive. Bulko avait, en une minute, fait plus que toutes les mobilisations, pétitions, protestations et manifestations des anti-delphinariums depuis des lustres.

À une table près de la fenêtre, une famille Ricoré engloutissait en silence des céréales sursucrées en ignorant l'actualité ressassée. Les deux enfants eux-mêmes paraissaient s'ennuyer comme des représentants de commerce à deux ans de la retraite. Aux profils bas des parents, j'ai été persuadé qu'ils détenaient en loucedé des tickets pour l'Océland (soit imprimés et soigneusement pliés dans leurs bananes, soit électroniques et soigneusement enregistrés dans leurs téléphones). C'est sûr que, pour eux, c'était pas de veine. Les visiteurs d'aujourd'hui n'auraient non seulement droit ni au spectacle ni à la visite du bassin des orques (que la direction avait interdit au public), mais en plus, l'ambiance barbe à papa-qui-sait-faire-des-prout-avec-le-bras risquait d'être un poil déplacée. Avant l'attaque, on pouvait encore laisser sa conscience faire une petite godille entre : « Moi, je suis tout de même un peu gêné par l'enfermement de ces animaux, on les préférerait en liberté » et : « Mais ils sont là ils sont là, qu'est-ce que tu veux, ça fait plaisir aux gamins, et puis, bon, ils en auront vu, ça participe de la sensibilisation. » Sensibilisation à quoi ? On ne savait pas très bien, mais, bon, le flou pouvait justement aider à slalomer entre les contradictions. Hier, ça passait crème, aujourd'hui, ça devenait plus chaud. C'était compliqué d'applaudir les pirouettes des dauphins pendant qu'à l'extérieur le monde entier hurlait contre cette maltraitance. À trente-deux euros quatre-vingt-dix la place, ça faisait chier quand même. Ne pas les utiliser… ça faisait chérot la tranquillité de conscience, et puis : « Qu'est-ce qu'on va foutre si on n'y va pas ? » Pire que d'endosser le costume de l'indifférence (qui était tout de même un peu serré au niveau des fesses), il y avait cette angoisse inimaginable d'une journée aussi vide que le bleu du ciel. En réalité, aucune de ces réflexions n'eut lieu dans les cerveaux de ce jeune couple. Ils iraient au parc, point barre. / C'est pas tous les jours qu'on a un ticket d'entrée pour être au cœur de l'actualité, pour visiter l'endroit dans lequel même les caméras de télévision étaient interdites. Ils traverseraient l'écran de BFM. Ils iraient, avec les mômes. Ils auraient un truc à raconter durant des années, ils pourraient dire : « On y était le lendemain de l'accident. » Crois-moi, ils n'allaient pas rater cette occase.

***

À 9 h 30, j'ai sauté dans ma petite Fiat de location et j'ai roulé jusqu'à Saint-Laurent-du-Var. Jusqu'au port de plaisance. Parking payant, marche à pied jusqu'au quai numéro 32, jusqu'au bateau de Flo. Le *Flo-ter*, un vieux voilier en composite tanké à quai à l'instar d'un résident consigné dans sa chambre d'Ehpad. Flo était la porte-parole de l'association FreeCetaceans-France, et je la connaissais bien. Mieux que la meute des journalistes qui la harcelait sans doute depuis hier (hé, hé ! j'ai mon petit réseau, coco…). Je l'ai aperçue en descendant la passerelle métallique : elle était sur le pont de son bateau, elle parlait dans l'oreillette de son téléphone. Quand elle m'a vu, elle a soufflé. Un soupir d'exaspération. OK, d'accord, ça commençait bien.

J'ai grimpé à bord de son rafiot en ôtant mes chaussures. Les babas qui vivent sur l'eau cultivaient sur cet aspect la même maniaquerie sourcilleuse que les femmes au foyer des années 1960 chez lesquelles il fallait, dès le seuil franchi, « prendre les patins ». Elle s'est avancée vers moi, m'a collé une bise fugitive en mettant sa bouche sur le côté et en me faisant un signe de la main, un V avec l'index et le majeur. J'ai cru qu'elle me signifiait une victoire quelconque, Flo était toujours très positive, mais non, elle voulait dire : « Deux minutes », laisse-moi deux minutes. Je me suis dit : bon ça va aller, je tiens une bonne gâche avec Flo. Après tout, ce contact avait été l'un des arguments qui m'avaient convaincu de me lancer dans cette aventure. Je la connaissais depuis l'école de journalisme, nous nous étions alors croisés durant deux années (dix ans plus tôt) sans beaucoup plus d'interactions que des voisins de palier. Peut-être un slow ou deux au cours de ces fêtes étudiantes où on fait n'importe quoi avec n'importe qui (ce que l'on ne fait guère avec son voisin de palier).

J'ai regardé l'alignement des bateaux, sorte de HLM horizontal et flottant à loyers pas du tout modérés, j'ai écouté le cliquetis des drisses et les criailleries des goélands. Flo faisait les cent pas, disons plutôt les trois pas, sur le pont. Elle vivait ce matin-là une vie d'avocate de Manhattan surbookée, ce qui n'arrivait pas tous les jours, elle en profitait à fond. Après les deux minutes, presque cinq en réalité, elle coupa son téléphone et m'entraîna pour descendre par le roof jusqu'au minuscule carré où elle m'offrit du café. J'acceptai volontiers. Après ce que j'avais avalé à l'hôtel, je pouvais tout supporter. L'endroit était si exigu et encombré que même un petit slow n'était guère envisageable. D'ailleurs, personne ne l'envisageait. Surtout pas Flo qui, tout en préparant un café dans une cafetière italienne, parlait sans arrêt avec cette énergie propre à ceux qui possèdent une cause, et la bonne. Je me suis souvent demandé comment ces gens avaient choisi leur « cause ». Sachant qu'on ne peut pas tout défendre, qu'on ne peut pas s'occuper de tout, faut bien faire un choix. Mais comment ce choix s'opère-t-il ? Par hasard, à la suite d'une série de contingences, ou bien après un examen minutieux et un raisonnement circonstancié ? Mystère. Seule certitude, une fois ce choix arrêté, alors là, mon pote, ils s'y cramponnent mordicus, tu ne les feras pas plus changer de cause que tu ne réussiras, par le seul pouvoir de la rhétorique, à convaincre une moule de changer de rocher.

– Tu te rends compte, disait-elle, presque exaltée, depuis le temps qu'on les avertit ! Putain, il l'a échappé belle, Ludo ! Le pauvre !

– Tu le connaissais ?

– Oui, enfin… un peu… En tout cas, ce qu'il faisait était vraiment débile. C'est ce que je disais à l'instant au mec de M6, tu prends le top prédateur de tous les océans, un mâle comme Bulko, qui explose un grand requin blanc pour son petit déjeuner ; tu l'enfermes, tu le rends fou, et après tu fais joujou avec lui, avoue, faut être con. En plus, c'est pas la première fois, tu le sais bien.

Oui, je savais. Ce genre d'attaque s'était déjà produite aux États-Unis et en Chine, et avait donné lieu à un documentaire coproduit par CNN, ce qui compliquait encore mon problème. Elle n'avait pas besoin de retourner ce couteau-là.

– Bon, pour nous, c'est une aubaine. Ludo s'en sort bien et on a une occasion unique de lever un mouvement d'opinion tel qu'ils ne pourront plus faire autrement que de céder sur toute la ligne.

L'objectif de Flo et de ses amis était d'obtenir que les trois orques, les deux adultes et l'adolescent, soient relâchées dans des zones dédiées, fermées et protégées (car elles n'étaient plus capables de vivre par elles-mêmes dans l'océan), qui existaient notamment au Canada ou en Nouvelle-Zélande. Elle m'a servi du café. Un nectar, par comparaison. Derrière Flo, par une porte entrouverte, j'ai aperçu la couchette à l'avant du bateau, avec un matelas en triangle encombré d'un tas d'oreillers et de couettes. Je me suis demandé si Flo dormait seule là-dedans. Avant que l'odeur du café envahisse la cabine, il m'avait semblé percevoir une odeur légère mais troublante, une odeur de femme. Je me suis demandé si je ne me retrouvais pas là, à deux mètres de ce lit, dans une situation aussi – voire plus – intime qu'en dansant un slow. Mais sans être saoul, donc dans un mood moins fluide on va dire.

Flo parlait sans interruption. Pour faire diversion, je lui ai demandé des infos sur la partenaire de Ken/Ludo, la Barbie blonde. Flo l'a expédiée comme aucun homme n'aurait plus le droit de le faire, en me disant très simplement : « C'est une conne, une pétasse qui fait la propagande de la direction. » À l'appui de cette analyse, elle m'a fait visionner sur son téléphone un extrait d'interview de Barbie sur une chaîne d'info en continu : la fille disait (avec son sourire blondiné et son accent du Sud gommé au mieux et remplacé par une tentative d'imitation du tic médiatique des Parisiennes, cette manIÈRE très particulIÈRE de prononcer les « ÈRE ») que l'incident était incompréhensible, que Bulko avait sans doute voulu jouer, que le parc avait fait des efforts remarquables ces dernIÈRES années, que les orques étaient en pleine santé et heureuses d'être là ! « Amélie et Alexandre, je veux dire la direction du parc, sont TRÈS sensibilisés sur la question. » Eh bien, en voilà une au moins dont on comprenait vite qu'elle n'avait pas l'intention de rester soigneuse toute sa vie. Bon, l'enchaînement était logique, donc j'ai enchaîné :

– Et la fille qui s'est mise à l'eau, tu la connais ?

Flo a fini sa tasse de café, elle a posé son menton sur sa main avec un petit sourire en biais. Son téléphone a vibré. Elle l'a regardé, a levé les yeux vers moi, m'a de nouveau adressé un petit signe et a décroché en se levant de la banquette. Ça y est, elle m'énervait. Ça me revenait maintenant : à l'école aussi, elle m'énervait. Mais pas de problème. J'ai patienté encore. À la chasse, aux infos comme au reste, la patience est de mise. Sur plein de projets, j'avais été si patient que j'avais fini par les oublier, ce qui était aussi une bonne façon de les parachever. Peut-être que ce film-là rejoindrait toutes ces idées géniales enfouies dans des dossiers immatériels, dans les lignes de codes d'un disque dur lui-même oublié au fond d'un tiroir. Des films rêvés, évanescents, d'une cohésion pure et parfaite pour n'avoir jamais été entachés par une quelconque image visible. J'entendais Flo parler de manière familière à son interlocuteur. Sans doute un, ou une, camarade de FreeCetaceans. J'avais rencontré certains d'entre eux. Pour l'essentiel, ils se distribuaient sur un nuancier allant des simples « fans de Brigitte Bardot » jusqu'à certains spécialistes émérites, en passant par tous les « mystiques adorateurs des dauphins, anges des océans ».

Flo a fini par raccrocher après un temps qui m'a paru correspondre peu ou prou à celui de la mise en attente d'un service de réclamations quelconque – « Nous allons donner suite à votre appel » –, à vous donner des envies de meurtre. Elle a fini par revenir à moi en disant :

– Tout le monde me harcèle avec cette meuf.

– Je ne suis pas tout le monde.

– Ah bon ?

Pourquoi disait-elle ça ? Signifiait-elle que je devais séance tenante lui prouver quelque chose ? Mais quoi ? Lui déclamer quelques vers que j'eusse écrits à son intention ? « Ô Flo ! Si ardente qu'à te frôler mon âme s'est brûlée. » Que je l'explose au bras de fer (elle était assez costaude) ou que je me jette sur elle pour l'embrasser à pleine bouche avec passion ? Je me suis contenté d'un :

– Arrête. Allez, aide-moi, putain ! Sinon à quoi ça sert les potes de promo ?

Elle m'a passé à la moulinette des questions sur mon projet, je lui ai dit qu'elle serait remerciée au générique, ça ne suffisait pas, je lui ai promis que si le budget le permettait, elle serait associée comme conseillère et, peut-être, rémunérée, ce qui était une hypothèse moins probable que Philippe Poutou nommé à la tête du FMI. Enfin elle a fini par me dire que cette fille s'appelait May.

– May comment ?

– Doucement, doucement ! Pour l'instant, je ne te donne ni nom ni adresse, cette fille travaille pour nous. *Undercover.*

– OK…

J'ai prononcé mon « OK » avec un étonnement surjoué, pour l'amadouer. Parce que fallait pas non plus exagérer, elle ne m'annonçait pas que Philippe Poutou, faute de FMI, était non seulement secrètement marié à Roselyne Bachelot, ce qui collait bien avec son petit sourire moustache de Julot-casse-croûte, mais qu'en plus il la trompait honteusement avec Valérie Pécresse, qu'il surnommait « ma petite valoche ».

– Parle-moi de cette nana.

– Sa mère est américaine, son père est né au Chili et naturalisé français. Elle, elle est née à Portland. Elle est venue en France pour terminer des études d'océanographie, qu'elle n'a jamais achevées, c'est une fille un peu insaisissable…

« Insaisissable ». Parle pour toi, Flo. Insaisissable pour une fille aussi prévisible que toi. Mais moi, j'appartiens à cette trempe des « insaisissables ». D'ailleurs je ne me saisis pas bien moi-même… Ensuite elle a continué à me saouler avec toutes leurs initiatives et le fait que les informations de May étaient de la bombe pour toutes leurs actions de communication, et même pour leurs recours devant la justice.

– Je peux la rencontrer ?

– Non.

J'ai fait un geste d'impuissance en écartant les bras pour lui dire : « Mais Flo ! Je fais un film, j'ai besoin de matérialité. » Elle a rouvert une porte :

– Je vais lui demander si elle accepte de te parler.

– OK. Tu vas faire ma pub, hein ?

Elle a fait un drôle de truc avec sa bouche.

– C'est-à-dire ? Je vais lui dire que t'es un beau gosse ?

Je ne savais pas mesurer son degré d'ironie. Est-ce que je devais revenir à mes pensées de bascule sauvage sur la couchette ? Je n'avais pas du tout le cœur à ça, je suis resté en régime *professionnal cruising* :

– Dis-lui juste que mon projet est sérieux, que je ne suis pas journaliste mais réalisateur, que donc le film est engagé, et que je suis dans votre camp.

– Hum… Je vais l'appeler.

– Maintenant ?

– Dans la journée, je te tiens au courant.

– Merci.

J'ai abandonné Flo en lui déposant une bise sur chacune de ses bonnes joues bien soufflées aux céréales bio.

Bulko

Où ? Seul. Bassin d'isolement. Béton vert.
Tourner, retourner, respirer, dormir à demi, oublier.
Oublier l'irritation. Du chlore. Du chlore vert.
Des évaporations qui brûlent, l'évent, les bronches, les poumons.
De l'eau si dure qu'elle râpe, qu'elle accroche.
Cercler à gauche. À droite ne peux plus, ne sais plus.
Béton vert. Reflet du néon. Personne.

Il n'y a pas de hasard

Retour dans ma chambre de reporter falot, de loser d'en haut.

J'ai allumé mon ordinateur, j'ai pris DuckDuck dans la main gauche et Google dans la main droite, et j'ai dit : allez, les gars ! On y croit ! On va se la dénicher, la petite May. Tu parles ! Ça n'a pas traîné, il y avait déjà des articles sur elle un peu partout. J'étais complètement à la ramasse, ils allaient me mettre un tour si ça continuait. Décidément j'avais tout perdu de mes réflexes de journaliste. Plus de contacts dans les agences, les rédactions locales, ni à la police ni dans les hôpitaux pour avoir des nouvelles de Ludo, je traînais à l'arrière du peloton et je me consolais plus ou moins en me répétant que je ne participais plus à cette course, que j'avais pris la tangente. Tous décrivaient une jeune employée de vingt-huit ans franco-américaine (oui, c'est bon, ça, je le sais, hé ! oh ! dis donc, j'ai mes sources quand même !), passionnée par les cétacés, « discrète et efficace », avait déclaré Amélie Hurst, la directrice, et qui tenait à préserver son anonymat, disait un journaliste de *La Provence* qui avait, semble-t-il, été le seul à lui avoir parlé au téléphone (le gars devait avoir la cote auprès de la direction du parc, ou bien, au contraire, des contacts parmi les employés). Le journaliste écrivait qu'elle parlait « d'une voix douce et posée, avec une pointe d'accent américain » (la voix d'une héroïne doublée en français), et il la citait de long en large, mais ces citations étaient toutes parfaitement insipides, les sempiternelles déclarations des gens ordinaires devenus héros d'un jour, depuis le « Je n'ai pas réfléchi, j'ai agi par réflexe » au « Je pense qu'à ma place tout le monde aurait fait la même chose » (t'as qu'à croire !). En dehors des agrandissements d'une image vidéo où l'on ne voyait qu'une silhouette noire assise au bord du bassin, tous ces articles et tous les liens Internet affichaient la même photo, ils n'avaient réussi à en trouver qu'une. Une photo d'identité. Je parierais qu'elle venait de la préfecture, sans doute du service des permis de conduire. Les photos d'identité disaient beaucoup sur notre temps de grande bascule. Depuis qu'elles étaient soumises aux contraintes anthropomorphiques exigées par les machines, elles réduisaient les visages à des portraits-robots, laissant entrevoir comment le projet consistait à terme à réduire les êtres humains eux-mêmes à des robots tout court. Bref, la photo montrait une jeune femme aux cheveux raides et plutôt courts, un visage ovale a priori assez commun, mais, de fait, quel visage ne l'est pas sur ces photos ? Car, à bien observer, un regard noir, intense, profond transperçait la glace sans tain du photomaton, tous les processus numériques jusqu'aux pixels de mon écran pour me regarder, moi, droit dans les yeux. Je repensais à l'échange de regards troublant que j'avais vécu la veille avec Paula à travers le hublot. Voilà deux fois en deux jours qu'un mammifère féminin m'ébranlait. Y avait-il un lien ? Oui. Le lien, c'était moi. Ducon. J'étais juste en train de délirer, effet secondaire de la maladie de solitude, qui m'avait même fait imaginer renverser Flo à la sauvage, la pauvre. Dans un article du *Monde*, j'apprenais que Ludovic, le soigneur au sourire Signal + Fluor actif, se remettait de blessures assez bénignes (trois côtes cassées et des entailles nettes et propres sur le flanc et la fesse). Il avait eu, affirmait un autre article du *Parisien*, « de la chance », comme disent toujours les gens frileux lorsque quelqu'un réchappe d'un accident qui aurait pu être mortel. S'ils étaient logiques jusqu'au bout, ils devraient, tous les jours, répéter à tous les gens qu'ils croisent : « Bonjour, dites-moi, vous êtes un sacré veinard ! Il ne vous est rien arrivé aujourd'hui ! Pas une égratignure, rien... Quelle chance ! »

May. May... Quel est son nom de famille ? Où habite-t-elle ? Je pourrais appeler le mec de *La Provence*. J'arriverais après tous les autres, il se ferait une joie de me bananer. Photo d'identité... Permis de conduire. Préfecture... Ça m'a rappelé que j'avais un copain dont le père était un lieutenant de police. Cet homme m'avait rendu un ou deux petits services lorsque j'étais encore journaliste. Est-ce que j'oserais le rappeler ? Est-ce que May en valait la peine ? Réponse : oui. Je l'ai appelé.

Le gars, Thierry de son prénom, a décroché, et m'a répondu gentiment. Il m'a appris qu'il était à la retraite. Aïe. Je lui ai dit qu'il n'allait sans doute pas pouvoir me rendre un petit service. « Pas pouvoir », je savais que cette formulation le titillerait. « Pas pouvoir ? Thierry pas pouvoir ? Tu vas voir si Thierry pas pouvoir ! » Enfin, en attendant, comme le mec s'emmerdait, il a suivi toute une série de méandres téléphoniques, il m'a entretenu de la santé de sa femme, d'un petit producteur de vin qu'il venait de dénicher dans le Mâconnais, et de la presse automobile, et même de Formule 1, on allait dans le détail. « Quel enculé, ce Verstappen ! Eh, dis donc, pendant que j'y pense, je vends mon Espace Renault,

Évolution, dci 160, un bijou, ça t'intéresse pas ? Enfin, si tu connais quelqu'un… » Je laissais filer tout ça, grand chasseur, patient comme le hibou, il allait le faire, il allait m'aider, sinon il m'aurait déjà dit non… Il allait se renseigner. Et, de fait, il m'a rappelé quelques heures plus tard. Bingo.

Nom : Colangelo ; prénom : May ; adresse : 5, avenue Lorenzi, Nice.

Je résume la suite immédiate qui est sans intérêt (pas la peine de ménager un suspense là où il n'y en a guère) : j'ai filé au 5 de l'avenue Lorenzi et je me suis cassé le nez à la porte d'un petit appartement sans charme. Une voisine me précisa que la « petite » l'avait quitté la veille. Il y avait d'ailleurs déjà un panneau « À louer » sur la fenêtre. OK, ça continuait. Il est où le tocard qu'arrive toujours après la bataille ? Présent.

Où était partie May ?

J'ai rappelé Flo, je lui ai dit : « Salut, Flo, t'as parlé de moi à May Colangelo ? Je sais qu'elle a quitté son appart avenue Lorenzi, dis-moi où elle est ? » Flo a dû être rassurée par le fait que, bien qu'empoté, j'avais découvert son nom et son adresse, et que j'accélérais un peu le mouvement. Elle m'a répondu : « Je ne peux pas te dire où elle vit en ce moment, mais tu peux la croiser aux Marinières à Villefranche. Elle nage souvent par là-bas le soir. » Parfait. Noté. À nous deux, May !

Je suis arrivé aux Marinières vers 18 heures et elle était déjà dans l'eau, loin. Elle traversait la baie près de la ligne de bouées jaunes des trois cents mètres. À cette distance, je n'avais aucun moyen de la reconnaître, on ne distinguait que les arabesques alternatives de ses bras qui bouclaient leurs mouvements avec la lente régularité d'une roue à aubes, et pourtant je savais que c'était elle. La lumière était chaude comme sur une terrasse de guinguette, quelque chose semblait être inscrit dans la trame du paysage, un genre de sous-titre : *Quand j'arrivai aux Marinières, je l'aperçus, crawlant déjà au large.*

Je m'étais mijoté un scénario aux petits oignons. Je me désape, je me mets à l'eau, je la rejoins progressivement et, finalement, je nage à ses côtés. Vu d'ici, nous aurions formé un couple de crawleurs souples et endurants, telles deux jeunes orques croisant près de la côte. Je préfère tout de suite vous dire que ça ne s'est pas tout à fait passé comme ça.

J'étais pourtant bien motivé. Allez, Seb ! On y va ! On est en confiance. On connaît la musique en matière de natation. (J'avais été, un peu plus jeune, un bon nageur, je connaissais les quatre nages et j'étais capable de reconnaître en May une excellente nageuse, bien allongée sur l'eau, allant chercher très loin ses appuis sans jamais se désunir.) J'étais encore presque jeune, mais bon nageur, un peu moins, apparemment. L'air était aussi chaud que la lumière, mais pas l'eau. Fouille ouille ouille, elle est gelée, putain ! C'est ainsi : on jure quand on met les deux pieds dans une eau froide où il va falloir, bon gré, mal gré, se baigner. On est furieux contre l'élément lui-même, comme s'il le faisait exprès. Enfin, j'ai dû subir le fouet, sur les mollets, sur les cuisses, le ventre. Je me suis arrêté là. Je n'ai pas eu le cran de plonger, tant pis pour le scénario, de toute façon c'était un scénario de gros naze genre *Alerte à Malibu*, je me suis immergé d'un coup en pliant les jambes. J'aurais aimé que cette immersion dans la Méditerranée célèbre mes retrouvailles avec notre berceau latin, mais ça a été *Panique en slip* plutôt que *Le Baptême d'Ulysse*. Le froid m'a pris la tête à deux mains et m'a comprimé les tempes. Tout ce qui dépassait voulait se recroqueviller vers l'intérieur, même les cheveux, même les oreilles, sans parler du reste. Je me suis décentré de moi-même, ça va, faut se calmer, on ne parle pas d'une plongée dans un trou sur la banquise, on parle d'un bain de mer en Méditerranée en mai ! Allez, go !

Je me suis lancé.

Pfouaïe aïe aïe, le froid m'a de nouveau enserré le crâne comme dans un étau d'azote liquide. Je m'y suis résigné, mais mes poumons non, mon corps voulait de l'oxygène, plus d'oxygène, j'étais obligé de mouliner en respirant tous les deux temps, et non tous les trois passages de bras ainsi que l'exige le crawl académique. J'ai parcouru quelques dizaines de mètres de manière un peu brouillonne, dans un bruit de machine à laver à vapeur, avant d'identifier une autre difficulté : je n'avais pas de lunettes étanches. C'est bien beau de se jeter à l'eau comme Tarzan, mais c'est mieux si on s'appelle Johnny Weissmuller. Si je ne sortais pas ma tête complètement de l'eau tous les dix mètres, les yeux grands ouverts, je me mettais à effectuer une boucle dans l'eau, à l'instar d'un scooter des mers dont le pilote est tombé à l'eau et qui obéit à son dispositif de sécurité. Or, chaque fois que je sortais la tête pour tenter de distinguer les bouées jaunes et/ou May, l'eau salée me coulait dans les yeux et me brûlait la cornée comme de l'acide. Le seul avantage, c'est que chaque douleur chassait la précédente : ainsi, maintenant, je ressentais les premiers élancements d'un début de crampe dans le mollet gauche, due au froid. Je réduisis mon battement de jambes à une simple oscillation d'équilibrage.

Je me suis peu à peu habitué à tout ce boxon de nage foutraque – on s'habitue à tout – et je me suis étonné de retrouver un semblant de « bonnes sensations », comme disent les sportifs. Je me suis légèrement détendu et ma glisse a enfin trouvé un peu d'efficacité. Peine perdue, car j'ai alors pris conscience d'une autre erreur de calcul dans mon plan : plus je gagnais le large, plus May s'éloignait. Elle nageait vraiment bien, son front bien rond fendait l'eau comme le bulbe d'un sous-marin en surface, une torpille d'attaque en shorty ajusté, une fusée, la miss ! Si je tentais d'accélérer, je m'essoufflais instantanément et constatais qu'à ce rythme je tiendrais cent mètres, pas plus, et puis le froid commençait à reprendre le dessus sur l'effort, il pénétrait, micron par micron, dans la chair. J'avais l'impression que l'eau s'était transformée en une écharpe de ronces qui me piquait la nuque et martyrisait ma peau jusqu'au milieu du dos. C'était mort.

On ne me verrait pas fendre les flots jusqu'à aller batifoler sur le trois-quarts arrière de May, tel un dauphin dans la vague d'étrave d'un bateau.

Encore un échec.

Un de plus dans ma besace. Est-ce que je réalisais des documentaires ? Ou est-ce que je jouais, dans le film de ma propre vie, une comédie mettant en scène un loser d'exception ? Quand j'ai compris que c'était foutu, je me suis mis à tellement piocher dans l'eau que j'ai bu deux ou trois tasses bien salées en respirant à contretemps dans le clapot. J'ai fait demi-tour et je suis rentré en repoussant les idées noires qui viennent dans ces cas-là : la crainte d'une crampe paralysante, d'une panique suffocante, voire d'une perte de conscience menant à un engloutissement dans cette masse liquide et glaciale, sans parler des requins sournois, y en a plein en Méditerranée, faut pas croire (Paula, s'il te plaît, vient m'aider, les orques sont capables d'exploser n'importe quel squale, même un grand blanc, avait dit Flo). Du calme, nager, nager, toutes les quinze secondes environ, la houle me poussait dans le dos, jusqu'à rallier le sable sauveur, jusqu'à reprendre pied et me relever avec l'air du mec qui a pris un bon petit bain, génial, c'est tonique, qu'est-ce qu'on se sent bien après – en vrai j'étais au bord de la syncope. J'étais ressorti à dache de ma serviette d'hôtel et de mes vêtements, je les ai rejoints en marchant dans les petites vaguelettes du bord. Aldo Maccione s'était transformé en une variation de Darry Cowl, tremblant comme Brel à L'Olympia et bleu comme un schtroumpf. Je me suis enroulé dans mon drap de bain blanc et j'ai essayé de me réchauffer en sautant d'un pied sur l'autre. Ça a été long, tellement long que May elle-même, après ces allers et retours sur toute la longueur de la baie, était ressortie de l'eau.

Confirmation : cette fille n'était pas un « avion de chasse » comme disent les blaireaux, c'était une femme, à mes yeux LA femme. Je ne m'étais pas trompé en l'observant au bord du bassin des orques, elle était parfaite, c'est-à-dire tout mais pas trop, élancée mais pas trop, musclée mais pas trop, féminine dans ses formes mais pas trop, parfaite pour la raison même qu'elle ne l'était pas. Elle a ôté ses palmes et s'est dirigée vers ses affaires en marchant de manière aussi naturelle que si elle était seule sur cette plage. Or elle n'était pas seule, malgré le début de soirée, il restait du monde, et pas mal de gens la mataient, les femmes franchement, les hommes en biais, dont moi.

Toujours emmailloté dans ma serviette, j'ai pris mon courage et mes vêtements à deux mains, je me suis motivé : « Elle et moi, on n'est pas des touristes, on joue dans la même cour, on nage, elle travaille avec les orques, j'ai en projet de les filmer, on se comprend. » J'ai marché vers elle. J'aurais voulu être léger comme elle, progresser façon elfe sur un tapis de feuilles mortes, mais je m'enfonçais dans le sable tel un buffle dans la mélasse, c'était pas terrible, bon, on s'en fout. Je m'approchais. Elle m'a semblé plus jeune que ces vingt-huit ans dont on m'avait parlé. Elle était assise sur un tissu coloré et elle me regardait sans expression particulière.

Des dragueurs de plage, elle en avait traité des dizaines, mais il devait y avoir quelque chose chez moi qui l'intriguait, un dragueur qui essayait de la jouer à l'envers en affichant l'allure de l'intello frigorifié. Les relous étaient prêts à tout.

Je me suis présenté, j'ai improvisé une note d'humour pas terrible.

– Bonjour… Dites-moi, mademoiselle, savez-vous que vous vous baignez dans une zone qui n'est plus surveillée après 18 heures ?

– Elle n'est plus surveillée non plus en journée. Tu sais pourquoi ?

– Non.

– Parce qu'on ne trouve plus de maîtres-nageurs, plus assez de candidats. Tu sais pourquoi ?

– Non.

– À cause des incivilités… Genre : dégage, bouffon ! Tu vois ce que je veux dire ?

OK, donc on va dire moyennement réussi comme entrée en matière. J'ai essayé de corriger le tir.

– Oui, désolé, bon, en réalité, je voulais vous parler d'un film que je réalise… un documentaire sur les orques.

Elle est restée silencieuse. Ah, merde, pire qu'un dragueur, un journaliste. Et un qui se la pète réalisateur, en plus. Je ne lui ai pas laissé le temps de me sécher une nouvelle fois, donc je jactais à flux tendu, debout, le souffle court. C'était bizarre, je lui ai demandé si je pouvais m'asseoir, elle y a consenti d'un signe de tête discret, ouf. J'ai pris place à ses côtés, ma serviette toujours sur les épaules. Elle s'était tournée vers l'horizon. J'ai ressenti une joie inattendue. Elle et moi, assis côte à côte, sur le sable, face à la mer, bercés par ce son particulier des plages, feutré par le vent et le sable, qu'elle a sectionné net :

– Bon, vas-y, je t'écoute, j'ai pas deux heures. Dès que je suis sèche, je m'en vais.

Je notai deux choses. Elle parlait en effet avec une pointe d'accent indéfinissable, vestige d'américain contrarié par l'irrépressible contagion de l'accent provençal, mais, surtout, elle me tutoyait. OK, ça me va. Elle tira ses cheveux noirs en arrière, ils étaient plutôt courts mais tenaient dans un petit élastique rouge. Elle me regarda soudain droit dans les yeux. Son regard, déjà impressionnant en photo, me fit un drôle d'effet, un genre de demi-anesthésie. J'avais lu que les orques, et les cétacés en général, dorment d'une manière stupéfiante : ils débranchent alternativement leurs hémisphères cérébraux, ils sont capables de déconnecter leur hémisphère gauche, puis le droit, notamment pour être capables de remonter à la surface et de respirer régulièrement tout en dormant. On aurait dit qu'elle avait déclenché ça chez moi, un demi-sommeil latéral, un brouillage de ma conscience. Enfin, j'en conservais suffisamment pour comprendre que cette fille n'avait peur de rien. Ça aussi, c'était confirmé. Elle n'avait pas hésité à affronter un animal marin de six tonnes sur le point de tuer un homme, fallait pas s'étonner qu'elle ne soit pas trop impressionnée par mes soixante-dix kilos, soixante-neuf et demi maintenant que j'étais sec. Était-ce à cause de mon semi-coma ? Elle me donnait l'impression d'être une fille particulièrement difficile à cerner, « insaisissable », avait dit Flo (et je m'étais gaussé intérieurement, espèce de demeuré).

Quand, bien obligé, j'ai reparlé de l'« accident » de Ludo, elle m'a dit :

– Il n'y a pas de hasard.

– C'est-à-dire ?

– Il n'y a pas de hasard.

– Tu sais quelque chose ?

– Les orques savent. Elles savent tout.

– … D'accord.

Je lui ai fait mon petit laïus en essayant d'être fin (re-hé hé, je savais – bien informé que je suis – qu'elle était un agent double) sur la problématique de l'enfermement de ces animaux dans les delphinariums. Elle m'a dit :

– Le moment où le combat contre les delphinariums a suscité le plus de mobilisation et d'adhésion, ça a été pendant le confinement, le premier, quand tout le monde était enfermé dans une bulle de béton numérisée. Là, les gens se sont sentis concernés. Et puis ils n'avaient que ça à foutre. Ensuite, ils sont repartis comme ils étaient venus.

– Comment tu qualifierais ta relation à ces animaux ?

Elle m'a adressé un petit sourire, ironique à mon avis (elle est pas un peu nase, ta question d'émission de télé pour les vieux ?), puis elle m'a répondu :

– Je fais l'infirmière. Ils sont malades.

– C'est-à-dire ?

– Comme tous les prisonniers, ils développent plein de maladies, surtout psychiatriques.

– Quels types de pathologies ?

– Écoute, si tu veux une conférence sur les orques, adresse-toi aux scientifiques, aux vétérinaires, moi, je suis une manutentionnaire, là-bas. Donc c'est bon, je vais pas te faire un cours particulier.

– OK… Dis-moi juste une chose. Comment ça s'est passé sous l'eau quand tu as plongé dans le bassin ?

– Je ne te dirai rien de plus que ce que tu as pu lire… Je n'ai rien fait de spécial, il a suffi qu'il me voie pour lâcher Ludo, c'est tout.

– Comment tu expliques ça ?

– Il y a des choses qu'on n'explique pas. Des choses qu'on vit et qu'on n'explique pas. Souvent ce sont les plus intéressantes.

Ça m'a laissé pensif une seconde, et puis j'ai essayé de rebondir intelligemment en lui expliquant que, dans le cadre de mon film, je m'intéressais à la relation des hommes et des mammifères marins comme porte d'entrée vers une interrogation encore plus large à propos de notre ré-harmonisation avec le vivant, donc à un sujet plus vaste, plus profond que les simples faits publiés par un journaliste de *La Provence*, un certain Marius Freccero. J'avais – vieux réflexe de journaliste – noté son nom et vérifié son pedigree, en fait il appartenait au service des sports du journal. OK, d'accord, je vois, Marius Freccero, le nom était plutôt marrant, mais les pages « sports » laissaient imaginer une espèce de beau gosse à l'intelligence légèrement au-dessous de la moyenne (l'étalon de l'intelligence moyenne des sociétés occidentales – accessoirement en baisse depuis pas mal d'années – étant précisément établie par le niveau des journalistes toutes rubriques confondues). J'ai balancé perfidement :

– Il devait être de permanence au desk actu ce jour-là.

– Pourquoi ?

– Parce que, en fait, c'est un journaliste du service des sports…

– Oui, et alors ?

– Bah… journaliste sportif… tu vois, c'est comme…

– Comme ?

– Je sais pas, moi… les journalistes sportifs – pourtant j'aime le sport, hein ! – sont au journalisme… disons, ce que les majorettes sont à la danse, tu vois, un truc comme ça…

Elle s'est tournée vers moi, toujours impassible. Moi, j'étais plutôt content de mon image, mais son silence m'a intrigué.

– Tu le connais, ce Marius ?

– Ouais, je peux te le présenter si tu veux, c'est mon mec.

Ah, putain, merde… Tu m'étonnes qu'il avait une bonne source, l'enfoiré.

Je lui ai dit oui, à l'occasion ce serait bien, mais je n'avais plus aucune envie de rencontrer cet animal. Fumier, va.

C'était ça, ma vie, j'étais plus ou moins dans la course, mais j'arrivais toujours avec un léger retard. Avec les orques, avec May, avec tout, je pouvais faire deuxième, mais jamais premier. Pourquoi, bordel de merde – cette nouvelle me rendait décidément vulgaire –, fallait-il toujours que je sois sur le marchepied du train ? Je pourrais carrément ne pas être concerné par ce train : voilà, il y a un train qui va de là à là, mais sans moi, et je m'en cogne, moi, je vis ma vie, une belle vie, ailleurs, à vélo par exemple. Eh bien, non. Y a pas moyen : je veux, moi aussi, aller de là à là, avec ce train et pas un autre ; et j'y suis, j'y suis presque, presque seulement. Accroché comme un con à l'extérieur du wagon. C'est comme ça dans ma vie, et dans mon métier c'est pire. Ce métier est comme un formidable spectacle, l'Histoire en marche, dans une salle grandiose, la planète, et j'ai réussi à avoir un ticket, et à rentrer. Mais en demi-tarif, tout en haut, sur un strapontin minuscule où l'on ne peut poser qu'une fesse, et devant moi y a toujours un type, un grand, qui me cache tout, qui gâche tout. J'y suis, mais c'est raté, en fait ma vie est un demi-cauchemar. Je fais de temps en temps ce petit exercice de plongée dans l'auto-apitoiement consterné, je me lance carrément dans le vide et, comme la chute est sans fin, ça se termine toujours de la même façon, je me dis : Allez, ta gueule la pleurnicheuse, pense à Kiev, pense à Kaboul, pense à un samedi chez Ikea, en vrai, tout va bien, bébé.

Je faisais des efforts que j'espérais insoupçonnés pour ne pas regarder ses jambes, et en particulier le haut de ses cuisses. Elle les tenait serrées l'une contre l'autre, et l'ensemble dessinait une ogive de chair plus enivrante qu'une amphore de vin d'été.

Paula

Bulle. Bulle d'eau. Bulle de béton. Bulle sans Bulko.
Que Haka. Lui là. Collé à moi. Juste en dessous. Comme bébé.
Ado fracassé.
Où est Bulko. Bassin mitard.
L'homme mâchouillé.
Appels. Bulko clique. Bulko KO.
Vide. Le vide.
Mes sons, en spirales dans la cage d'eau.
Folie.
Bulko pas là. L'espace pas là.
L'eau. L'air. Le sel.
Les autres. Tous les autres. Qui ? Existent ? Pourquoi ici ?
Le monde à trois. Plus que deux. Bulko plus là.
Absence. Néant. Sans lui, lui sans moi aussi.

« Un petit dîner entre amis » selon John-Luc

Je suis rentré chez moi, à Paris, en éprouvant cette récurrente sensation d'être content de regagner mes pénates, mais de n'avoir qu'une envie : repartir. J'entretenais avec John-Luc cette relation difficile de tous les réalisateurs avec leur producteur, qui devait vaguement ressembler à celle des femmes mariées d'avant 1965 : ce temps où elles n'avaient, par exemple, pas le droit de détenir un carnet de chèques, où elles consentaient à une forme d'attachement plus ou moins agréable, mais toujours lesté par une dépendance sourde et cruelle. Dès que le réalisateur, comme la femme, avait un peu de caractère, cela se terminait souvent par un divorce.

Enfin, j'étais devant la porte de son appartement, cent quarante mètres carrés, cinquième étage, balcon filant donnant sur le square du Temple. Il m'avait invité à dîner chez lui, ainsi qu'il le faisait, parfois, lorsqu'on se lançait dans un projet. Un « petit dîner entre amis » qui, lui aussi, était à moitié frelaté et avait un arrière-goût de dîner d'affaires, car rien chez lui, comme chez de plus en plus de monde, n'échappait au calcul. J'ai sonné. Il m'a ouvert la porte et m'a accueilli avec une bonhomie paternaliste incrémentée de cette sorte de fierté retenue de celui qui vient d'accomplir une action d'une générosité exceptionnelle. On aurait juré qu'il ne m'avait pas financé trois jours de repérage à Nice (je rappelle : TGV-Oui-2nde classe + hôtel Ibis), mais trois semaines dans un palace aux Seychelles, pour deux, tous frais payés, voyage sur Air France Première. Enfin, j'étais habitué.

Je lui ai tendu une bouteille de vin rosé du pays niçois que j'avais chopée au Nicolas du coin de sa rue, il l'a prise, l'a déposée en passant dans la cuisine – on ne la reverrait plus – et m'a entraîné vers le salon où m'attendait la typique petite escouade parisienne en tenue d'apéro. Capucine, sa femme, m'a souri, et son rictus valait mieux qu'une conférence d'une heure de paléoanthropologie sur l'origine du sourire : la fausse morsure. Assis sur un tabouret près d'un bar en acajou, un ami musicien de John-Luc que j'avais croisé deux ou trois fois, de ces gens que l'on pourrait croiser mille fois, saluer mille fois, bonjour, au revoir, et jamais rien de plus. Un des enfants de John-Luc, Jules, treize ans, longue mèche en travers du visage, paraissait être dans une veine « Pas de souci, je suis à l'aise avec les adultes » ; il n'en demeurait pas moins que, pour tenir son rôle, il avait besoin de se répéter : « N'oublie pas que la plupart sont beaucoup moins intelligents que toi », ce qui le rendait passablement irritant. Il y avait enfin un couple de quarantenaires si bien déguisés en cool-chic dans Saint-Germain-des-Prés qu'on les remarquait à peine. D'autant moins, appris-je assez vite, qu'ils se rongeaient les sangs d'avoir abandonné, pour la première fois, leurs deux petits à une baby-sitter ; faisant profil bas, ils se fondaient dans le décor comme des caméléons dans une boutique de sacs à main. Un décor à la fois frime et de bon goût, à la fois photos en noir et blanc signées et meubles Conrad Shop, à la fois champagne

Deutz et saucisson de l'Aveyron. À l'image de John-Luc, un peu tout à la fois, avec ses cheveux longs et blonds retenus par un serre-tête, et ses Ray-Ban à grosse monture noire, il était tellement dans son rôle qu'il ne savait plus que c'en était un.

Un jazz de bon aloi (j'ai cru reconnaître le piano de Thelonius Monk, qui permettait à toute la scène de tenir la route) se répandait dans la pièce en provenance d'une paire d'enceintes artisanales qui devait coûter pas loin de… je ne sais pas, peut-être un train d'atterrissage de Boeing ? Quand on était à la fois employé par John-Luc et invité chez lui, on avait le plaisir de découvrir à quoi servaient les manques à gagner sur nos salaires.

Capucine me servit une coupe de champagne, je comptais sur elle : avec John-Luc, j'aurais très bien pu les regarder boire et manger et repartir comme j'étais venu. Ce dernier dissertait sur la politique, ça aurait pu être autre chose, la conversation avec lui était comme un jeu : on piochait une carte (télévision, business, foot, gastronomie, géopolitique, expos, fringues, vélos, voitures, vacances, voyelle ou consonne). Il faisait pour l'heure un sermon sur l'abstention pour les élections cantonales à venir : « Cette Ve République est exténuée, pourrie jusqu'à l'os. Voter, c'est déjà lui faire trop d'honneur. » Je n'avais pas besoin de réfléchir longtemps pour comprendre qu'en effet l'abstention était assez logique pour lui, pour eux, elle leur assurait que le monde ne changerait jamais – croyaient-ils, ou espéraient-ils. En effet, le monde tel qu'il était leur convenait parfaitement. Goûte-moi ça, mon vieux, écoute ce son, bon sang ! On n'est pas bien là, Tintin ? Pourquoi changer ? (Cette dernière réflexion, bien entendu, restait non dite, officiellement on soutenait une véritable révolution, rebaptisée « transformation des mentalités », à laquelle l'élite culturelle œuvrait d'arrache-pied, processus de long terme qui avait un avantage et un inconvénient: l'avantage, c'est qu'ils pouvaient continuer, durant le truc, à en profiter à donf puisque rien ne changerait réellement; l'inconvénient, c'est que ça ne pourrait pas durer éternellement, car la planète s'apprêtait à nous péter à la gueule, eux compris, au mieux à celle de leurs enfants.) L'ami non identifié lui répondit (en parlant très vite, car non seulement il bossait dans la finance, mais en plus il restait angoissé à l'idée d'avoir abandonné ses enfants à une jeune femme qui n'était pas la sienne et qui donc, bien qu'étudiante en médecine, pourrait bien les étouffer et les mettre au four) que non, le vote, on ne pouvait pas s'asseoir dessus, des femmes et des hommes s'étaient battus pour ça et des tas de pays dans le monde, etc. Le ronron habituel.

Il ajouta:

– Souviens-toi de l'impasse dans laquelle le pays s'était fourvoyé avec l'autre… (L'homme faisait référence à l'ancien Président, l'enfant-roi-jupitérien-à-foutre, qui avait démissionné l'année passée après un vote de défiance de l'Assemblée nationale.) Avoue. Le vote a remis le pays sur les rails du bon sens.

Les Français avaient alors élu François Tomasson, un ancien routier du parti radical converti à l'« écologie constructive » et à la « politique des solutions », ses slogans de campagne. L'homme portait beau encore. Il était grand et calme, les cheveux un peu longs sur la nuque, souvenir de sa jeunesse des années 70, lui qui avait atteint ce nombre au compteur de ses années de vie. Il cachait son âge derrière ce dynamisme surjoué propre aux vieux, mais toutes ces années pesaient lourdement, comme sur le vieux peuple de France, celui qui votait encore et qui avait recherché, lui aussi, à renouer avec sa jeunesse, en élisant une chimère mêlant un Chirac aux crocs limés, moins anguleux, moins machiste, moins menteur, à un Hollande en moins chamallow et en plus écolo.

Il est vrai que la politique pouvait facilement se comparer au réglage d'un mitigeur de douche : un peu trop à droite, oups, trop froid, un peu trop à gauche, ouille, ça brûle ; finalement ça se terminait toujours par un jet parfaitement tiède.

John-Luc fut d'accord avec lui, « T'as raison, votons ! », comme s'il avait changé d'avis. En vérité, il n'avait pas changé d'avis, car d'avis, il n'avait pas vraiment. John-Luc flottait d'un avis à l'autre sans résister, l'opinion du dernier à s'être exprimé faisait toujours l'affaire, ce qui le rendait immanquablement sympathique en tête à tête.

Comme la femme du couple d'ogres politiquement corrects ayant abandonné leurs enfants dans la forêt du 6e arrondissement de Paris me lançait de temps en temps un coup d'œil horrifié, je me retenais de ne pas baisser la tête pour vérifier que je n'avais pas oublié de mettre mon pantalon. Elle me détaillait des pieds à la tête, elle me scrutait comme un douanier israélien (elle était écrivain, elle devait me scanner tranche par tranche de sorte que je lui fournisse la matière d'un personnage d'un roman en chantier, un personnage de « pauvre type », ce n'est pas facile de se représenter l'image d'un « pauvre type ». Je tombais bien sûrement… Quand on peut rendre service…). Elle semblait toutefois réellement se demander ce que je foutais là, et du coup moi aussi. Pas grave, j'avais une arme secrète. Il me suffisait de penser à May. L'image de May, assise sur cette plage, à jamais rassurante malgré la vibration du souvenir, suffisait pour que, tout à coup, cette femme perdît tout pouvoir : pfft, fini ; elle ne m'apparaissait plus que comme une mère de famille affligeante, une menace de névrose massive pour ces deux bébés qui, pendant quelques heures rue de Vaugirard, bénéficiaient d'un répit.

Jules, avec une voix de stentor-*dolby surround* ©, me demanda soudain comment ça avançait, mon « film sur les orques ». De quoi je me mêle, Mickey? Je l'ai regardé, estomaqué. Il jouait à domicile, il était le fils du patron et, apparemment, la féodalité avait changé de forme mais pas de fond, l'héritage de caste se portait bien. Je me suis reconcentré: hormis sa voix de guerrier viking sur Netflix, si ça se trouve il avait encore des posters de dauphins dans sa chambre et s'intéressait aux cétacés comme on le fait à son âge. J'ai bredouillé un truc un peu confus sur le télescopage entre notre projet de départ sur la place de l'homme dans le tissage du vivant et l'accident à Océland. Alors là, le sujet réveilla tout le monde d'un coup, comme si tous s'étaient envoyé un petit rail et que l'intro de « London Calling » avait explosé dans les silos à missiles en bois de rose de la chaîne stéréo. Tout le monde connaissait un détail, une anecdote inédite, une info, on évoqua ce « Grand couloir bleu » (un projet que le Président venait de présenter, la création d'une immense réserve marine entre la Corse et le golfe du Lion), enfin tous avaient un point de vue: « Libérez Nelson Bulko! » Moi, réalisateur d'un film sur le sujet, je n'avais rien à leur apprendre, et encore moins envie de leur donner un avis un peu décalé. Du coup j'avais un peu l'air d'un con. Mais de ça, on l'aura compris, j'avais l'habitude.

Je regardais Jules, avec sa mèche sur les yeux tel un rideau antimouches devant une porte d'épicerie à l'ancienne. Avec une coupe pareille, mon père à moi aurait été foutu de me recoiffer avec une grande baffe circulaire qui aurait bien ramené le tout vers l'arrière. Je n'appartiendrai jamais, de naissance, à ces premiers de cordée qui ouvraient une nouvelle voie, par la face nord, vers les sommets lumineux des nouvelles mentalités inclusives; d'ailleurs, John-Luc me précisa les contours de mon avenir professionnel en des termes on ne peut plus clairs: « Dépêche-toi, Sébastien, il te faut faire ton trou dans les dix ans qui viennent, et encore… Ensuite, tu seras dans l'antichambre des vieux mâles blancs de la lose, et ce sera *too late, my friend.* Il ne te restera plus qu'à changer de sexe ou de couleur de peau… Ce qui est normal après tout, le temps du partage est venu ! On s'est gavés durant pas mal de siècles, la facture est arrivée ! » « On » s'est gavés ? Mais qui, au juste ? Toi, oui. Pas moi. Toi, à mon âge, de facto t'étais déjà blindé. Pourquoi tu nous mets dans le même sac ? Pourquoi tu mets dans le même sac un fils de mécanicien, un intermittent du spectacle et un fils de chirurgien comme toi, marié à une consultante RH, à vous deux plus de vingt mille euros tranquillou par mois ? Parce qu'on est blancs ? Parce qu'on est de sexe masculin ? Y aurait pas une embrouille, là ? Juste pour savoir. J'avalai le restant de ma coupe de champagne d'un trait, merde, merde, merde, au fond ni leurs mots ni mes pensées ne m'intéressaient. Je ne voulais plus penser, je voulais nager. Avec ou sans May. Comme une orque, libre, lentement basculant, la tête monte, descend, le reste suit, ondule lourdement, à l'arrière la caudale, tel un gigantesque éventail aquatique, pousse, propulse l'ensemble avec une puissance de turbine organique, silencieuse, hormis les remous de traîne, scchhlouff.

On passa à table, avec ce mélange étrange d'anticipation des plaisirs de la bouche et de crainte d'un traquenard mondain. L'apéro servait à cela, à atténuer cette angoisse. La table était trop belle pour être honnête : un immense plateau de chêne noirci était traversé par un chemin de table coloré assorti aux fauteuils capitonnés de motifs psychédéliques, verres anciens de cristal et tout le toutim. Un tableau accroché au mur en face de moi happait mon attention, une reproduction de Modigliani, une femme au visage allongé qui me rappelait un peu May. Un doute me saisit : et si c'était un authentique Modigliani ? Je me demandai si c'était possible, si John-Luc et Capucine appartenaient à cette frange ultra-riche, ou bien s'ils n'étaient que riches.

– Tu m'écoutes, Seb ?

– Oui… Non… Pardon ?

– Tu veux du blanc ?

– Oui, merci.

Il me servit, et je me demandai pourquoi il n'avait pas posé cette question aux autres, mais je me doutais bien que mon statut de salarié pouvait bien avoir à voir. Est-ce que chaque verre que j'avalerais chez lui serait déduit de mes frais de mission ? Il ne pouvait certes pas se comporter en rat avec ses amis autant qu'avec moi, et encore moins avec sa femme ou avec son fils : « Tu choisis, mon garçon, c'est soit des yaourts aux fruits, soit le coiffeur. » La conversation rebondissait d'un sujet à l'autre, crise climatique, crise financière, crise énergétique, crise migratoire, crise internationale ou crise de foie, il y avait autour de la table suffisamment de spécialistes-médecins-diplomates-etc. pour tout résoudre, il aurait fallu faire de ce petit repas un *shadow cabinet* de toute urgence. Même Jules, semblait-il, à entendre ses déclarations définitives, toujours énoncées avec sa voix de Baroin rajeuni, pouvait aider à résoudre la prolifération nucléaire ou la fonte des glaces en Antarctique. Après quelques verres, une fois que toutes les portes déjà grandes ouvertes furent enfoncées, tout le monde les traversa en sifflotant, le plus amusant restait John-Luc, qui donnait chaque fois des coups de pied dans le vide en les franchissant, un coup dans un sens, un coup dans l'autre.

L'écrivaine déclara : « Il n'y a plus rien à espérer, le QI est en chute libre, le numérique a anéanti toute notion d'effort intellectuel, c'est atterrant ! » John-Luc ajouta : « Oui, du coup la notion même de démocratie devient problématique. Comment donner le pouvoir à un peuple idiot ? » Puis, un verre plus tard, quand sa femme affirma : « Le numérique a permis d'introduire beaucoup plus de fluidité dans la gestion des carrières, je t'assure, on fait du sur-mesure, on sort peu à peu des lourdeurs bureaucratiques et syndicales qui ont entravé les entreprises de ce pays depuis des décennies », il abonda dans le même sens (même si c'était l'inverse exact du précédent) : « Oui, le numérique démocratise l'expression, c'est sûr, sur l'agoranet, tout le monde participe, tout le monde filme, on ne s'en rend plus compte, mais l'information est devenue une création collective, sans cesse renouvelée. Regarde à Nice, le seul qui n'a pas filmé, c'est lui ! (Il fit un geste du pouce dans ma direction avec un petit sourire en coin.) Le seul professionnel présent ! » Ça devait arriver, c'est arrivé. Tout le monde se marrait en imaginant la scène. Alors on est repartis pour un nouveau tour de piste autour de mon film : allégorie de notre rupture suicidaire avec le vivant, ou bien thriller palpitant d'un monstre tueur de plusieurs tonnes, assassin que l'on peut comprendre puisque nous l'avons nous-mêmes détraqué, et patati… « Ces animaux n'ont rien à faire dans ces bassins de beaufs ! » Et allons-y ! Une porte ouverte de plus à défoncer au dessert ne faisait pas de mal. « Libérez Nelson Bulko ! »

John-Luc poursuivait sa brasse coulée dans le sens du courant, il en remit une couche en me reparlant de *Blackfish*, le documentaire américain sur l'orque tueuse Tilikum. Les gens de la télé sont une allégorie du conformisme panurgique : j'ai une idée, ce truc a marché, on n'a qu'à faire pareil ! « On n'a pas le choix, avant de prétendre amener le spectateur à réfléchir, il faut d'abord le séduire. » John-Luc demandait à ses convives leur avis, et le banquier ne se fit pas prier en déclarant négligemment : « C'est devenu hyper-concurrentiel, à la télé comme ailleurs. T'as qu'à voir ce que font les câblo-opérateurs, ils offrent aux gens ce qu'ils attendent. » OK, les gens sont des cons, on y revenait donc, mais, quand bien même aurais-je souscrit à cette analyse en finesse, avec quoi pouvais-je faire mieux ? Certainement pas avec le budget de merde que me file ton pote ! Je pourrais à peine filmer l'histoire avec un dispositif de court-métrage ultra-poétique-à-la-Méliès, dans une baignoire de bébé bleue, avec un Playmobil pour faire Ludo et une figurine d'orque Schleich pour faire Bulko. La figurine, je l'ai déjà, je la mets à disposition de la prod – cadeau –, j'en ai acheté une pour me tenir compagnie, près de mon ordinateur. Elle est superbe, très réaliste, mais elle ne bouge pas, et on n'aura pas les moyens de faire du *stop shot* image par image, il faudra donc aussi un bébé bénévole dans la baignoire pour qu'il reconstitue la scène. Donc, bref, pour faire ce que vous me conseillez tous de faire, il faudrait plutôt s'adresser au rapiat avec ses lunettes à la Elvis Costello qui me casse les bonbons pour la moindre facture Uber alors que je sais qu'il roule en Porsche 911 de collection. Mais on a un peu de mal à dire ce genre de truc chez quelqu'un qui est en train de vous offrir, gratos, une tranche de moelleux au chocolat, et c'était bien là le sens de toute l'affaire. John-Luc conclut cette discussion en me rappelant notre rendez-vous de mardi à la FAV, la Firme audiovisuelle.

Ensuite, rien de bien intéressant n'advint. C'était la chenille des lieux communs qui redémarrait ! On était repartis dans la farandole des bisons à la queue leu leu, s'engouffrant entre les deux barrières grandes ouvertes du corral, soulevant un nuage de poussière jauni par l'ennui et violacé par l'alcool.

Le copain musicien demeurait le plus discret, donc a priori le plus agréable, mais malheureusement (je devenais acariâtre avant l'âge) il m'agaçait lui aussi, le tableau était complet, pas un pour relever l'autre. Il mangeait, et buvait surtout, hochant la tête régulièrement, souriant faiblement. Il donnait la nette impression qu'il ne pensait rien, ou plus exactement ne pensait rien qui ne soit pas exactement ce que pensait son copain John-Luc, or (nous l'avons vu), comme John-Luc changeait lui-même d'avis telle une girouette par grand vent, le musicien pirouettait carrément tel un derviche tourneur ; il n'en finissait plus de murmurer oui oui en ricanant à tout propos.

Le vin plus tous ces avis toupinants finirent par me donner un léger tournis qui explique peut-être que je n'aie pas vu le panneau « attention, conversation piégée » quand Capucine, après un aparté avec sa voisine littéraire, m'a innocemment demandé ce que devenait Cécilia, mon ancienne copine. John-Luc a fait mine de me défendre :

– Ils ne sont plus ensemble, Capucine.

– Ah bon ! Pourquoi ?

– Il m'a dit qu'elle s'était « lassée » de lui...

« Lassée », le mot a dégoupillé la grenade.

– Lassée de quoi, exactement ? m'a gentiment demandé l'écrivaine en lâchant la cuillère de la grenade de vulgarité tout en m'observant avec un petit sourire entendu.

– Si seulement je le savais... ou si je l'avais su à temps... répondis-je sur un ton qui se voulait assez détaché, mais qui ne l'était que moyennement.

Le petit sourire de ma convive lettrée s'est aiguisé en rictus dentu quand, après m'avoir de nouveau examiné d'un rapide coup d'œil de vieux médecin acariâtre, elle a ajouté :

– Elle s'est sans doute lassée de ta mollesse.

Tandis que je haussais les sourcils en guise d'incompréhension, elle a échangé, avec Capucine, un discret ricanement avant de mettre les pieds dans le plat :

– Manque d'énergie, manque de fougue, manque d'audace, manque d'imagination, manque d'initiatives, manque de sollicitations, manque de queue. Qu'est-ce que tu veux que je te dise, on en revient souvent à ça.

Biouff. Bah dis donc, elle ne s'encombrait ni de gants, ni de pincettes, ni de dos de la cuillère, ni de rien de tous ces trucs (et encore moins de « marcher sur des œufs », j'étais bien placé pour en témoigner). Elle y allait de bon cœur, l'écrivaine ! Malgré son âge, ou à cause de lui, elle gasconnait une désinhibition embarrassante. Venait-elle de lire *Se perdre* d'Annie Ernaux, qu'elle prenait au pied de la lettre ? Ou bien écoutait-elle des influenceuses et des rappeuses sur YouTube pour prendre des leçons de grossièreté ? Il s'agissait en tout état de cause de pilonner à l'obusier de 152 mm la ménopause qui, bien qu'encore éloignée, pointait son nez, et dont il fallait retarder la sentence par tous les moyens. Bon, cette fois, Jules avait fini par en rabattre un peu. Il avait ostensiblement piqué du nez, et on comprenait bien en quoi une grande mèche en voilage facial pouvait être utile. Je me suis demandé si c'était une provocation, mais apparemment non, tout le monde approuvait la saillie, le trader et John-Luc hochaient gravement la tête en me regardant d'un air compatissant, le musicien aussi, bien sûr, mais lui, on ne savait plus très bien, et lui non plus, ce qu'il cautionnait. Bien entendu, faute d'une fulgurance spirituelle à la Sacha Guitry que je n'étais usuellement pas capable de défourailler, à part me déshabiller, bondir sur la table puis me balancer aux doubles rideaux en hurlant comme un chimpanzé alpha en fureur, je ne voyais pas très bien ce que je pouvais répondre. Hormis peut-être un « Dis donc, meuf, t'as pas un peu passé l'âge, non, de causer ça-com' ? », mais c'eût été très indélicat, et je m'abstins. Capucine de son côté, solidaire de son amie décomplexée de la bouche, bourrait la gueule de son canon pour la deuxième salve, tandis que John-Luc, sûrement à cause de la présence de son fils, tentait de désamorcer la petite sortie de piste de la conversation en se lançant dans un fayotage féministe assez pitoyable (il avait dû faire le stage « Résolution de conflits, communication non violente et mari déconstruit » de cinq jours dans la Drôme) ; bref, il prétendit qu'il ne fallait pas se mettre martel en tête (je cherchai un rapport, Charles Martel? La tête? Tête-à-queue?). « Quoi qu'il en soit », enchaîna-t-il, le nouveau statut des hommes dans le couple était « en vérité un soulagement, beaucoup plus doux, beaucoup plus féminin, beaucoup plus romantique que cette injonction à la virilité qui avait taraudé les mâles durant tant de siècles ». Il paraissait bien parti dans sa diversion vers le flou, mais Capucine lui coupa la parole pour balancer sans plus tarder, comme promis, le deuxième tir d'artillerie :

– Oh, là là ! Pfff! T'es fatigant, tu ne comprends rien, c'est pénible. Daphné a raison, à un moment il faut nommer les choses, et les exprimer. C'est insupportable d'entendre encore aujourd'hui les hommes considérer que le sexe chez les femmes, ce serait plus cérébral, plus sentimental et autres sornettes. Remettons les choses à l'endroit ! Baisez-nous correctement, déjà, ensuite on avisera pour les sentiments.

Notons au passage que, pour ma part, alors que j'étais quand même vaguement concerné par cette histoire de

« manque de queue » mystérieux, je n'avais encore rien dit, pas un mot, une carpe, une carpette, on aurait dit que je ne « voulais pas déranger » les deux harpies, ni la poétesse du slip-kangourou ni la cyborg de chez Jasper & Hurst Consulting.

La tête me tournait, ça devait aussi être le cas du musicien qui, bien que de plus en plus ralenti, n'avait pas cessé sa folle ronde d'approbations tous azimuts. Il éprouva apparemment le besoin de faire une pause. Il se leva pour aller, une fois de plus, taper discrètement dans la petite boîte de résine de cannabis posée sur la cheminée (un mini-butin qu'il allait ensuite fumer joint par joint sur le balcon… John-Luc avait dit qu'ils ne s'étaient pas vus depuis longtemps, et j'avais dans l'idée que ce ne serait pas près de se reproduire). J'ai planté tout le monde et je l'ai rejoint sur le balcon. J'avais arrêté de fumer deux ans plus tôt, mais je tirai tout de même une latte sur le bédo qu'il me tendit. Je regardai le type, un batteur, d'après ce que j'avais compris. Je n'avais pas trop envie de lui parler, mais je devinai soudain pourquoi il disait oui à tout. Oui. Oui. C'est plus facile. Ce gars-là ne jouait pas au même jeu, et il avait sans doute raison. Lui aussi, il nageait, quelque part, dans la nuit.

L'impératrice Mumu

Nous nous étions donné rendez-vous, avec John-Luc, dans le hall du siège du groupe, vaste espace que les architectes, dans les années 1990, avaient dû concevoir pour évoquer un hall de firme-comme-à-Manhattan, mais qui, aujourd'hui, ressemblait plutôt à une entrée de gare RER ou à une cour intérieure de prison de construction récente. Malgré les efforts pathétiques des décorateurs (ce jour-là, des ballons étaient disposés face à un but sur une fausse pelouse en moquette verte, rapport à une compétition de football imminente), l'endroit laissait supposer que l'information ici était bel et bien cloisonnée, contrôlée, alvéolée et surveillée. Quand j'avais rendez-vous avec lui, John-Luc arrivait systématiquement en retard, mais pas là ; là, John-Luc était arrivé à l'heure. Bah, tu parles ! On jouait gros, cette réunion était notre dernière chance de convaincre la chaîne de « signer » le documentaire. Nous avons laissé nos passeports en échange de deux badges : « Bonjour, nous avons rendez-vous avec Muriel Blot.
– Je la préviens, qui dois-je annoncer ?… Elle vous attend, messieurs. » Oui, elle nous attend, elle n'attend que nous, elle doit même, si ça se trouve, se ronger les ongles de crainte de

nous décevoir au cours de cette rencontre. À moins que ce ne soit l'inverse ? Ce qui semblait plus proche de la réalité, d'ailleurs : en passant devant les toilettes, John-Luc me demanda de l'attendre. « J'arrive, une seconde. » Il a envie de faire pipi, le producteur. Pis moi aussi, tiens, mais sinon, non, même pas peur.

Nous nous sommes présentés au secrétariat de la « Direction de l'unité Documentaires », on nous a priés de patienter en nous indiquant des fauteuils dans un recoin de couloir : « Vous voulez un café ? » Ce petit quart d'heure était la révérence moderne que les vassaux devaient aux importants qui daignaient les recevoir. Finalement, Tiphaine d'Ortignac, l'accorte conseillère de programmes « Environnement et Découverte », est venue nous chercher et nous a conduits jusqu'au bureau de Muriel Blot, la directrice. Nous sommes entrés dans le bureau de la *padrina* des documentaires, je craignais l'antre de la reine mère des aliens, mais non, elle nous accueillit avec un grand sourire, nous fit asseoir d'un geste tout en parlant avec quelqu'un au téléphone, à qui elle disait calmement : « Mais j'en ai rien à foutre, qu'ils se démerdent, ces connards ! » Elle raccrocha et se tourna vers nous : « Alors, ces dauphins ? »

À l'inverse de John-Luc, aux opinions aussi rigides que des algues laminaires ondulant dans le ressac, la directrice des documentaires de la télévision publique, elle, a un point de vue bien arrêté sur tout, quel que soit le sujet. Il faut d'ailleurs se tenir pour dit qu'elle sait tout sur tout, du moins en est-elle convaincue. Elle battait à plates coutures les amis du dîner chez John-Luc, un peu la même, mais au carré : deux fois moins de culture, deux fois plus d'assurance. Cette femme croit en elle, ça, c'est sûr. Il faut cette confiance pour atteindre ces « postes à responsabilités ». Muriel Blot, à elle seule, décidait tout simplement de la vie de quatre-vingts pour cent des documentaires produits en France pour la télévision. Huit films sur dix n'existaient que parce que cette femme avait levé le pouce, ce qu'elle faisait rarement. Un mélange de tsarine de toutes les Russies en tailleur *streetwear* Valentine Gauthier et de Madame Mao chaussée Air Jordan.

Ainsi Muriel et Tiphaine trônaient sur leurs fauteuils pivotants, telles des reines médiévales, avec l'autorité calme et assurée de mères ayant convoqué des chenapans. Il fallait nous voir, tous les deux, petits bonshommes immobiles sur leur petite banquette de skaï, à sourire mollement et à minauder sans excès. Heureusement, si les femmes avaient, de facto, pris le pouvoir dans les sphères de la culture et de la communication, elles ne se livraient pas aux abus, notamment sexuels, dont les hommes s'étaient rendus coupables durant tant d'années. Ça faisait une sacrée différence. Je n'aurais pas voulu que Muriel me bloque dans un coin et m'enfonce sa cuisse entre les jambes malgré sa jupe serrée ! Quoique ? Aïe, ça me reprenait, comme avec Flo, n'importe quoi, tais-toi, chèvre-pied stupide ! Cesse immédiatement ce fantasme à deux euros et vingt centimes digne d'une fiction française (dans une fiction US, la femme est armée et exige un cunnilingus… ça suffit, on a dit !), et concentre-toi ! La discussion progressait avec peine, toujours de manière heurtée, Muriel la faisait avancer comme la paysanne pousse une vache à petits coups de trique. Hop-là ! Elle connaissait le chemin, puisqu'elle connaissait tout. Car, répétons-le, si Muriel n'avait jamais tenu une caméra de sa vie, ni écrit la moindre ligne de commentaire ou de dialogue, elle se comportait exactement comme si elle possédait tous les doctorats possibles, en histoire, en sociologie, en médecine, en cinéma, en psychologie, en sexologie (son domaine de prédilection), en géostratégie militaire, en droit, en économie néoclassique antimarxiste et, pour ce qui me concernait, en océanographie. Nous eûmes donc droit à un cours magistral intitulé « Tout savoir sur l'orque épaulard ». Le cours partait un peu dans tous les sens, mélangeant quelques vagues souvenirs de plans tirés du *National Geographic* et d'*Océans* de Jacques Perrin à l'essentiel de sa culture en matière d'orques : la série de films *Sauvez Willy*, dont le premier opus était sorti en 1993 alors qu'elle avait quatorze ans et qui, visiblement, l'avait marquée : elle en avait conservé l'idée que des chercheurs avaient réussi à décrypter et à traduire (en français dans la VF) le langage si complexe des orques. C'était évidemment n'importe quoi, mais le premier qui, dans ce bureau, aurait apporté la moindre contradiction, retournait séance tenante aux maigres indemnités du régime de l'intermittence du spectacle. Donc. Chut. Elle enchaîna avec un long dégagement sur le fait que la langue anglaise pouvait, elle aussi, être approximative et propice aux malentendus, car le nom anglais des orques, *killer whale*, était, affirmait-elle, péremptoire, un « abus de langage » qui faisait passer ces grands Flipper en frac pour des assassins de gentilles baleines. « Pour une fois que l'anglais est moins précis, et même faux, on va pas se gêner pour le faire remarquer ! » J'appréciai la défense de la langue française et persistai à ne surtout pas la corriger (car émettre la moindre nuance valait la même sanction : retour aux Assedic-Spectacles). En réalité, si ces attaques étaient devenues rares (pour la bonne raison que le stock des baleines avait été quasi anéanti au XXe siècle), elles persistaient. Des orques tuaient parfois des cachalots, ou de jeunes baleines qu'elles parvenaient à isoler de leur mère ; des images existaient, d'ailleurs. Enfin, je tenais mon bec bien fermé, je savais qu'en révélant cette information je mettais un doigt dans l'engrenage délétère qui aurait commencé par une remarque trempée dans l'acide, du style « Bon, eh bien, ça ne me les rend pas très sympathiques… Pas très cool pour les bébés baleines », laquelle remarque – je me connaissais – pouvait déclencher chez moi une réponse automatique mal calibrée du genre : « Eh ouais, mais bon… faut bien croûter ! » Ce petit échange étant suffisant pour signer l'arrêt de mort du film.

Chut donc, chut encore. Nous la laissâmes parler tout son saoul. Quand, enfin, elle se tut et nous demanda ce que nous comptions faire, s'adressant surtout à John-Luc, ce dernier, toujours courageux, se tourna vers moi pour me céder la parole. Fin stratège que je suis, je savais que j'allais marquer des points en commençant par appuyer ce que venait de dire Muriel à propos du *killer whale* de la langue anglaise en insistant sur la manière dont la langue française est à la fois plus scientifique et plus poétique. Je dis un mot de l'étymologie latine, mais insistai surtout sur le féminin du nom, « une orque », qui s'appliquait tout aussi bien aux mâles ; or, enchaînai-je fort habilement, les sociétés d'orques sont organisées de manière matriarcale. Les familles et les clans sont dirigés par une femelle, généralement, mais pas toujours, la plus âgée. Bingo ! L'information souleva leur enthousiasme à toutes les deux. Muriel et Tiphaine échangèrent un regard complice, au ralenti, ne manquait que la musique. Les deux chenapans étaient désormais tenus pour deux bons élèves méritants, sages et attentifs. Deux fayots. L'impératrice Mumu se remit à disserter (et je compris alors que c'était gagné) sur le besoin d'évasion des téléspectateurs. « Surtout en ce moment ! » précisa-t-elle d'un air entendu (expression qui fonctionnait sans discontinuer depuis toujours), ainsi que sur la symbolique des océans, « Homme libre, toujours, etc. » : après le cours magistral, on avait gagné un ticket bonus pour une master class, « Le marketing selon Victor Hugo ». Il s'agissait, ajouta-t-elle sur un ton sans appel et en me regardant droit dans les yeux comme une juge d'application des peines qui s'apprête à libérer un détenu en le sermonnant, de réaliser un « authentique hymne à la liberté ».

– Je ne veux pas d'une succession d'interviews de spécialistes chiants comme la pluie, hein! (Voilà, c'était dit. Le film reposait, insistait-elle, sur la puissance des images d'orques en pleine mer.) Et puis, pour le coup, on peut dire que vous avez le nez creux, on dirait que le gouvernement a décidé de mettre le paquet sur ce projet de réserve marine en Méditerranée, le Grand couloir bleu. Tout le monde les soutient, c'est pas si fréquent, même Greenpeace, même Sea Shepherd! Pour dire. Vous suivez ça, bien sûr?

Là, je devais visser l'affaire, et bien caresser dans le sens du poil:

– Absolument, c'est passionnant. D'ailleurs il y a un lien avec notre film, car la bande de protection non seulement s'étendrait entre la réserve de Cerbère-Banyuls sur la Côte vermeille et la Scandola en Corse, mais aussi elle ferait la jonction avec le sanctuaire de Pelagos, une aire de protection des mammifères marins entre la Corse et le continent. L'ensemble formerait un immense L entre les eaux italiennes, françaises et espagnoles.

– C'est formidable.

– Sans oublier que le projet envisage le lancement d'une étude sur l'éventualité d'un sanctuaire pour les orques dans le golfe de Girolata, sous la Scandola. Nous suivrons cela.

– Bien. Bon, bon, bon… Enfin vous avez compris, je vous fais confiance: pour contrer ces images de delphinariums horribles, je veux des images de liberté ! Des orques dans les grands espaces marins !

OK, bingo ! Le Président avait dit, la télévision allait faire. Elle allait signer ! Toujours en position de collégien convoqué chez le dirlo, j'opinai en calmant ma joie, d'autant plus facilement que je me faisais avec elle les mêmes réflexions qu'avec John-Luc (qui, de son côté, souscrivait à cette idée lumineuse – « filmer les orques pour un film sur les orques », quelle idée géniale ! Muriel de Nazareth venait de lui apparaître, nimbée de lumière, afin de lui révéler la Vérité Ultime du Documentaire) : elle ne me donnera jamais le dixième du budget nécessaire à ce genre d'images, ni le quart de ce qu'elle avait pourtant été tout à fait capable d'accorder à Yann Arthus-Bertrand, à Nicolas Hulot ou à Cyril Dion, à tous ceux qui avaient le numéro de portable des ministres. Bref. On évita soigneusement cet aspect des choses, si vulgaire. Muriel glissa simplement à John-Luc : « Bon, pour le planning et les moyens, vous verrez ça avec Laurence » (l'administratrice qui établissait les contrats). C'était tout vu : je devrais, une fois de plus, me démerder pour aller faire des images exceptionnelles, à la James Cameron, de ces géants marins dispersés aux deux pôles de la planète, en pleine mer, le tout avec ma… disons avec mon iPhone et mes palmes de piscine.

Les deux femmes se levèrent pour nous raccompagner à la porte. Muriel en profita pour me glisser une dernière recommandation qui confirmait qu'elle attendait de ma part rien de moins qu'un chef-d'œuvre, à la fois un bijou formel et un thriller haletant : « Bon, pour le narratif, dans le dossier ce n'est pas encore tout à fait convaincant, mais je vous fais confiance. N'oubliez pas : il faut prendre le téléspectateur par les couilles et ne pas les lâcher jusqu'au générique de fin ! » J'acquiesçai en essayant de dissimuler ma gêne, mal, je crois, sa formulation me renvoyait à la trivialité de l'assaut verbal dont j'avais été victime pas plus tard que la veille au soir au cours de mon unique dîner parisien de l'année. Il semblait y avoir, chez les Parisiennes mûres, une certaine tendance printemps-été à faire référence aux parties génitales. Enfin, toujours pas de Sacha Guitry ni de chimpanzé en vue, je suis donc resté sur mon quant-à-soi. Nous nous quittâmes en nous saluant dans un enthousiasme qui flirtait avec l'exaltation. « On tient quelque chose, là, hein ! » affirmait Tiphaine, contente que cette rencontre fût si fructueuse. « On se revoit vite, c'est formidable, ce travail d'élaboration collective ! »

Dans l'ascenseur John-Luc me dit : « C'est cool, non ? » tout en se souriant à lui-même dans le miroir. Il était content. Sans plus, d'ailleurs, car pour lui c'était la routine, deux cent cinquante mille boules à venir, vingt pour cent direct dans ses fouilles (soit cinquante mille euros, soyons précis) pour un travail qui se résumait à me dire : « Démerde-toi. » Je ne répondis rien, ce film s'engageait, comme toujours, sur un monstrueux malentendu.

***

Et puis, le lendemain, j'ai appris une drôle de nouvelle, ou plutôt pas drôle du tout.

Ludo est mort.

Ah bah, v'là aut' chose ! Le soigneur recommandé par les meilleures marques de dentifrice, le dresseur qui avait fait son fameux numéro de danse de la mort avec Bulko et « qui était toujours hospitalisé à la suite de l'accident de l'Océland, est mort dans la nuit de mardi à mercredi ». Je lus ça sur mon téléphone au café en bas de chez moi, sur le site de *La Provence*. Je ne sais pas trop pourquoi, depuis mon retour de

Nice, je jetais un œil régulier à la une de *La Provence* (ou plutôt je ne le sais que trop bien). Le papier n'était pas signé par Marius Freccero, mais, décidément, Marius ou pas, la rédaction de ce journal était incontournable. (« Un arrêt cardiaque que les médecins s'expliquent mal, était-il écrit, suspectant une micro-hémorragie ou une lésion du muscle cardiaque non décelée lors des examens. ») Ma première pensée fut de me demander si le garçon souriait encore en clabotant. Salut la compagnie ! Je tire ma révérence, sous vos applaudissements ! Peut-être même que son cadavre sourirait pour toujours. On aurait alors été bien avisés d'aménager un petit hublot sur le cercueil pour le voir. Un mort qui sourit, ça peut aider à accepter l'unique certitude. Il serait resté ainsi jusqu'à décomposition complète, jusqu'à l'os, jusqu'à ce que son crâne ait rejoint le commun des morts, car les crânes, même si c'est un peu crispé, toujours sourient.

Pauvre Ludo. Tué par Bulko.

J'ai posé mon téléphone, avalé le fond de ma tasse de café. Flo avait raison : il fallait que je rencontre les journalistes de *La Provence*, surtout l'un d'entre eux. En effet, une petite curiosité (tout aussi déplacée que mon cynisme à l'égard de la fin brutale de Ludo) me chatouillait les méninges : à quoi ressemblait le « mec » de May ? Est-ce qu'il était hors d'atteinte ? Ou bien, au contraire, je pouvais me présenter sur la ligne de départ avec un peu plus de chances qu'avec mon petit maillot de bain rayé bleu dans la baie des Marinières ?

Bulko

Tchik tchik tchik. Vær så vennlig Paula. Où ? Où êtes-vous ?

Tourner. Tournis. Tournicoter. Que moi. Que mon écho. Que moi et mon écho.

Omdreining. At jeg og ekkoet mitt. At jeg og ekkoet mitt.

Écho des fjords. Ekko av fjordene.

Brouhaha des clics. Rebondissent et tournoient sur les murs cylindriques.

Folie de moi avec moi. Galskap av meg med meg.

Back to Nice

« Le mimosa était en fleur, le ciel était très bleu, et le soleil faisait de son mieux. Je pensai soudain que le monde donnait bien le change. C'est ma première pensée d'adulte dont je me souvienne », écrit Romain Gary à propos de Nice dans *La Promesse de l'aube*. La ville de Le Clézio, de la rencontre d'Apollinaire avec Lou, et de tant d'autres beaux esprits que Nice avait enchantés.

Faut admettre, Nice est une ville qui ne peut laisser indifférent. Nette, étincelante et alanguie à la fois. L'architecture, avec ses palais italiens dignes du *Guépard* et ses délires Art déco à la Gatsby, saisit l'âme et l'enveloppe d'une mélancolie envoûtante. L'ambiance « Riviera » favorise l'humeur littéraire des laudateurs de la plus italienne des agglomérations françaises. Néanmoins, puisque chaque lieu, chaque paysage demeurent le miroir des états d'âme du moment, cette cité grecque, romaine, génoise, provençale, savoyarde, pouvait aussi être considérée comme la plus gangrenée par la tunasse, et évoquer ces vieilles Américaines, retraitées en Floride, tellement clonées par la chirurgie esthétique qu'elles finissent toutes par ressembler à des copies plus ou moins améliorées, ou ratées, de Nancy Reagan. Voilà pour le tableau. La Méditerranée, de son côté, et malgré son cancer généralisé, tenait la dragée bleue et haute à la ville.

John-Luc a payé le billet de train pour Nice, rien d'autre, walou, macache, pas ça (avec l'ongle du pouce qui se libère des incisives du haut en claquant) ! Soixante-douze euros l'aller et le retour sur Ouigo, et on aurait encore juré qu'il me finançait un ticket sur la navette SpaceX pour un petit séjour à bord de la station spatiale internationale. Il m'a dit : « Pour l'instant, je ne peux pas financer un second repérage. Fais toujours des factures, on verra plus tard. » Résultat, je me suis vu contraint de demander à Flo de squatter sur son bateau. Ça m'a valu un appel téléphonique suppliant, une humiliation de plus, encore avec une femme, enfin j'étais rodé. Bref, comme je sentais la Flo hésitante, pour ne pas dire réticente, je lui ai plus ou moins fait miroiter quelques piges comme conseillère sur mon film et, éventuellement, son recrutement en tant que chef opératrice. Elle avait été camerawoman, elle connaissait les orques, la mer et les bateaux : d'un point de vue technique, elle pouvait assumer cette responsabilité, mais je me demandais quand même si je ne faisais pas une bêtise. Des fois on fait des trucs sans réfléchir, sur un coup de tête, des fois d'ailleurs ça marche ; des fois non, on peut pas savoir, c'est ça qui complique. Enfin, je ne lui ai rien promis non plus, hein ! Mais bon, ça a bien fonctionné, car quand je lui ai parlé de cet éventuel tournage, elle m'a dit sur un ton enjoué : « OK, allez, ramène-toi, le traîne-savates du documentaire. » Flo avait des défauts, mais c'était une fille lucide, elle ne faisait que constater ce qu'était la réalité d'un réalisateur de documentaires célibataire (et non marié à une banquière).

Dès le deuxième jour, on avait pris nos petites habitudes ou, plus exactement, elle n'avait rien changé aux siennes et je faisais avec. Ainsi, ce matin-là, j'étais monté sur le pont quand elle avait commencé à se déshabiller avant de pénétrer dans la cabine de douche dans laquelle seule une contorsionniste coréenne de petite taille pouvait se dévêtir. Installé sur le pont arrière (quant à lui aux dimensions d'un jacuzzi de pauvre, gonflable, vendu en grande surface), je faisais ce que désormais chacun fait lorsqu'il n'a rien à faire : je consultais mon téléphone pour vérifier que tout allait mal. Les journaux sérieux continuaient d'expliquer que la planète stopperait, voire inverserait sa rotation si l'Union européenne en venait à se déconstruire, et les gens chez qui cette pensée était censée infuser continuaient de donner des nouvelles de leurs chats qui étaient trop drôles et trop mimis. Sur le pont avant (taille d'une baignoire sabot), deux bouts avaient été tendus entre les câbles de bastingage, et le linge de Flo, suspendu par des pinces en plastique multicolores, flottait dans la brise légère. Entre des shorts et des T-shirts infiniment anonymes, des petites culottes de dentelle étonnamment raffinées séchaient également, l'air de rien, telles des duchesses qu'un malencontreux hasard avait entraînées dans la baraque à frites du stade de foot. Je me dis : question dessous, Flo est très transparente. Je me laissais bercer par le double mouvement du bateau, quasi imperceptible à quai, et celui des culottes si fines que l'air les traversait, quand je me suis rendu compte qu'un vieux type bronzé à mort, sur le pont du bateau d'à côté, me regardait sans bouger. Je lui fis un petit signe de tête, il m'en renvoya un encore plus insignifiant, mais continua à me mater comme s'il essayait de se faire une idée précise sur le genre de mec que se tapait sa voisine de ponton. À moins que je ne fusse que le dernier en date et que j'aie tranché avec la norme habituelle des mâles de passage ? Peut-être que Flo n'invitait à bord que des roux baraqués, ou bien des Asiatiques chauves ? J'ai failli lui crier que « Non non, monsieur, il y a erreur, je suis ici en tout bien tout honneur », mais il m'a énervé à pas me lâcher, merde, c'est dingue ça, regarde ailleurs, la momie ! Finalement, je l'ai ignoré, comme un mec tranquille qui est chez lui, ou sur le bateau de sa meuf, eh ouais, mon pote ! Flo est sortie de la douche et m'a rejoint sur le pont avec une serviette nouée sous les bras, j'ai regardé le vieux cramé une dernière fois : « Hé ! Hé ! Et quand on n'est pas sur le pont, y a pas de serviette, pépère ! Y a des dentelles ajourées… » Flo a fait un geste du revers de la main comme on balaye une miette de pain sur une toile cirée pour que je dégage de là et que je lui cède la seule place au soleil, elle voulait se faire sécher, à la manière de son linge. J'ai obéi.

Quelques minutes plus tard, elle s'était rhabillée, le type à côté avait fini par lâcher l'affaire ; on a refait du café, elle m'a dit qu'elle partait bosser à l'association Alter comm' où elle occupait un poste à mi-temps comme rédactrice.

– Pourquoi tu veux voir Marius ?

– Parce qu'il travaille à *La Provence*.

– Ce n'est pas lui qui suit le dossier de l'Océland.

– C'est le seul que je connaisse.

– Comment ça, tu le connais ?

– Je connais son nom, et c'est toi-même qui m'en as parlé !

– Ce serait pas plutôt en lien avec May ?

– N'importe quoi.

– Bah non, c'est bizarre, Marius, il est aux sports, et il suit surtout le foot.

Nous échangeâmes un regard silencieux, j'essayais d'imaginer la culotte de Flo sous son pantalon informe, un genre de baggy beige impossible. Il est des choses, la notion d'infini ou le flou quantique, trop complexes pour que l'esprit humain se les figure, d'autant que la référence à May avait ramené mes facultés cognitives à celles d'un enfant de trois ans pas très en avance, essayant avec cette histoire de culotte de faire entrer un petit cube dans le trou rond d'une boîte à formes. Je laissai définitivement tomber ces histoires de lingerie qui m'embrumaient l'esprit. Je ne savais plus si Flo était particulièrement perspicace, si elle n'avait pas raté une vocation de psychiatre lumineuse, si l'intuition féminine n'était pas une espèce de superpouvoir, ou si, plus probable, cette justification de mon intérêt pour ce type était évidente ; même pour un petit enfant retardé, lequel articulait sans trop y croire :

– Le premier papier sur l'accident de Ludo, c'est lui qui l'a écrit ! Forcément, il s'intéresse à sa mort.

Flo s'est mordu l'intérieur de la joue. Nerveusement. Je n'avais ni intuition féminine ni compétence psychologique particulière, mais j'ai quand même saisi que la disparition de cet homme l'affectait davantage que la mort d'un employé d'Océland lambda. Je me suis demandé si sa discrète réaction ne révélait pas une histoire plus intime avec feu le soigneur voltigeur. Comment était-ce possible ? Quoique… un couple romantique, le play-boy et la fille ordinaire. Peu probable… À moins… À moins que ce gars-là n'ait accroché sur son visage ce sourire halluciné le jour précis où il avait pu voir, de ses yeux voir, Flo avec cette culotte de soie violette inouïe ? (Stop ! Ça suffit avec ça !) J'ai voulu en avoir le cœur net, après tout elle venait bien de me titiller avec May.

– Dis-moi, tu m'as l'air plutôt… affectée… Tu as eu… Vous avez… Y avait quelque chose entre vous ?

– Qu'est-ce que tu racontes ?

– Je ne sais pas, May, elle travaille bien pour vous en sous-main, peut-être que lui aussi, il…

– Non. Pas du tout.

Elle m'avait coupé la parole, un peu trop brutalement.

– … Autre chose alors ?

– C'est-à-dire ?

– Avec Ludo. Vous avez eu une histoire ou bien… ?

– Mais non, n'importe quoi ! (Elle avait presque crié, c'était bizarre.) En plus il est… il était cent pour cent homo… Les imbéciles l'appelaient le phoque de l'Océland. Je l'ai rencontré quelques fois avec FreeCetaceans, il n'était pas hostile à notre combat, très à l'écoute même, mais… Tu sais, en fait, ce mec-là, il aimait sincèrement ses orques, vraiment. Il avait avec elles un lien de confiance et de protection, sans doute exagéré. J'ai souvent discuté avec lui, il n'arrivait pas à concevoir, vu son dévouement et l'attachement qu'il éprouvait pour elles – qu'il croyait d'ailleurs réciproque –, que ces animaux souffraient, ou en tout cas étaient débilités par leur enfermement et leur dressage. Pour moi, c'est horrible d'imaginer ce qui a dû se passer dans sa tête quand Bulko est devenu fou, je suis sûre qu'il n'y a pas cru, qu'il s'est dit qu'il voulait vraiment jouer, qu'il ne se rendait pas compte… C'est affreux. Ce garçon était un ange.

OK. Donc ce n'est pas la soie violette qui lui avait insufflé ce sourire chirurgical. J'ai retenu mon petit rictus en biais, car Flo était grave. Elle s'est levée pour aller chercher ses affaires et, désormais seul, j'ai repensé à Paula. Comment, Ducon, qualifierais-tu ta rencontre avec cette majesté sublime, reine de Saba silencieuse *in black and white* ? Sois honnête ! Cet être t'a remué d'une manière très surprenante. Vrai ou faux ? Brusquement, je me suis demandé si Ludo n'était pas le plus sage et le plus averti d'entre nous, s'il n'avait pas une longueur d'avance sur notre impératif à retisser des liens avec les êtres appartenant à d'autres espèces, ce qui était précisément le sujet de mon documentaire. Je passais mon temps, chaque fois que je pensais à lui, à me foutre de sa gueule, et voilà que m'apparaissait l'étrange idée qu'il se pourrait bien que ce gars-là aurait été, mille fois plus que May, le témoin parfait, l'éclaireur du contact rétabli avec d'autres que nous, même dans sa grande naïveté. Ses motivations étaient pures et généreuses. Sauf que bon, il était mort.

Flo est partie en me laissant des consignes, le code d'accès au ponton, une clé pour fermer le bateau, elle m'a donné l'impression d'hésiter à me dire de ne pas faire de bêtises, et elle a filé. Demeuré seul à bord, je me suis empêché (« Un homme, ça s'empêche », la citation de Camus moulinée tous les quatre matins sur France Inter) de fouiller le carré ou la cabine. De fait, ça ne se fait pas. Pour chercher quoi, d'ailleurs ? D'autres pièces de lingerie fine ? Non. Une photo cachée du soigneur clamsé ? Et alors ? Quel intérêt ? Et puis, elle me faisait confiance. Flo, comme le martyr saint Ludo, était droite, franche. Et transparente, je n'y reviens pas.

Elle m'avait aussi refilé le 06 de Marius Freccero. J'ai quitté le bateau, parcouru l'étroit ponton métallique jusqu'au quai et composé le numéro en me campant sur le bitume bien stable avec mes jambes un peu écartées : « On va parler entre hommes, *amigo*. » Si quelqu'un m'avait regardé, il aurait juré que j'étais en train d'imiter Clint Eastwood s'adressant à un personnage très secondaire dans un western spaghetti, un de ces types à la trogne patibulaire qui ne verront jamais la fin du film. Ça a répondu, le mec avait une bonne voix, ouverte, sympathique, avec un accent marseillais très léger, zéro agressivité. Il m'a dit très aimablement : « Oui, je vois qui tu es, Flo m'a parlé de toi… » Il m'a filé rendez-vous le soir sur la promenade des Anglais, à la hauteur du Negresco. « Comment je te reconnaîtrai ? » m'a-t-il demandé. Je me suis imaginé mentalement, avec mon jean et mon polo gris-bleu passe-partout, je me suis demandé quel genre de signe distinctif pouvait me caractériser ? Je n'en ai trouvé aucun. Zéro signe particulier. Vous cherchez l'étalon du gars ordinaire ? C'est moi. Comme je ne répondais rien, il m'a dit : « OK, j'aurai une chemise verte et *La Provence* à la main. » Le gars était plus proactif que moi, c'est sûr.

21 heures, à la hauteur du casino, devenu plus proche d'un Luna Park criard que de la féerie en noir et blanc de *La Baie des anges* de Jacques Demy, je me suis assis sur un banc. Cette promenade devait être le dernier endroit de France (au nom de sa vocation de petite vitrine pour les étrangers) qui avait conservé des bancs publics. Ailleurs, on les avait éradiqués, à cause des SDF. On ne s'asseyait plus. Plus le temps. Aujourd'hui, on courait. Là comme ailleurs, là plus qu'ailleurs, des cohortes incessantes de joggeurs bariolés couraient, les femmes en tenue de *Tomb Raider* faisaient voltiger de droite et de gauche leur queue-de-cheval, tandis que les hommes, apparemment tous stagiaires au GIGN, fendaient l'air avec leurs lunettes spéciales *run*. S'agissait pas de mollir. Désormais, « tout allait plus vite », cette réflexion aussi, on y avait droit presque chaque matin sur France Inter. Dans le doute de ce que cela pouvait bien signifier (aller plus vite vers quoi ? vers la fin ? la mort ?), beaucoup de gens simplifiait : allons, allons, dépêchons, faut courir et pis c'est tout, sinon tu restes en dehors de la course et tu peux crever. Bien sûr, ceux qui en ont les moyens peuvent s'acheter des indulgences, notamment ici, à Nice, vu l'âge des touristes et des résidents, là on les laisse vivre encore un peu, le temps de leur essorer leurs économies.

En face, côté ville, des nantis sortaient des palaces pour s'engouffrer dans des Bentley ou des Porsche, ou l'inverse. On les sentait préoccupés par l'impalpable souci de donner un sens à leur vie et, comme ils pressentaient que ça risquait d'être long, de chercher, simultanément, par tous les moyens, à gagner du temps. Or, des « moyens », ils en avaient, mais pas assez pour acheter du temps, ça, ça restait hors de portée. Comme ils n'avaient pas l'habitude que quelque chose soit « trop cher » pour eux, ils trichaient, ils faisaient feu de tout bois pour faire croire qu'ils ne vieillissaient pas (alors que si). De mon côté, celui de la mer, les gens, plus nombreux, plus divers, allaient et venaient en faisant semblant d'ignorer les nababs d'en face, mais, plus ou moins secrètement, plus ou moins honteusement, ils rêvaient pour la plupart de traverser la rue pour gagner un pognon de dingue, comme aurait dit l'autre.

J'ai vu un gars approcher avec une superbe chemise vert pomme ajustée, dont les pans tombaient sur un chino à la coupe impeccable, brun, les cheveux courts, la démarche sportive malgré une corpulence assez carrée. J'ai identifié Marius dans la seconde, mais lui aussi, semblait-il, m'avait immédiatement repéré, car il marchait vers moi sans hésitation. Il avait reconnu le documentariste à la peine, squatteur de logement, quémandeur d'infos.

– Salut.

– Salut.

Le mec était étonnant, à la fois cool et super organisé. Le bon pote, le mec sympathique. Il était méthodique, efficace, du style à maîtriser son téléphone portable comme un môme, il répondait à un message ou postait un tweet tout en me posant des questions pointues sur l'« angle » de mon projet de film et le financement, il pensait comme un polytechnicien et s'exprimait comme un normalien. J'allais pouvoir remiser mes préjugés sur les journalistes sportifs dans le fameux tiroir des photos ratées et des clichés foireux. J'ai donc changé mon point de vue pour en adopter un encore plus sournois : « Encore un de ces mecs parfaits, donc insupportables. » Nous nous mîmes en marche, et je notai toutefois un petit défaut, un soupçon de maniaquerie : une trace sur sa basket Vans avait l'air de l'ennuyer très sincèrement, et il ne cessait de poser son pied sur un support quelconque pour la frotter et essayer de la faire disparaître. J'ai tenté mentalement de faire le joint avec May, elle semblait super organisée elle aussi, mais d'une manière plus… je ne sais pas comment dire… plus aventureuse. En tout cas, j'avais du mal à les conjuguer, tous les deux. Marius m'entraîna sur la promenade jusqu'à la hauteur exacte du Negresco… Une fête privée était organisée dans un club, le Cortobello, installé à même la plage, au mépris de la loi française, mais avec l'assentiment des autorités locales. Il y a bien longtemps que la République, une et indivisible, s'était fait rogner tous les bouts par les nouvelles seigneuries qui regroupaient entreprises privées et exécutifs régionaux sous divers hospices – partenariats, fondations ou loges franc-maçonnes, peu importait le panier du moment qu'on récoltait l'oseille.

Marius m'avait expliqué qu'il se rendait là pour le boulot. « Peut-être que ça va t'amuser, c'est plutôt exotique. Enfin pour moi à force c'est plutôt devenu une corvée, mais je suis obligé d'entretenir des liens… » Avec ou sans Internet, ce truc restait vrai dans le métier de journaliste, ce truc du carnet d'adresses, du réseau et des contacts informels. Dans le cas présent, celui du foot sur la Côte d'Azur, ça ressemblait salement à une scène de film américain des années 1950 avec un privé en maraude sur la côte californienne. Sans le costume large ni le chapeau de feutre, sans la Pontiac cabriolet, sans les cigarettes, oui, non, en fait, et hormis tout de même les grands palmiers de la promenade, ça n'avait rien à voir.

Au pied de l'escalier d'accès à la plage, il y avait une petite table derrière laquelle une hôtesse, munie d'une tablette contenant la liste des invités, cochait les noms à mesure. Elle était encadrée par deux cerbères, deux costumes d'agents immobiliers niçois impeccables, surplombés de deux têtes dont pas un poil ni un neurone ne dépassait.

Le plus massif des deux, sans dire un mot, laissa glisser un regard torve sur mon jean approximatif, mais l'autre, le moins massif (quoique massif quand même), avait reconnu Marius, de *La Provence*.

– Et lui, il a une invitation ? dit le semi-massif avec un mouvement de tête dans ma direction.

– Non, mais j'ai une invitation pour deux.

– C'est ton cavalier ?

La boutade les fit s'esclaffer (deux percherons qui s'ébrouent). Marius ne répondit rien, ça ne s'imposait pas, en effet, d'ailleurs le comique détacha la boucle dorée du cordon de velours carmin pour nous laisser passer. Un chemin de planches menait au grand parquet de la fête en plein air qui faisait le spectacle pour les badauds de la promenade des Anglais. Tous ralentissaient pour jeter un œil, la plupart s'arrêtaient même pour bien prendre la mesure de leur exclusion. Parmi eux, certains reconnaissaient tel ou tel joueur, telle ou telle célébrité locale.

Le Cortobello Beach Club était un club de plage privé aussi tapageur que clinquant, des lumières mouvantes, à dominante violette, se reflétaient dans des miroirs, une superstructure en aluminium en faisait un barnum de luxe, des tables dressées, plusieurs bars, une piste de danse brillante comme la mer sous la lune. L'ensemble baignait dans une lointaine fragrance d'iode marin parfumé à la crème antirides et à l'eau de toilette musquée. Une musique *easy listening* parachevait la farce. Marius m'expliqua que l'endroit n'était qu'un club semi-mondain pour Nice : on ne verrait pas ici les vrais VIP qui ne se montraient guère dans des endroits ouverts aux regards extérieurs, et donc aux objectifs des paparazzis. D'ailleurs, la plupart des Russes (mais pas tous) avaient déserté ces spots les plus en vue de Nice depuis leur invasion de l'Ukraine, mais ceux qui les avaient remplacés ne déméritaient pas, dans le style bling-bling-de-chiotte-avec-robinetterie-en-or. Ces hommes étaient posés sur les fauteuils du bar en plastique bleu électrique : des cinquantenaires en toile de lin, gomina bien plaquée, gourmettes un peu grandes avec le prénom et cravates desserrées, ils distillaient par transpiration l'alcool qu'ils ingurgitaient par voie orale.

Marius adressait des saluts à de jeunes hommes athlétiques aux tempes rasées (c'était, semble-t-il, un impératif du règlement intérieur chez ce bataillon de beaux gosses) et sapés comme des milords. Le Cortobello était bien le rendez-vous d'un certain nombre de joueurs de l'Olympique azuréen, de l'AS Monaco et même de quelques joueurs de l'OM qui faisaient le déplacement depuis Marseille en Lamborghini ou en Ferrari de leasing (avec forfait infractions aux limitations de vitesse inclus). À proximité des joueurs de foot professionnels, telles des louves autour de jeunes cerfs, gravitaient des filles inaccessibles qui paraissaient s'ennuyer gracieusement, mais qui, en vérité, d'une part ne cherchaient qu'un retour sur leur investissement d'ampleur dans le botox, et d'autre part se révélaient pour la majorité – si on osait affronter leur arrogance nonchalante et leur adresser la parole – aussi fragiles et désarmantes que tous les autres êtres humains, que les caissières de supermarché ou que les employés de bureau – tous ces gens ordinaires aux corps comparativement mal dégrossis, tels des « inachevés », ces blocs de marbre dans lesquels les statues ne sont qu'ébauchées. On leur trouvait les mêmes angoisses, la même détresse à convoiter inlassablement une maison avec piscine (en plus grand), des enfants rieurs (en plus blonds), un chien (en plus racé), et puis quoi d'autre ? Rien. Le vide. L'ennui mortel. Entre-temps, de grands verres de cocktails colorés aidaient à patienter.

Marius, sympa, restait à mes côtés tandis que nous traversions l'espace des tables vers le bar central. Il me disait qui était qui. « C'est machin de l'OM, tu le connais, quand même ! » Non (j'avais fait l'impasse sur le foot une bonne fois pour toutes en sixième). Il me montra deux types au comptoir : « Et eux ? Enfin ! Non ? » C'étaient les deux stars de l'AS Monaco. Ils m'ont fait penser à deux gamins qu'on aurait pu prendre dans un premier temps pour des gosses de riches en goguette, mais, à mieux y regarder, plutôt pour de jeunes paysans râblés qui venaient de réussir un beau petit casse de bijouterie et s'étaient payé un relookage intégral façon présentateur sur BFM. Les deux jeunes sportifs, sanglés en Dolce & Gabbana tels des mannequins qui passeraient un cast mais qui seraient trop musclés pour le job, léchaient du sel avant de s'envoyer des shots de tequila.

Étrangement (ou pas ? car cela avait sans doute à voir avec un éloge de la fuite intellectuelle), ils me firent penser à ces pages de Baptiste Morizot dans *Manières d'être vivant* où le philosophe explique que nous avons un besoin vital d'apport quotidien en sel pour notre équilibre métabolique cellulaire (la *pression osmotique des ions sodium*). Seul notre passé marin explique cet impératif salé de l'eau qui coule dans nos veines. Nous sommes issus de la mer. La vie a été abritée par les océans durant des milliards d'années avant de s'en extraire (il y a 375 millions d'années) pour coloniser les espaces terrestres. De ce passé, nous avons conservé cette obligation homéostatique du sel. « Nous abritons, en nous, le souvenir de nos ancêtres aquatiques », écrit-il de manière lumineuse. Certains parmi nous, dans la famille des mammifères, les archéocètes, les ancêtres des cétacés, sont retournés dans l'océan (il y a 50 millions d'années), les dauphins, les orques. Ils y auront évolué dans une harmonie parfaite avec leur univers, 70 % d'eau salée dans le corps, 70 % d'eau sur la planète. De notre côté, après avoir pullulé et tout massacré, nous avions inventé des tas de moyens de nous tenir tranquilles, la bombe nucléaire ou le football, et tous ces écrans numériques dans lesquels nous plongions nos cerveaux telles des autruches la tête dans le sable. Et si ça ne suffisait pas, si l'ennui et la rage persistaient à s'entortiller comme deux vipères à la saison des amours, il restait l'alcool. Les footeux absorbaient du sel, bien au-delà du nécessaire biologique, et de l'alcool, bien au-delà du nécessaire psychologique. Ces deux gamins finalement me peinaient. Autant que moi-même.

Et puis, à ma quatrième vodka-tonic, tandis qu'un DJ faisait monter un peu la sauce de son *kpop-beat*, j'ai commencé à me sentir bien à l'aise dans mon jean pourri : si ça se trouve, ils vont se dire que c'est du dernier chic à Paris (Marius m'avait présenté à quelques personnes comme un « réalisateur de la télé », sans préciser « de documentaires », ça pouvait faire illusion). En parlant avec l'une des créatures aux jambes télescopiques, accompagnée par une espèce de bateleur harnaché de colliers et de bagues, dont je devais apprendre plus tard qu'il était « imprésario de joueurs » (imprésario, un mot qui fleurait bon son Michel Drucker), j'entendis les pires bassesses, ragots, débinages et autres trolls assassins de ma vie. Il n'était question que d'attaquants tellement illettrés qu'il fallait remplir les chèques à leur place, et de défenseurs qualifiés de « bourrins finis à la pisse », ce genre d'expressions fleuries. Même le café du Narval, en bas de chez moi, qui s'était fait une spécialité en règlements de comptes dans le dos, faisait figure, en comparaison, de réunion de bienfaisance de l'Armée du salut. Il fallait croire que la hargne, la jalousie et la méchanceté étaient comme les mètres carrés en nue-propriété : proportionnelles à la fortune.

En commandant un cinquième verre, quand on aime on ne compte plus, je me demandai en passant si, par une sorte de grand rééquilibrage paradoxal du monde entre le Cortobello et le *Flo-ter* (le bateau de Flo), cette fille, comme ses copines alentour, sous leurs robes si fluides et si vaporeuses, tout en haut de leurs collants à la pointe des nanotechnologies, ne portait pas de solides culottes de coton sans façons, vendues par lots de trois au supermarché et aussi confortables qu'inusables ? Encore un mystère qui demeurera irrésolu. Car, à ce moment, et pour répondre à une question de l'agent à la langue bien pendue, je bafouillai que j'étais dans la région en repérage pour un « grand film sur les orques », tout en vérifiant du coin de l'œil si la Barbie taille réelle pouvait être impressionnée par le fait de côtoyer le fils spirituel du commandant Cousteau et de Luc Besson (apparemment non, pas vraiment ; d'ailleurs, me dis-je, peut-être pour me consoler, celle-ci – contrairement aux deux autres avec qui j'avais échangé plus tôt et qui m'étaient apparues aussi normales que des usagères de train de banlieue – évoquait davantage une sorte d'entité organique ne pouvant être impressionnée par rien, rien de rien ; et surtout pas par un type qui s'imagine en rejeton de Cousteau et de Besson, autrement dit en monstre à tous points de vue). C'est alors que le bavard embagousé me dit un drôle de truc :

– Si tu veux faire un bon film, tu devrais essayer de farfouiller un peu du côté du phoque de l'Océland, et de pourquoi qu'il est pas ressorti vivant de l'hôpital.

– Ah bon ! Et pourquoi ?

– À c'qui paraît qu'y a des images qui valent le coup.

– Pardon ?

– Non, rien.

– Si si, vous savez quelque chose à propos de sa mort ?

– Va savoir… Non. Oublie, en fait.

– C'est quoi ces « images qui valent le coup » ?

Le gars a regardé autour de lui, il a échangé ce qui m'a semblé être un sourire avec la fille aux émotions de fougère.

– J'sais pas… mais apparemment ça vaut le coup… Des images chaudasses à c'qui paraît.

– Des images de quoi, de qui ?

– J'en sais rien. Je les ai pas vues, mais elles existent.

– Quel rapport avec la mort du dresseur ?

– Il est dans le coup.

– Mais quelles images ? Des images de quoi ? Je comprends rien.

– Devine.

– …

– Depuis l'affaire Valbuena-Benzema, ils font super gaffe maintenant, mais ça a été le grand jeu chez les footeux de faire des *sextapes* de leurs exploits, avec le son des commentateurs brésiliens, si tu vois ce que je veux dire.

– Mais je répète : quel rapport avec Ludo ?

L'auto-bronzé aux cheveux gélifiés s'est tu brusquement. Je savais qu'il y avait là une info, une piste, ce que m'a confirmé ce qui a suivi : on m'a tapoté l'épaule droite. Un tapotement qui m'a paru très doux, mais quand je me suis retourné, j'ai été pris d'un léger vertige, peut-être à cause de ma rotation trop vive, plus l'alcool, à moins que ce ne fût à cause de la corpulence hors du commun du mec qui se tenait là, avec le crâne si bien rasé qu'il luisait et qu'on lui enviait de pouvoir se coiffer d'un coup d'éponge, icelui me disant avec un accent difficile à identifier, à vue de nez un dérivé de kosovar ou de tchétchène :

– Tu es très curieux.

Je n'ai rien trouvé à répondre, je ne me suis tout de même pas abaissé à lui faire remarquer « Mais j'ai rien demandé, monsieur, c'est lui qui me raconte des trucs » avec un petit geste du pouce vers le kéké à la chemise ouverte qui, de son côté, avait laissé tomber sa mine souriante de vendeur de voitures d'occasion pour l'échanger contre une gueule qui tirait sur le renfrogné. L'homme s'est de nouveau penché vers moi pour ne pas avoir à forcer sa voix :

– Tu es journaliste ?

– Non non, pas du tout.

– Tu fais quoi ?

– Je fais des documentaires.

Le yéti plus ou moins slave a froncé les sourcils, comme s'il se demandait si je ne me foutais pas de sa gueule. J'ai hésité une seconde, mais j'ai renoncé à me lancer dans mon grand discours épuisant sur la distinction entre la fausse neutralité journalistique et l'honnêteté du point de vue revendiqué de l'auteur de film documentaire, c'eût été superfétatoire, d'ailleurs le balèze ne m'en a pas laissé le temps :

– Ici, on est là pour la détente. Moi, j'ai l'impression que toi, tu mets ton nez là où y faut pas, tu fous la merde. Et puis j'aime pas ta tête, tu m'énerves en fait.

L'énerver, c'était bien la dernière chose que je souhaitais, mais j'étais impuissant à contrôler cet effet de ma personne. Il m'a planté son index dans la poitrine, et j'ai eu l'impression de recevoir un coup de barre à mine. Les deux autres, le guignolo grillé aux UV et la poupée nébuleuse, s'étaient discrètement écartés, ce qui avait laissé de la place pour l'arrivée de Marius, mon sauveur, qui a dit :

– Ça va, ça va, il est avec moi. Laisse tomber, Ratcho.

– T'amènes des fouille-merde ici ?

– Non. Il fait des films animaliers, il a rien demandé. Laisse filer.

Le fort comme un Turc s'était légèrement penché vers Marius, qui demeurait parfaitement calme, très maître de la situation, très apaisant. Très fort. Soudain je l'admirais, j'étais à moitié ivre mais pleinement sous le charme, ou l'inverse, enfin, quel bonhomme ce Marius ! Y a pas, il méritait bien May.

Nous nous sommes éloignés du bar pour aller nous asseoir dans un coin plus calme.

– Il s'appelle vraiment « Rachetoque », le mec ?

– Ratcho. C'est bulgare.

– Ah ouais. Je me disais aussi.

Ensuite une chose m'a quand même déçu chez Marius, il est redescendu de mon Olympe personnel pour regagner la terre des hommes, c'était pas plus mal. Alors que je regardais une autre fille, très brune, assise plus loin, il me demanda si j'étais client de ce genre de filles. Je le regardai de nouveau, surpris. Merde, c'était un héros ou un maquereau ? Ça n'était plus très clair tout à coup, je me demandais si j'avais bien compris sa question, c'était flou, mais avant que je n'aie eu le temps de lui réclamer des précisions, il m'a dit : « Laisse tomber. »

Tout avait été trop vite pour mes neurones ralentis par la vodka. Peut-être aurais-je dû lécher du sel ? C'est surtout pour les cellules nerveuses que le sel est important. Pas le temps de creuser, Marius était reparti sur autre chose. Il voulait changer de sujet, or de sujet, je n'en avais qu'un : on a reparlé des orques, enfermées là-bas, à quelques kilomètres, dans leur fosse de béton bleu, aussi humides, aussi embrumées, aussi perdues que les primates hominidés dans ce périmètre clos de moquette violette. Et puis aussi de l'accident de Ludo, du coup. Alors Marius me confirma en baissant la voix qu'une rumeur rampait ici entre les tabourets du bar (aux lumières si tamisées qu'elles laissaient croire à chacun que l'obscurité assurait une forme d'anonymat) : Ludo ne serait pas mort de mort naturelle, il aurait été tué. Et pas par Bulko ! Empoisonné. Ou étranglé, selon les versions.

Pour résumer, dans le « milieu du foot », tout le monde avait sa petite théorie sur l'affaire. Elles pouvaient, en gros, être regroupées en deux corpus à peu près aussi farfelus l'un que l'autre. L'un prétendait que le coupable était un allumé des antidelphinariums qui avait voulu finir le boulot entamé par Bulko, l'autre avançait que… que ça aurait à voir avec le fait que le Ludo était homosexuel et qu'il avait, ou avait eu, une liaison avec un joueur prometteur de l'Olympique azuréen, d'où l'allusion à une *sextape* compromettante et scabreuse. Houla, houla ! Quel bazar ! Si encore la première explication était la bonne, je pouvais imaginer injecter une petite dose policière dans mon allégorie audiovisuelle (le film, rappelons-le, devait être une réflexion philosophique sur notre imbrication dans l'univers du vivant, et pour la Firme un « hymne à la liberté », quel gloubi-boulga !), mais si ce crime – s'il était avéré – était un truc sordide dans le business du foot, alors là… Fallait se lever de bonne heure pour trouver un lien ! Le ballon, peut-être ? Le grand ballon noir et blanc du spectacle des orques…

Paula

… le sel, sel des larmes, flot des larmes, flots oubliés de l'océan. Globicéphalimaginés.

Fluide en filant, flat flush et flou liftant sur les déferlantes.

Tant de millions d'années. Pourquoi ne pas nous laisser ? Là-bas, dans la planète bleue, si profonde qu'au fond elle est aussi noire que moi. Dans l'eau pure, pure de sel, salée. Ici l'eau est sale. Floquée de bleu écaillé. Flaque de chlore ?

Et Bulko. À cor et à cri. Là-bas. Flapi dans la fosse de flotte. Fallait pas.

Hymne à la liberté, l'amour, la joie

Entre Paula qui hantait parfois certains de mes rêves, et Ludo qui faisait dans les coups d'éclat filmés (« Attaqué par un orque » ou « Enculé par le libero », selon l'expression fétide employée par l'agent à la peau orange du Cortobello), je perdais mon latin ; alors même que la vidéo, après tout, c'était la matière première de mon métier.

La nuit dernière encore, j'avais rêvé que Paula nageait dans l'air, qu'elle flottait tel un zeppelin noir taché de blanc, gonflé à l'hélium dans la nuit sombre, et que son immense tête souriante venait se coller à la fenêtre de ma chambre comme elle était venue se coller au hublot du delphinarium. Puis elle reculait, s'évanouissait dans les ténèbres, avant de réapparaître brusquement, fonçant droit sur la fenêtre qu'elle allait fracasser pour laisser l'eau de la nuit se déverser en trombe dans ma chambre et me noyer ; mais je me réveillais avant qu'elle ne touche le carreau. Bref, Paula n'était plus seulement l'énorme sirène obèse, magnifiquement ronde à la manière d'une sculpture de Botero, elle était aussi devenue inquiétante. À cause de Bulko ? À cause de la mort de Ludo ? À cause des rumeurs de bar à putes de luxe du Cortobello ?

Ça aussi, est-ce que je ne l'avais pas rêvé, par hasard ? Ou bien ces histoires d'amours masculines et d'images interdites n'appartenaient-elles pas à cette réalité parallèle qui est celle des vodkas cumulées de 3 heures du matin ? Je ne savais plus très bien comment démêler tout ça.

Heureusement, s'il y a un endroit où on peut facilement éradiquer toute forme de complexité, c'est à la télévision. À la télé, tout est plus simple. Surtout avec Muriel. Avec elle, ni complexité ni confusion, elle sait, elle explique, et nous voilà redevenus les enfants en bas âge (moins de cinq ans, âge à partir duquel les enfants comprennent que les adultes peuvent se tromper). Ainsi la directrice des documentaires de la télévision avait fait savoir à la production que le fait que Bulko soit devenu un tueur d'hommes ne changeait rien à l'« hymne à la liberté » qui était le « *mood* du projet ». C'était là « le cœur battant du film, cette liberté mise à mal dans tant de pays », avait-elle dit (étrangement, d'ailleurs, car on ne voyait pas bien le rapport, mais bon, OK, d'accord). Le film était toujours bien sur ses rails et le diffuseur attendait la livraison d'un premier montage dans l'année, donc tout allait bien. « Quant à cet accident » (qui « ne changeait rien » mais dont elle parlait tout de même beaucoup), Muriel avait, pour le rassurer, précisé au téléphone à John-Luc (qu'elle avait donc pris la peine d'appeler personnellement) : « Cet animal, il sera aussi un héros du film, car c'est avant tout une victime (fallait suivre…), c'est nous qui l'avons rendu fou. Il n'est pas coupable, c'est nous qui le sommes. » Bien sûr, pour le coup, elle avait raison, mais je ne pus m'empêcher de penser que Bulko avait de la chance, si on peut dire, parce que, en général, Muriel ne faisait pas dans la nuance quand il s'agissait de condamner la violence des mâles. Je me suis souvenu de la mise en garde de John-Luc pendant son dîner, à propos du sort réservé par la Firme aux vieux mâles blancs qui ne seraient pas patrons. Bulko, il est vrai, avait nettement moins de cinquante ans – moi aussi –, n'était pas blanc – quoiqu'un peu –, et surtout – me raisonnai-je, car j'avais conscience de tout mélanger – avait la chance, ou le malheur, d'appartenir à l'espèce *Orcinus orca* et non à celle d'*Homo sapiens sapiens*.

***

L'été était passé là-dessus. J'étais parti en Corse avec mes deux potes de toujours, Tom et Jerry (Thomas et Djibril, pour l'état civil). J'y avais rencontré une fille de nationalité inattendue (mon premier est la source de la vie, mon deuxième n'est pas loyal au jeu, mon troisième est une femelle qui aboie), une Autrichienne abstinente qui cochait les trois cases du rébus de Carambar et qui m'avait bien fait tourner en bourrique, mais passons car cet épisode n'avait aucun rapport avec notre récit océanique.

Finalement, en novembre, après un long travail de développement et de préparation (financé pour ce qui me concerne par les Assedic du spectacle et pour ce qui concerne le pool-house / sauna / jacuzzi de la piscine du mas provençal de John-Luc, par le CNC, la Procirep, par toutes les aides possibles et imaginables du cinéma documentaire d'auteur, plus la Région PACA et la Fondation Bettencourt), nous étions prêts à partir pour notre premier tournage d'une semaine en Norvège. J'avais réussi à convaincre John-Luc de travailler avec Flo à la caméra. Au départ il avait mollement douté :

– Mais elle n'a jamais fait d'animalier !

– Ça tombe bien, on ne fait pas un film animalier. Elle vit sur un bateau, elle est engagée pour les orques et elle connaît la Norvège.

– Elle parle le norvégien ?

– Elle se débrouille.

Elle se débrouillait en norvégien comme vous et moi en birman, et ne connaissait la Norvège que pour avoir participé adolescente à un raid d'étudiants au cap Nord en 4L, mais ça me rassurait de partir en tournage sur ce film avec Flo, c'était un peu comme d'aller en colo avec une grande sœur monitrice. Mais surtout, surtout, Flo avait accepté un salaire ridicule de cameraman d'actualité et non de chef opérateur de documentaire, alors John-Luc m'avait aussitôt appelé pour m'annoncer la bonne nouvelle : « Je pense qu'elle fera l'affaire. »

Les envolées d'Edoardo

Et nous voilà à Roissy, Flo et moi, avec tout le matériel enregistré en soute, devant un café sous tension (le dernier avant le grand saut, j'avais toujours considéré qu'un tournage à l'étranger débutait à l'instant précis où l'avion quittait la piste de décollage) et en compagnie de Mick. Le garçon s'appelait Mickaël mais se faisait appeler « Mick ». Quand on lui demandait : « Comme Jagger ? », il répondait : « Comme mic-ros », et tout le monde se demandait s'il y avait quelque chose de drôle, un jeu de mots plus subtil qu'il n'y paraissait, un double sens, un truc, mais en fait non. Le mec avait une dégaine de rockeur et paraissait avoir déjà réussi l'essentiel de la mission en ayant acheté deux cartouches de Marlboro au duty-free. Je le connaissais un peu, il avait beaucoup travaillé pour *Thalassa* et avait fait du bon travail de prise de son sous-marin sur un documentaire sur le chant des baleines, il était un peu plus vieux que nous mais il était de ces gens qui, même vieux, mourront jeunes. En attendant, j'ai branché Flo sur cette théorie d'un Ludo assassiné dans son lit d'hôpital à Nice. Elle m'a dit : « Oui, plein de gens délirent là-dessus, à mon avis c'est n'importe quoi. » J'ai laissé filer une seconde, puis j'ai complété : « Il y a même une théorie qui prétend que ce serait un fanatique du combat pour les cétacés qui aurait fondu un plomb. C'est pas toi, par hasard ? » Elle m'a regardé avec un grand sourire. L'idée l'amusait. Je m'en suis tenu à ça.

Paris-Oslo sans encombre, sur Air France :

– Poisson ou poulet, monsieur ?

– J'hésite.

– Peu importe, faites ça à pile ou face, de toute façon, c'est le même goût, m'a répondu le steward avec cet humour de tête de lard si français.

Escale à Oslo, puis Oslo-Tromsø sur SAS. Cette fois, plus le choix, c'est parti pour le plateau de morue séchée. *Velkommen !*

Aéroport de Tromsø, taxi (break Volvo) jusqu'au port, embarquement à bord du *Trellskørdt*, un bateau de pêche de douze mètres reconverti dans l'observation des orques-épaulards. Nous sommes très chaleureusement (voire exagérément, si cela est possible) accueillis par Edoardo de Montis, « l'homme qui murmure à l'oreille des orques », et, plus sobrement, par le capitaine, Lars. En plus de ces deux-là, nous sommes six « passagers » ; nous trois, plus un photographe sous-marin brésilien, Agostinho, et un jeune couple de Belges venus fêter leur premier anniversaire de mariage en s'offrant ce « voyage inoubliable ». « Sarah et moi, on est passionnés de plongée, m'expliqua d'emblée le jeune garçon avec ce chouette accent convivial de Bruxelles. On a fait déjà pas mal de trucs, les requins de Charm el-Cheikh, les mantas des Maldives, les fish balls d'Afrique du Sud, mais les orques, pour nous, c'est le Graal. » Le Graal, carrément ! De fait, ces montagnes noires qui nous encerclaient, avec leurs coulées de glace brillante, pouvaient évoquer les aventures médiévalo-arthuriennes-game-of-thronesques…

Edoardo ne m'avait pas prévenu que nous ne serions pas seuls à bord. J'aurais dû lui poser la question avant, ça m'a un peu agacé. C'était un brin déconcertant. S'agissait-il d'un « tournage dans des conditions extrêmes » ou bien d'une « lune de miel belge saison 2 » ? J'en venais à me demander si, en cas d'échec du documentaire, je ne pourrais pas amortir le choc en fourguant une petite vidéo souvenir « Sarah et Robin / Premier anniversaire de mariage ».

Le premier soir à bord avait des allures de veillée d'armes avant le grand départ. Un tournage en mer est tout de même une petite aventure, et, comme toujours pour moi (pour tout le monde, je pense ? pas sûr…), j'étais coupé en deux parties égales dans le sens de la longueur. D'un côté j'étais excité et impatient de me confronter à la mer de Norvège, de l'autre j'étais tenté de tout rejeter, de tout laisser tomber pour ne plus rêver que d'un immense *reset* qui me ramènerait chez moi, dans mon lit, tellement plus réconfortant, voire d'un immense *rewind* de la bande-vidéo de mon existence qui me ferait revenir dans mon lit d'enfance, celui de mes sept ans, quand la vie, me semblait-il, n'était encore qu'un grand jeu sans péril sérieux. Je gardais ce désir d'évasion secret, je n'avais pas accepté de faire la formation que m'avaient proposée les Assedic au *team management* ; mais je me doutais bien que ça n'était probablement pas la bonne technique pour motiver une équipe de tournage que de lui dire : « Vous savez où je voudrais être en ce moment ? Plutôt qu'avec vous, bande de nases, sur ce rafiot glacé et malodorant ? Dans mon lit, en CE2, avec mon ours en peluche gris. »

Edoardo, qui devait, lui, avoir fait le stage de *team building*, ne commit pas cette erreur : à la réunion de présentation et de brief de la semaine, il nous parla en homme. En homme sérieux, responsable, méthodique. Un de plus. Comme Marius. Les hommes seraient-ils donc, majoritairement, sérieux et méthodiques ? Ou bien, plus probablement, était-ce moi qui étais branquignolesque ? Quoi qu'il en soit, Edoardo n'avait pas grand-chose d'italien, hormis peut-être un peu de cette aisance que procure la spontanéité, disons un quart d'italien (un Milanais né en France). Flo le connaissait vaguement, il était adhérent de FreeCetaceans et était venu quelques fois sur la Côte pour soutenir des manifestations, elle m'avait dit à son propos : « Il est un peu *space*, mais il est plutôt sympa. » Sauf qu'avec Flo, tout le monde était sympa. Le demi-Transalpin spacepathique nous expliqua, carte à l'appui, la route jusqu'à la zone de l'Ytre Torskefjorden que nous allions rejoindre, puis les techniques d'approche douce (à l'opposé des gougnafiers du business du *whale watching*, précisa-t-il) des familles d'orques, si nous avions la chance d'en rencontrer (il insistait beaucoup sur cet aspect « chance », qui, par conséquent, impliquait un « risque » d'insuccès, étrangement passé sous silence sur son site Internet, où il proposait ses fameuses expéditions « inoubliables » pour un « devis étudié »), car il était déjà arrivé que, certaines semaines, ses clients fassent chou blanc. Zéro orque (et zéro remboursement).

Comme toujours avec un nouveau prof, jour de rentrée ou arrivée d'un remplaçant, les élèves zélés fayotent à donf. Le photographe bombardait Edoardo de questions techniques et précises sur la distance à laquelle le bateau pouvait approcher des orques, puis sur la proximité que, une fois mis à l'eau, les plongeurs pouvaient espérer dans leurs interactions avec les épaulards. Des questions intéressantes, en vérité, des questions que j'aurais pu poser, que j'aurais dû poser, à la manière d'un journaliste sur le coup, mais ça doit être ce foutu côté branquignol. M'effleura l'idée qu'une autre différence pouvait aider à comprendre la distinction entre le journalisme et le documentaire, c'est la façon dont ce dernier s'accommode beaucoup plus volontiers du dilettantisme, pour rester poli. Quant à Sarah, elle endossait le rôle de la fille du premier rang qui pose des questions si embarrassantes que même le prof qui passe son temps à répéter qu'« il n'y a pas de questions idiotes » en est gêné. Il dut ainsi lui expliquer que, non, on ne faisait pas pipi dans une combinaison étanche pour réchauffer l'eau puisque… puisqu'elle était étanche.

Nous avons mangé une espèce de ragoût, du fårikål, et bu suffisamment de bière pour pouvoir contrebalancer la marée descendante à l'urine et passer une nuit épouvantable avec un Mick qui ronflait en envoyant autant de décibels que les Stones en fosse VIP sans bouchons d'oreilles. J'avais oublié mes boules Quies.

Le lendemain à l'aube, dans un froid de cale de cargo frigorifique, nous avons pris la mer. Seul le ciel virait doucement du bleu nuit au bleu outremer, mais tout le reste, l'eau, les montagnes, le port, demeurait obstinément plongé dans un noir d'encre. À mesure que nous nous éloignions de la côte, la lumière du jour s'éclaircissait dans le gris aussi lentement que notre euphorie s'enlisait dans le *blue*. Nous étions partis pour deux jours de navigation froide et mouvementée. Comme il en faut toujours un qui se dévoue, voire plusieurs, Robin et Mick, solidaires sur ce coup-là, s'y sont collés et ont entamé le traditionnel concours de gerbe.

Flo quant à elle était bien, dans son élément. On aurait dit que cette femme était toujours là où elle devait être, qu'aucune autre activité au monde ne pouvait mieux lui correspondre que ce qu'elle était précisément en train de faire, *the right woman at the right place*. Sans la caméra, elle restait active et d'humeur égale, plaisantant, ayant toujours une idée pour s'occuper utilement et être agréable à l'un ou à l'autre, une cheftaine à la coule. Elle prenait parfois la caméra pour filmer, avec un sens du cadre évident, le lent déroulé du paysage d'une beauté glaçante, ou, avec une étonnante discrétion, les scènes de vie à bord du *Trellskørdt*. Le tout avec une parcimonie que j'appréciais à sa juste valeur, elle m'épargnait la diarrhée d'images qui saisissait souvent les cameramen trop excités.

Et puis, parce qu'on n'y couperait pas et qu'on ne sait jamais, si le film était un poil court, ça ferait toujours une minute ou deux, on s'est organisé une petite interview d'Edoardo dans la cabine de pilotage. Entre le trépied de la caméra et la pince d'éclairage, Mick, Flo et moi nous tenions serrés comme dans une rame de la ligne 12 du métro parisien à 8 h 30 du matin.

– Vous pensez que nous allons voir des orques ?

– Je l'espère.

– Ce n'est jamais gagné d'avance ?

– Non. (Je sentis d'emblée une petite pointe d'agacement avec cette première question.) Pour être sûr de voir des orques, il faut aller dans un delphinarium et mater des animaux malades, malheureux, torturés. En liberté, il faut accepter que l'océan est grand et que la beauté de la rencontre surgit comme par magie.

Edoardo avait dû déjà sortir cette réponse des dizaines et des dizaines de fois, le ton un peu récité laissait suspecter qu'il s'exprimait en pensant à autre chose, du genre « décidément, mille journalistes, mille passagers, mille fois la même question ». Puisqu'il faut toujours y aller mollo au début et qu'on était sur l'eau, j'y allais franco dans les questions bateau.

– D'où vous vient cette passion pour les orques ?

– Depuis tout petit… (*Bah voyons!*)

– Racontez-nous! (*Je pourrais le faire à sa place…*)

– Depuis mes premières vacances en Sicile, sur l'île de Levanzo précisément, j'avais six ans. Mon père m'avait acheté un masque et un tuba, je ne savais pas encore nager. Dès que j'ai mis la tête dans l'eau, j'ai su que ce monde subaquatique serait le mien. J'ai eu la sensation que les poissons, les algues, les étoiles de mer et les poulpes m'accueillaient, m'invitaient. Cette sensation n'a jamais cessé, jusqu'au jour où, ici, en Norvège, j'ai plongé en apnée avec les orques et là… Là, j'ai vraiment eu la certitude de rencontrer les êtres suprêmes de notre planète bleue. Plus que les dauphins, qui sont comme des anges, j'avais la conviction de rencontrer des dieux océaniques, vraiment, des êtres supérieurs, plus évolués que nous, moins sauvages. Au cours d'une de mes premières rencontres avec elles, une femelle est venue me voir et m'a parlé, m'a chanté quelque chose. L'émotion qu'elle a provoquée chez moi a été une authentique eucharistie… Je n'ai jamais plus depuis ressenti un tel bouleversement émotionnel, et même spirituel.

J'aurais volontiers ironisé sur les envolées d'Edoardo, qui pour le coup retrouvait des accents milanais, mais son récit me rappelait trop l'effet de sidération que Paula avait provoqué chez moi à Océland, même au travers d'un hublot. Donc je me réjouissais d'avoir enregistré son témoignage, dit avec émotion, bien qu'il l'ait déjà raconté en long et en large dans chacun de ses trois bouquins, mais pas grave, comme dirait Muriel, si les téléspectateurs lisaient, ça se saurait. Enfin, jusque-là, j'étais satisfait. J'ai laissé quelques secondes à Flo pour changer son cadre, et j'ai demandé à Edoardo quel sens, au-delà de son accomplissement personnel, il donnait à son activité.

– D'abord, le partage ! Je veux faire partager cette expérience. Ensuite, je me vois comme un ambassadeur des orques, je suis leur messager. Et leur porte-parole, je suis certain que ces animaux ont une révélation à nous faire.

On était pas mal. On était dans le thème. Je ne perdais pas de vue le but du film, « rétablir un lien », « renouer le fil ». En vérité, il s'agissait plutôt de mille fils, d'une trame. Il nous fallait retricoter le tissu déchiré entre nous et le vivant. Et Edoardo confirmait que les orques pouvaient nous y aider, en nous révélant la réalité de ce tissage inextricable. Pour cela, il faudrait que je coupe sa réponse à cet instant, car la suite était plus douteuse.

– Vous savez, dans ma vie, j'ai tout vu. Si je peux reconnaître les dieux, c'est que j'ai vu le diable. L'humain livré à lui-même. J'ai été, dans ma jeunesse, nageur de combat dans les commandos de marine. Je sais de quoi l'homme est capable, une engeance, un fléau. J'ai fait le chemin vers la lumière, paradoxalement en plongeant au plus profond des mers et de moi-même, j'ai compris. J'ai compris la vanité et la vacuité, j'ai compris l'intoxication aux pensées noires et aux relations galvaudées, j'ai puisé chez les orques la force suprême et l'harmonie universelle, je dois relayer cette connaissance.

OK, d'accord, ouais… il fallait le calmer.

– Quel est le principal danger pour les orques ?

– La surpêche.

– C'est-à-dire ?

– Il y a plusieurs populations d'orques sur la planète. Les scientifiques pensent d'ailleurs qu'elles constituent, peut-être, des sous-espèces. Certaines, surtout dans l'hémisphère Sud, se nourrissent de mammifères marins, phoques, otaries, éléphants de mer, et même baleines. (Muriel était loin, on coupera…) D'autres, comme ici ou dans le Pacifique Nord, se nourrissent de poissons. En Norvège, là où nous sommes, les orques suivent et chassent les bancs de harengs. Or les stocks s'épuisent au point de faire baisser le nombre des orques.

En effet, j'avais toutes ces données que m'avaient détaillées par le menu Christophe Guimet et Paul Tixier, les deux chercheurs français spécialistes des orques. Ils m'avaient également expliqué à quel point les orques, dernier échelon tout en haut de la chaîne alimentaire, concentraient des taux hallucinants de métaux lourds et des molécules de synthèse toxiques.

– La pollution aussi ?

– Oui. Et une pollution dont on ne parle pas suffisamment : la pollution sonore. Les orques vivent dans un univers qui est avant tout un univers de sons. Or il n'y a plus un endroit en mer où l'écho d'un moteur ne se fait pas entendre. Et dans les zones de passage de cargos, de pêche intensive ou de tourisme de masse, elles sont complètement agressées, et parfois désorientées par ce chaos.

– Par les moteurs de *whale watching* aussi, donc ?

– Oui.

– Donc par nous ?

– Je ne me considère pas comme un de ces butors qui pourchassent les orques. Je vous l'ai expliqué. J'ai mis au point une technique d'approche douce qui n'interfère pas avec leurs activités, de chasse, de jeu ou de repos.

– Et puis vous êtes leur messager ? (Je n'ai pas pu m'en empêcher, contrairement aux prescriptions du mantra camusien de la matinale de France Inter.)

– Exactement. Et je pense qu'elles le savent.

Hum, hum, je vois. Edoardo faisait payer à des passagers un bon paquet de milliers d'euros pour aller observer les orques, voire nager en leur compagnie, mais il n'avait rien à voir avec le business du *whale watching* ! Même si Flo m'avait prévenu, j'avais vaguement espéré retrouver un genre de nouveau Jacques Mayol, mais c'était un Jacques Mayol reconverti dans les eaux froides (du calcul égoïste et de la guerre de tous contre tous, comme disait l'autre), et je constatais que, si Edoardo de Montis était peut-être (sans doute ?) amoureux des orques, il l'était à coup sûr de lui-même. J'avais espéré une sorte de Ludo du grand large, un être à la naïveté aussi vaste que son sourire, et je me retrouvais avec un Nicolas Hulot à la petite semaine, fasciné par ses vidéos sur YouTube et son business bien marketé du *messie des orques-anges*.

Je ne savais plus trop dans quelle direction aller quand Mick, mal remis de ses nausées à répétition, m'a offert une issue de secours en déclarant : « Les gars, j'ai mal au bide, soit on fait une pause, soit je vais lâcher une caisse et on va tous mourir. » J'ai dit : « C'est bon, on coupe. »

Nous avons passé une seconde nuit à bord. La houle clapoteuse venait de face et la coque cognait suffisamment dans les creux pour que les couchettes nous castagnent par en dessous comme si une grosse paume marine cherchait à décoller la pulpe d'un grand Orangina flottant. Les heures ralentissaient, dilatées par le froid, l'insomnie, et les gronfeulements divers et très variés qu'émettaient Mick et Agostinho, mais (je ne veux dénoncer personne) pas seulement, ça venait aussi de derrière la cloison, de la cabine des filles.

Le second petit déjeuner fut beaucoup plus silencieux que le premier, les sorties spontanées, les rires, l'excitation des débuts, le positionnement de chacun dans la hiérarchie de la nouvelle petite meute humaine, tout cela s'était déjà dissipé dans la fatigue des premiers jours en mer, avant amarinage éventuel. On entendait Sarah aspirer son thé brûlant en faisant des petits « slurp » qui se voulaient discrets et charmants, mais qui étaient aussi insupportables que ceux des vieux dans la chanson de Brel.

Seul Edoardo, c'était son job, poursuivait sans mollir ses cours de biologie marine. Nous avions ce matin-là un TD sur la manière dont l'activité humaine de pêche avait modifié le comportement des orques. Ces dernières, si intelligentes, avaient compris qu'il était énergétiquement très rentable pour elles de laisser faire le travail de capture des poissons par les bateaux de pêche (maquereaux là, harengs ici, thons ailleurs) pour pouvoir ensuite les récupérer au bout des lignes des palangres. Ce pillage des prises de pêche avait évidemment rendu furieux les pêcheurs et entraîné des rétorsions mortelles sur les orques. Cette compétition entre les hommes et les orques devait urgemment être encadrée par la loi, notamment en subventionnant les pêcheurs pour compenser leurs pertes. Aux îles Kerguelen, les pêcheurs avaient accepté et certains contribuaient même au travail d'études scientifiques des chercheurs. Edoardo connaissait son sujet, si jamais on ne voyait pas d'orques au cours de ce séjour norvégien, du moins on n'aurait pas besoin de lire les livres et les publications de vulgarisation scientifique. Ce que, pour ma part, en bon petit documentariste, j'avais déjà fait, donc, pour moi, c'était perte sèche.

Les heures se succédèrent au rythme poussif et bruyant du gros diesel. On aurait juré que l'eau les freinait elles aussi, comme le faisait plus encore l'obscurité de la nuit, qui d'ailleurs ne nous lâchait jamais vraiment, on avait l'impression que, même à midi, la nuit rôdait derrière les nuages. Les roulements pour faire la bouffe, le ménage et la vaisselle n'amusaient plus personne.

Il y en a un qu'on ne voyait jamais, c'était Lars, le solide capitaine, le Viking silencieux. Ce gars-là vit sur l'eau toute l'année, ne connaît des plantes que le tabac qu'il fume et le houblon qu'il boit. Je me demandais bien qui, entre Edoardo qui parlait tant des orques et lui qui n'en parlait jamais, était le plus proche d'un authentique ajustement à l'harmonie des grands fjords. J'avais ma petite idée. Et puis, au soir de ce deuxième jour, on a entendu un genre de borborygme venu du poste de pilotage. Un aboiement en norvégien. Lars avait dit quelque chose ! Et il n'était, on vient de le préciser, pas homme à parler pour ne rien dire. Edoardo a traduit en disant : « Venez tous ! » sur un ton exalté, et nous sommes sortis sur le pont avant. Dans un premier temps, nous n'avons rien vu, rien d'autre que l'infini velours bleu nuit de la mer vespérale. Et puis, en même temps que nous avons entendu un souffle de forge, nous avons aperçu une pulvérisation, un mini-geyser, et tout de suite un deuxième, et puis deux autres encore. Les orques, à une centaine de mètres de nous, respiraient ensemble. Lars a suivi leur trajectoire tout en infléchissant très légèrement son cap pour se rapprocher d'elles. Plus nous progressions et plus nous étions fascinés par la beauté pure et parfaite de l'ensemble.

Il devait y avoir, au moins, une douzaine d'orques, dont les respirations synchronisées orchestraient un ballet féerique de geysers réguliers allumant des nuages de lumière diffractée dans le contre-jour crépusculaire. Comme nous les approchions davantage, le son de leurs respirations calées sur le rythme des vagues de leur nage composait une authentique symphonie orquestrale qui nous envoûta définitivement. Les épaulards suivaient leur route avec une sérénité ancestrale. Edoardo nous chuchotait que les orques n'étaient pas en chasse, elles se déplaçaient simplement d'un lieu de prospection à un autre. Il pensait reconnaître le clan d'Attika, une femelle âgée de plus de soixante ans et très connue des chercheurs. Il nous expliquait que les orques maintenant émergeaient plus franchement en respirant pour pouvoir nous observer et surveiller notre approche ; si elle devenait trop pressante, elles plongeraient et nous ne les reverrions plus. Flo avait sorti sa caméra à l'épaule pour corriger les mouvements du bateau, et Mick son micro à fourrure antivent. Je leur faisais confiance pour enregistrer des plans de différentes valeurs.

Nous distinguions de mieux en mieux les taches blanches des unes et des autres, et les mâles des femelles : les dorsales des mâles étaient absolument stupéfiantes, des lames luisantes de près de deux mètres de hauteur fendaient le clapot comme des kiosques de sous-marins à propulsion nucléaire, si loin de la pauvre nouille trop cuite et effondrée de Bulko. L'épisode a duré suffisamment longtemps pour que Mick fasse décoller notre drone. Habituellement, je détestais ces plans qui transformaient tous les films en observation entomologique du monde façon Arthus-Bertrand, mais là, le drone, à la verticale des orques, nous renvoyait la progression des quinze membres de la famille d'Attika qui avançaient dans l'eau sans paraître, vu du dessus, faire le moindre mouvement. L'ondulation des cétacés n'a rien à voir avec le mouvement latéral de reptation des poissons, elle rappelle plutôt le balancement haut/bas d'un nageur de papillon, appelé aussi dauphin. Lorsqu'elles respiraient, elles poussaient devant elle une vague d'étrave qui dessinait une gerbe d'écume blanche, à la manière du bulbe de proue d'un porte-conteneurs.

Nous étions bouche bée, au sens propre, devant la magie du spectacle qui, en effet, irradiait dans l'air glacé une forme de réconciliation universelle. Même Edoardo, qui continuait à commenter la composition du clan en pestant qu'il était trop tard pour imaginer se mettre à l'eau, m'était devenu sympathique, je l'aimais presque. Grâce à lui, je vivais une apothéose de la nature. Je me disais que, si ça se trouve, cet Edoardo n'est pas fou du tout, il a même sans doute raison. Les orques, avec les dauphins et les baleines, la grande famille des cétacés, forment un aréopage d'anges et d'archanges dispersés dans l'azur foncé des océans. À l'avant du groupe, Attika a pris une ultime inspiration et, sans vraiment sauter hors de l'eau, elle s'est enroulée en émergeant légèrement pour plonger, comme si elle prenait son élan pour sonder les abysses. Ce qu'elle a fait, suivie par toutes les autres, et on ne les a pas revues.

Attika

Plus sombre, plus sombre, la sonde, plus bas le fond,
L'écho du son, le son qu'ils font,
Tout le monde, on s'entend, en pression,
L'eau et le son, matricent et tissent, deux fois trois dimensions.

Cliquetis, les nôtres, et le leur,
Cliquetis de moteur,
Mémoire de l'horreur, si vieux malheur,
Større båt, Bulko så liten,
De tok det fra meg.
Bateau plus gros, Bulko si petit,
Ils me l'ont pris.

En pleine eau

À l'aube du troisième matin, nous avons été surpris de découvrir qu'il avait neigé durant la nuit. En général, à cette époque de l'année, le temps était sec, il faisait trop froid pour la neige ! Les montagnes avaient été entièrement repeintes en blanc, et le pont du bateau était recouvert d'une épaisse couche givrée de flocons compressés. Le ciel était vaporeux et le soleil, très bas, dessinait un immense halo orangé. La lumière était aussi douce que le froid était dur. Il n'y avait plus un souffle d'air, la mer était d'huile et l'atmosphère très particulière. Flo avait sorti des filtres dégradés Tiffen pour équilibrer le blanc des montagnes et le noir de la mer, et il suffisait de poser la caméra sur le pied pour tourner des plans de pur cinéma.

Juste à côté d'elle, Robin, le chérubin belge, filmait lui aussi. D'ailleurs, celui-là filmait à peu près tout ce que nous filmions, plus tout le reste. Ce n'est pas compliqué, c'est même très simple : le mec filmait tout. Finalement, je ne pourrai rien lui offrir question vidéo. Il filmait avec deux GoPro, un iPhone dernier modèle avec l'appli Filmic et le mini-steady à main qui va bien, ainsi qu'un mini-drone, trop léger pour la brise marine, mais enfin le garçon était équipé. Le lever, le coucher, les repas, le bateau, les paysages, nous, eux, la mer, le ciel, les macareux et les orques hier soir. Entre eux et le photographe brésilien, qui n'était pas en reste, tout le monde emmagasinait des images sur tout le monde, si bien que je finis par attraper une espèce de tournis et par me demander ce que je foutais là – un peu le syndrome des tribunes de l'Océland. Quelques minutes plus tôt, je l'avais aperçu qui volait un plan de sa jeune épouse en train de faire pipi (j'espère que ça n'était que ça) par-dessus bord à l'arrière – c'était la consigne (un dispositif qui, ajouté au froid, constipait la plupart des passagers, surtout moi, jusqu'à transformer notre palanquée en groupe de parole, non genré, de préparation à l'accouchement ; mais bon, on ne s'attardera pas sur ces précisions trop triviales), qui recommandait aussi, accessoirement, de nouer un petit chiffon rouge sur un hauban pour plus de tranquillité. Cette image se voulait sans doute un clin d'œil comique, je suppose. Heureusement, ils ne dormaient pas ensemble, et les moments d'intimité étaient compliqués, sinon on n'aurait pas échappé à un bonus interdit aux moins de dix-huit ans, une resucée de *sextape*. Une de plus.

En fin de matinée, Lars, la vigie viking avec sa barbe rousse entortillée à la barre, a de nouveau repéré des orques, probablement le même clan que la veille, la famille de l'honorable Attika. Edoardo était surexcité, le clan nageait en cercle, signe qu'il avait réussi à isoler un banc de harengs dans cette baie toute ronde et qu'il allait rester là pour les boulotter. Il fallait mettre le Zodiac à l'eau et se préparer à plonger !

C'était parti !

Tout le monde s'est préparé dans un panachage de méthode (« Du calme, du calme, en premier se déchausser ! ») et de précipitation (« Oh putain, les orques ! ») dans la cale du matériel de plongée, les filles d'abord, les garçons ensuite.

Lars et Edoardo se sont occupés de mettre le Zodiac, suspendu à la grue de poupe, à l'eau.

Quand j'ai vu Flo dans sa combinaison étanche, je suis désolé de dire qu'elle ressemblait davantage à un égoutier en intervention qu'à May en néoprène. Je me demandai en passant si elle portait là-dessous un de ses petits triangles de dentelle noire que j'avais vus sécher à Nice, ou un maillot de bain échancré du même acabit ? Elle faisait preuve ici d'une pudeur que je ne lui avais pas connue sur son bateau. Enfin, ne nous dispersons pas, les orques sont là, bon Dieu !

Une fois équipés, on s'est embarqués sur le Zodiac avec le matos, la caméra dans son caisson étanche, les GoPro et tout le bordel.

Le Zodiac progressait doucement vers le fond de la crique où, à intervalles réguliers, une orque respirait. Parfois, l'une d'entre elles, sans doute une juvénile, sautait hors de l'eau et se laissait retomber sur le flanc comme pour jouer. Assis sur les boudins gonflables, palmes aux pieds, nous rebondissions avec le clapot tandis que nos cœurs tambourinaient en triples croches dans nos poitrines. Pour ne pas gêner les animaux, et pour plus de simplicité, nous plongions en apnée, sans bouteille. La règle de sécurité prévoyait que nous embouchions nos tubas dès le départ du Zodiac, en cas de chute. L'eau était à cinq degrés. Le choc thermique sur le haut des joues – les sinus maxillaires (le front et le menton étaient couverts par une cagoule isotherme, le nez et les yeux protégés par le masque) – et sur les lèvres pouvait provoquer des réactions inappropriées, comme l'oubli de respirer. On se concentrait là-dessus, la respiration, toujours revenir à la respiration. De toutes les sensations qui précèdent la mise à l'eau, le goût du plastique de l'embout du tuba coincé dans les gencives est le plus spécifique, et le plus irrémédiable, à toute plongée.

Edoardo, assis à l'avant du semi-rigide, nous répétait les consignes. Il se mettrait à l'eau en premier, nous attendrait, puis nous le suivrions en nous décalant chacun en trois-quarts arrière du nageur précédent, tels des cyclistes en bordure ou des oies en migration. C'était le projet.

Les deux tourtereaux belges étaient sagement assis sur le boudin bâbord. Avec leur tuba greffé sur la bouche, au moins on ne les entendait plus s'extasier à tout propos. Ils se tenaient par la main, tels un frère et une sœur le jour de la rentrée en classe maternelle, ou bien un mariage de poètes surréalistes d'avant guerre, célébrant leur union en tenue de scaphandriers. Cette pensée me réjouissait et comme, pour la première fois depuis la première heure de notre rencontre, il ne filmait pas, j'ai fait une image avec ma GoPro, un jour de mariage, quand même !

Quant à Mick, qui préparait ses hydrophones, il aimait l'eau autant qu'un chat. Il était hors de question qu'il plonge. Il serait le seul, avec Lars à la barre, à rester sur le bateau, « en civil ». Mais on le voyait souffrir quand il recevait des éclaboussures de l'étrave comme si elles étaient des projections d'huile brûlante. La veille, je lui avais demandé pourquoi un mec qui détestait autant la flotte avait autant travaillé pour *Thalassa*. Il m'avait dit : « On ne choisit pas sa famille. » Comme j'étais resté perplexe en essayant de comprendre, il avait cru bon d'ajouter : « Ni les trottoirs de Manille. » Oui, merci, *man*, j'avais saisi le clin d'œil à ce bon vieux Maxime, mais je ne comprenais toujours rien, et je n'ai d'ailleurs toujours rien compris, si ce n'est que ce mec – ça je le savais – ne choisissait que très peu de choses dans sa vie, il vivait « au fil de l'eau ». (Malgré lui, donc.)

Edoardo, de son côté, serait le seul à plonger en combinaison humide. Il fallait un certain courage, y a pas, et une certaine expérience, c'est sûr, pour supporter les premières minutes avant le réchauffement de la combinaison. Il était ainsi le seul à ne pas ressembler, comme nous autres, à des randonneurs (ou des infirmiers/ères) surpris par l'orage (ou par un nouveau virus) qui se sont confectionné des protections contre la pluie (ou la contamination) avec des sacs-poubelles. Lui pouvait exhiber fièrement ses muscles fins et noueux sous l'épaisseur du néoprène.

Soudain on a vu, à vingt-cinq mètres environ, une nageoire caudale surgir des flots et exécuter un mouvement, comme un bonjour, avant de gifler l'eau et de disparaître en soulevant une énorme vague. Lars a coupé les gaz et débrayé l'hélice. Edoardo a basculé à l'eau et il nous a fait signe de le rejoindre. Aïe. C'était comme un saut en parachute : dans l'idée, on est bien d'accord sur le principe, bien déterminé pendant la phase d'ascension, jusqu'à ce que la porte de l'avion s'ouvre… Agostinho, puis Flo se sont mis à l'eau, imitant Edoardo, avec des bascules arrière à la manière de vrais commandos marines. Puis Sarah s'est laissée glisser, à plat dos, le long du boudin, et Robin l'a suivie en faisant un peu pareil mais dans l'autre sens, à plat ventre, en se retenant au « bout de survie » qui courait autour du Zodiac. Ils s'y agrippaient maintenant tous les deux. Je leur ai fait signe de s'écarter (j'ai un « niveau trois » de plongée, donc j'étais censé fermer la marche et surveiller Sarah et Robin qui n'avaient que le deuxième niveau). Ils se sont éloignés et j'ai sauté à la baille, palmes en avant pour freiner mon entrée dans la mer de Barents.

Popopopo, putain, c'est froid quand même !

Je ne dirai plus jamais que la Méditerranée est froide à Villefranche, plus jamais. Froid, c'est autre chose, froid, c'est ça ! J'avais la sensation que, malgré la crème à base de graisse de phoque que nous nous étions appliquée, les quelques centimètres carrés du visage restés à l'air libre se vitrifiaient. Une minuscule traînée d'eau avait réussi à s'insinuer dans le joint de ma combinaison au niveau de la cheville, et, malgré les chaussons de néoprène, cette infime infiltration me brûlait comme du vitriol.

En principe, la physiologie humaine prévoit un réflexe qui ralentit le rythme cardiaque lorsque le visage est plongé dans l'eau. Pas là ! Mais alors pas du tout ! L'eau noire, le froid qui nous mordait la gueule comme un rottweiler enragé, la présence non localisée sous nos palmes de ces géants marins qu'on appelle des orques (le nom des monstres du *Seigneur des anneaux*, je dis ça, je dis rien…), tout cela me mit le palpitant à 150. Et quand j'ai vu que Sarah avait retiré son masque et respirait la bouche grande ouverte, comme saisie par une crise de panique, ça n'a pas aidé. Edoardo est revenu vers nous. Il a réussi à la calmer, lui a conseillé de se mettre sur le dos et de respirer fort, lentement. C'est tout. Ensuite il m'a dit : « J'emmène Flo et Agostinho vers les orques, tu restes avec eux. » OK, sympa. Pendant que je suis dans l'eau, tu veux pas que je te fasse aussi une petite inspection de la carène du Zodiac, aussi ? Mais je n'ai pas fait trop le malin, parce que j'ai vite compris que le fait d'être placé en position de « responsable » me permettait de soigner ma propre anxiété. Enfin je respirais – presque – normalement. Robin tenait Sarah : « Ma chérie ! Ma chérie ! Je suis là ! » En attendant il s'accrochait à elle comme à une bouée, car le stab de Sarah était gonflé à bloc et elle flottait mieux qu'un ballon. Il va sans dire que Robin avait fixé une caméra miniature GoPro sur le sommet de son crâne et tout était dûment filmé, c'est-à-dire Sarah en plan très rapproché dans le rôle d'une actrice sur le point de se faire croquer une jambe par un requin dans un thriller d'été de série B. J'ai dit à Robin de se placer à sa droite, je me suis mis à sa gauche et, tous les trois sur le dos, nous avons commencé à palmer en direction des autres, tels des plongeurs en difficulté avant même d'avoir plongé. Robin continuait à filmer, le ciel donc.

Seuls Agostinho et Flo étaient parvenus à suivre Edoardo.

« À un moment donné », comme on dit à l'oral, je me suis retourné pour nager sur le ventre et essayer de voir quelque chose dans l'eau : rien, rien que du bleu, très sombre, un ciel de nuit, liquide et à l'envers. Un son d'explosion, puis un second, plus assourdi, m'ont fait peur. J'étais trop en alerte, tout me faisait peur. C'étaient les orques, là-bas, qui dégommaient à coups de queue la *fish ball*, la boule de milliers et de milliers de harengs qu'elles avaient réussi à rassembler. Ces coups de nageoires caudales suffisaient à tuer ou à assommer des dizaines de poissons qu'elles croquaient ensuite sans avoir à se fatiguer à les attraper (on pouvait aussi imaginer chez elles un souci de combattre la souffrance animale, qui exigeait d'estourbir avant l'abattage, mais c'eût été pousser la projection un peu loin – les orques avaient tout subi dans les delphinariums, mais pas encore les séminaires intersectionnels et antispécistes). Nous avons continué à palmer mollement dans cette direction. Une dorsale de grand mâle a fendu l'eau à une dizaine de mètres de nous, bon sang, ce truc est immense. J'ai lâché Sarah et j'ai essayé de descendre en dégonflant mon stab. Je suis descendu à deux ou trois mètres, pas assez pour me stabiliser, et puis je sentais que je n'avais aucun souffle, une apnée d'asthmatique. La visibilité n'était pas terrible, j'ai quand même aperçu les silhouettes floues et fantomatiques des géants en smoking. Cette première interaction n'a duré que quelques secondes, fugitive et diffuse, mais ces épaulards m'ont clairement donné l'impression d'être aux dauphins ce que les Na'vis d'*Avatar* sont aux humains : des géants, d'une couleur différente, yin, yang, calmes et surpuissants. À peine quelques secondes donc, et je devais remonter pour respirer. J'ai rejoint les tourtereaux belges, Sarah bien en appui sur son stab, Robin à ses côtés, Kate Winslet et DiCaprio à la fin de *Titanic*, remake pour France 3… Je leur dis que, même d'ici, on pouvait apercevoir des orques. Sarah claquait des dents et voulait rentrer manger des moules à Bruxelles. Robin a fait une tentative, il est descendu, pas loin, moins d'un mètre, et il est remonté aussi sec (dans tous les sens du terme puisque combinaison étanche) en me disant : « Non, les oreilles, ça passe pas. » J'essayai de les convaincre de faire une descente à trois, mais nous ne sommes pas parvenus à entraîner Sarah dont le stab n'était pas assez dégonflé, et puis nous avions bêtement refusé, malgré l'insistance d'Edoardo, de mettre plus de quatre kilos de plomb sur nos ceintures, résultat, nous n'étions pas assez lestés pour ces combinaisons. Après deux nouvelles tentatives navrantes, nous soufflions comme des phoques aquaphobiques. Plus loin, ça s'agitait de plus en plus, les dorsales labouraient la surface bouillonnante, et maintenant plusieurs orques bondissaient hors de l'eau. On les sentait excitées, et j'eus l'impression que leur joie était contagieuse. Je me concentrai. Je ne dis plus rien. Revenir à la respiration. Encore et encore. La respiration est tout, elle peut même contrôler le froid. Je repensai aux conseils de mon oncle Jim qui m'a initié à la plongée dans le golfe du Lion.

J'abandonnai mes deux petits choux de Bruxelles quelques secondes pour une nouvelle plongée, je réussis à descendre un peu plus. Peut-être quatre ou cinq mètres. Je ressentais moins la poussée d'Archimède et n'avais plus à lutter contre cette gravité inversée des premiers mètres. Ma combinaison se collait à moi, me transformant en plat sous vide. Je sentais aussi mes intestins faire des trucs chelous, mais, enfin, je n'avais plus l'impression que j'allais mourir si je ne respirais pas dans la seconde. J'étais, enfin, un peu mieux. L'eau était moins secouée qu'en surface et la visibilité impressionnante, comme si l'eau froide était de verre. J'ai distingué, là-bas, dans le bleu glacé, Edoardo, bien positionné, droit, immobile, à environ cinq ou six mètres sous la surface, et, non loin de lui, Flo ! Elle aussi était correctement stabilisée, bien qu'un peu repliée sur elle-même, comme assise dans l'eau, les bras en avant pour tenir le caisson étanche de la caméra : elle filmait ! Quelle femme ! Les orques glissaient en souplesse, s'inclinant légèrement lorsqu'elles passaient tout près d'eux, à quelques mètres seulement. Je ne repérai pas Agostinho. Il devait être plus loin, avec les orques qui festoyaient autour du banc de poissons. Plus le temps. Mon bien-être avait été de courte durée, mon apnée était encore faiblarde, manque d'oxygène, je devais remonter, après seulement une vingtaine (une trentaine ?) de secondes. Pas terrible, mais je voudrais vous y voir.

Nous finissions, Robin et moi, par être à la peine. Bien qu'étanchéifiées, le froid enserrait nos épaules, la fatigue affaiblissait nos jambes. On avait craché nos embouts de tuba pour pouvoir parler, moyennant quoi on avalait des tasses d'eau givro-salée… On commençait à « flipper » – même si l'expression « flipper avec les orques » sonne chaque fois étrangement –, on endurait des frissons dans la nuque, et nos mains, gantées en néoprène épais, devenaient insensibles. Sarah ne cessait de répéter : « Il est loin le Zodiac, là, non ? » Et, de fait, on avait pas mal dérivé et le Zodiac était à bonne distance, on le perdait de vue dans les creux de la houle. Tu parles de héros ! Qui voulaient nager avec les orques mais qui se noyaient à moitié, tout seuls, s'empêtrant dans leur matos à l'instar de ce type qu'on a tous vu sur une plage bien ventée s'acharner à essayer d'installer, avec des gestes désordonnés et de plus en plus frénétiques, un parasol, un pliant, le journal et des paillasses tout en gonflant les bouées pour les petits. C'était ça, c'était nous, on clapotait dans notre bric-à-brac de plongée et de vidéo, on ne s'y retrouvait plus. On était là au départ pour prendre la défense des orques libres, les protéger de la destruction humaine, mais là, dans l'immédiat, si ça continuait, on allait peut-être avoir besoin qu'elles nous filent un petit coup de main, comme dans *Flipper*, justement, ou comme ces dauphins sauveteurs de la mythologie des marins. « Dis donc, Attika, je ne voudrais pas abuser, mais ça te dérangerait un petit lift jusqu'au Zodiac, là ? Ah oui oui, on tient à trois, tranquille. » Mais pour ça, il aurait déjà fallu qu'on réussisse à les approcher, or on en était loin. Très loin aussi. Très loin de tout, tout à coup.

Pour détourner Sarah de son obsession du Zodiac, nous avons tenté de la faire descendre encore un peu sous l'eau – « Allez, une fois ! » l'a encouragée Robin – même de cinquante centimètres, pour qu'elle aperçoive quelque chose. Nous avons mis la tête dans l'eau tous les trois en respirant dans les tubas, en snorkeling. À plus de vingt mètres sous nos palmes, une orque est passée, un mâle probablement, car, même à cette profondeur, il paraissait immense, une baleine, un sous-marin nucléaire d'attaque. Sarah a ressorti la tête de l'eau et a crié. Elle hurlait. Une crise de panique. Une de plus. C'était trop pour elle. Trop. Trop froid, trop profond, trop sombre, pas assez de tortues marines au sourire minéral dans l'eau turquoise des Maldives, et trop de puissance chez ces orques dans le bleu nuit norvégien. C'est une angoisse connue chez les plongeurs : plonger « en pleine eau », « dans le bleu », ne pas distinguer le fond et imaginer le pire. Alors quand un truc de quatre ou cinq tonnes croise un peu plus bas… Nous ne serions sans doute pas parvenus à la calmer si Lars ne nous avait pas rejoints avec le Zodiac. Il nous avait probablement toujours gardés en visu et avait pris la bonne décision, au bon moment. Ainsi agissait Lars.

Les rushs

Fin de plongée pour nous. Mick nous a lancé : « Alors ? Elle est bonne ? » Puis il nous a demandé de rester silencieux, il avait replongé ses micros dans l'eau et paraissait ravi de ce qu'il entendait au casque. Assis comme trois enfants sur le plancher trempé du Zodiac, nous étions partagés entre la satisfaction, malgré tout, d'avoir été dans l'eau (et d'en être sortis vivants), le bonheur pur de voir encore des orques surgir là-bas hors de l'eau pour fêter leur festin et le souvenir encore très lucide d'une sortie calamiteuse, sans compter le froid qui, nos masques ôtés, faisait pleurer nos yeux. Quinze longues minutes plus tard, Edoardo, Agostinho et Flo nous ont rejoints sur l'annexe, littéralement ivres de joie et transis.

Lars a démarré aussitôt. Retour sur le *Trellskørdt* pour se réchauffer. Vite. Douche tiède, puis chaude, pas trop longtemps pour ne pas épuiser la réserve, thé brûlant, extrémités des doigts horriblement douloureuses au contact des mugs, vêtements thermiques, plus couvertures.

Nous avons voulu visionner sans attendre – après tout on était là pour ça – les images de Flo et d'Agostinho, et nous avons été émerveillés par le résultat, même sur l'écran d'ordinateur portable autour duquel nous nous étions regroupés. Les photographies étaient superbes, les taches blanches des épaulards ressemblaient à des opalines, comme s'il émanait d'elles un halo lumineux dans l'obscurité aquatique. Les plans de Flo étaient encore plus bluffants, je ne pouvais m'empêcher de penser que nous tenions là des images dignes des grosses productions animalières. Flo se révélait être une chef opératrice sous-marine capable, à elle seule – avec son simple Canon 5D Mark IV en caisson Hugyfot –, de défier les équipes pléthoriques d'un tournage de Disney Channel sur cargo océanique missionné pour six mois… Ses images cadraient sous différents angles les surgissements de ces missiles noir et blanc nimbés d'un nuage de bulles qui venaient exploser le banc hallucinant des millions de harengs pris dans leur carrousel mortuaire sans issue. Grâce à Flo, le film naissait sous mes yeux, la tête du bébé était déjà sortie, et je me sentais comme un nouveau papa, fier malgré sa souveraine inutilité.

Et puis Flo a fait une avance rapide sur le fichier et a dit : « Vers la fin, il y en a une qui est venue faire un drôle de truc, elle m'a fait un peu peur en fait. » Flo, peur ? Non. Même pas un peu. Je la voyais désormais comme Sigourney Weaver en lieutenant Ripley, tant qu'un alien ne sortirait pas du ventre d'un de ces *killer whales*, rien ne pourrait l'effrayer. Mais enfin… tout de même… Flo a calé le plan en question : on voyait venir de loin une immense femelle. « Attika, la matriarche », commenta Edoardo. Elle s'approchait très lentement, mais tout droit, vers la caméra, vers nous. Je compris pourquoi me venait cette image du lieutenant Ripley, parce que cet énorme front, bombé, noir et luisant, ressemblait à celui de la reine des aliens. Sans la férocité. Attika s'était arrêtée à environ deux mètres de Flo, elle remplissait tout le cadre. Elle est restée un moment immobile, puis a légèrement pivoté à la fois en arrière et sur le côté, comme l'avait fait Paula derrière le hublot à Nice. De nouveau, elle a marqué un temps d'arrêt, elle scrutait Flo et ce drôle d'objet dans ses mains. On distinguait bien son œil vif qui analysait. On ressentait, étrangement, dans son immobilité même, quelque chose qui s'apparentait à une forme de mise en garde. Je donnerais n'importe quoi pour savoir ce qu'elle nous a dit dans le long cliquetis qu'elle a alors émis à notre intention. Attika était si impressionnante, je me demandais comment Flo avait pu rester stable, sans reculer d'un pouce, comme un manifestant inébranlable face à cet animal aussi énorme qu'un car de police couleur pie des années 1950. Alors l'orque a relevé la tête et a commencé à basculer en arrière. Elle s'est complètement renversée sur le dos, nous laissant contempler son ventre blanc, sa fente génitale, puis, alors que sa nageoire caudale amorçait son élévation, on ne put rien en voir. Car la caméra chavirait brutalement vers le fond, puis la surface, enfin l'image se mettait à partir dans tous les sens. On aurait dit que Flo avait été remplacée par Robin, le vidéaste amateur belge qui filmait avec sa GoPro crânienne tout en secouant la tête. Flo a dit : « Elle ne m'a pas touchée, elle m'a juste envoyée balader, je suis partie en arrière dans un tourbillon. C'était clair, elle en avait assez de me voir les espionner. » C'était exactement ça. Attika avait refoulé Flo comme on chasse une mouche d'un mouvement d'éventail et décidé que le tournage avait suffisamment duré. Ce n'était pas réellement agressif, plutôt le geste d'agacement d'une maman qui avait décidé que, maintenant, ça suffit, il faut sortir de l'eau, le bain a assez duré, regarde, tu es déjà toute bleue. Qui sait ?

Après cela, nous ne nous sommes pas appesantis sur les rushs de Robin, et lui non plus, contrairement à d'habitude (vingt-quatre minutes dans l'eau, soit trente-quatre minutes de vidéos de la fameuse GoPro frontale dont le logiciel de stabilisation d'image ne pouvait rien faire contre la danse de Saint-Guy d'un homme à la mer). Pour une fois, on allait y échapper. On ferait l'impasse. Il faut avouer que vingt-quatre minutes de plans chaotiques de Sarah filmée à vingt centimètres de l'objectif, de moi à trente et du filmeur lui-même revendiquant sa place au cœur de l'action (à certains moments, Robin avait décroché son bidule pour le retourner sur lui...), c'est-à-dire de nous trois en train de nous démener dans l'eau de façon anarchique, avec l'air de trois naufragés suffisamment atteints mentalement pour danser une espèce de polka des losers du Grand Nord dans le clapot tourmenté, ça risquait de ressembler à pas grand-chose, hormis peut-être à une création vidéo très expérimentale ? À un court-métrage de « film de requins » sans requin ? Ou alors un truc comique ? Mais pas sûr que Muriel apprécie que j'insère une pastille de ce trash-TV-burlesque dans notre fameux « hymne à la liberté » (une formule tellement ridicule qu'elle me faisait penser à un slogan publicitaire éculé pour une marque de tampons ou de couches pour incontinents, enfin... passons).

À la fois épuisée et soulagée d'avoir réussi un tournage aussi extrême, Flo affichait une calme sérénité. Elle restait silencieuse, elle d'habitude si volubile, si énergique, si cheftaine des Castors juniors, je ne la reconnaissais plus. Les orques lui avaient-elles transmis, par un fluide télépathique issu de leur si mystérieux cerveau limbique, une espèce de quiétude cosmique ? Ou bien Agostinho lui procurait-il un apaisement particulier ? Allons bon, et pourquoi donc ? Eh bien, tout simplement parce que j'assistais à leur réconfort mutuel, je constatais qu'elle fermait les yeux alors que le photographe brésilien lui frictionnait les épaules avec le plaid dans lequel elle s'était emmitouflée. V'là aut' chose ! Mais le plus étonnant à mes yeux était de constater à quel point ce rapprochement m'agaçait. Ça n'aurait pas dû. Mais le fait est, ça m'agaçait.

Lars a remis le bateau en route en quête d'un mouillage abrité pour la nuit, qui était presque déjà là. Il était 15 h 30, la température extérieure était de moins neuf degrés, et on se blottissait dans le carré chaud mais humide, encore parfumé au séchage des combinaisons. Edoardo est venu dire à Sarah et Robin que, pour cette première plongée, il avait dû assurer la production d'images des deux professionnels, mais qu'à la prochaine sortie il resterait avec eux pour les assister. Ils furent réconfortés par ces mots, plutôt soulagés, enfin à moitié car Sarah redoutait d'avoir à se remettre à l'eau. En avait-elle encore envie ? En serait-elle seulement capable ? Elle n'eut pas à résoudre ce dilemme car, de nouvelle plongée, il n'y eut pas.

La vague alcoolée

Le lendemain, le *Trellskørdt* eut beau sillonner le fjord Kvænangen de fond en comble, le clan d'Attika avait disparu. C'était assez surprenant selon Lars, car des pêcheurs continuaient à remonter du poisson au large de Reinfjord, donc les orques avaient sciemment décidé d'abandonner cette nourriture si précieuse pour elles. Elles avaient très probablement décidé de nous fuir, de ne plus être importunées par ces animaux terrestres qui s'escrimaient à nager malgré leur absence de nageoires et de souffle, et qui cachaient des secrets peu recommandables.

On ne les revit pas, ni elles ni aucune autre orque d'ailleurs. Il restait deux jours de mer, qui furent plus décevants encore que la météo qui devait nous doucher d'une cataracte incessante, une pluie grise venue des couches supérieures de l'atmosphère et rendue glacée par le vent du nord. Tout devint chiant comme cette pluie, rien n'advint. « *No ridge* », répétait Lars (pas la moindre petite pointe noire d'aileron pour rompre la monotonie horizontale de la surface grêlée par la pluie). Nos discussions s'épuisaient, seul Mick était content : pas d'orque, pas de sortie ; pas de sortie, pas de travail ; pas de travail, du bonheur. Il nous faisait écouter des groupes de rock underground qui à eux seuls pouvaient expliquer que les orques nous fuyaient si jamais le son traversait la coque. Il fêtait, avec Lars, du matin au soir, à la Odin's Tipple (bière norvégienne), la fin de son mal de mer. Ces deux-là s'entendaient sans comprendre un traître mot de ce que disait l'autre, ce qui, précisément, expliquait sans doute leur bonne entente.

Sinon rien. Rien. On aurait pu au moins espérer un huis clos tendax, avec des jeux psychologiques bien tordus, des dérapages dans la violence ou le sexe. Macache. L'œil de velours brésilien avait perdu de son éclat, il avait dû prendre un bon râteau, et le coquard narcissique avait bel et bien éteint son éclat concupiscent. Par désœuvrement, je continuais néanmoins de les surveiller du coin de l'œil, les deux cadors subaquatiques, on sait jamais. Rien non plus entre Flo et moi, d'ailleurs, soit dit en passant, mais ça ne se posait pas, allons ! Flo filmait toutefois de temps en temps quelques plans d'ennui que je lui demandais, à tout hasard. Peut-être monterais-je une séquence autour de l'interminable attente qui caractérise les chasseurs d'images animalières, avec musique déprimante et commentaire inspiré, ou bien même avec le seul son du moteur et des vagues comme dans un documentaire de création sélectionné dans un « festival du réel hors les films ». Du reste, Flo, elle, ne perdait jamais son temps, elle tapait des trucs sur son ordinateur (quoi ?), parlait durant des heures avec Sarah (de quoi ?), organisait les corvées le jour et des jeux de veillée de colo le soir. Elle pouvait aussi être un poil pénible à force de bonne volonté, mais, à coup sûr, elle ne s'ennuyait pas. Ainsi, en y repensant, je dois admettre que ni Mick ni Flo ne s'ennuyaient. Donc, en vérité, dans cette équipe de tournage, il n'y en avait qu'un seul qui s'emmerdait à cent sous de l'heure (pas plus, c'est John-Luc qui payait) :

mézigue. Edoardo de son côté avait mis fin à ses incessants cours sur le métabolisme et le comportement des orques épaulards, *Orcinus orca*. En résumé, rien d'autre qu'une succession de kippers séchés, midi et soir, accompagnés de *svart brød*.

Deux autres passagers tiraient un peu la tronche, c'étaient les tourtereaux du plat pays, ils avaient payé six mille euros chacun, ça faisait cher la trempette foireuse dans l'eau glacée et les couchettes séparées qui puaient le poisson fumé. De fait, même si John-Luc avait réussi à le convaincre de nous faire moitié prix en lui faisant miroiter les retours possibles en termes de clients à venir, tout le monde commençait à trouver la facture de « l'inoubliable rencontre des orques au cœur des fjords » aussi salée que les kippers. Ainsi, quand Edoardo nous expliquait que nous n'avions pas de chance, qu'il était désolé pour nous mais que nous avions quand même vu le clan d'Attika, qu'il lui était arrivé que des expéditions ne rencontrent aucune orque, on ne l'écoutait plus du tout comme l'homme qui murmure à l'oreille des orques, mais décidément comme un vrai petit malin du *whale watching business*. Nous étions devenus suspicieux comme des touristes dans un souk de Marrakech.

Finalement, le dernier soir, au port de Tromsø, l'aquavit, comme il se doit, a coulé un peu plus que les jours précédents et l'ambiance s'est détendue, l'alcool possédant, comme la vitesse de la lumière, cet étrange pouvoir de relativiser tout le reste. Quoi le froid ? Quoi les orques ? Quoi les documentaires ? Qu'est-ce que na-na-foutre ?

Tout le monde était réuni dans le carré, et Edoardo s'est remis à disserter sur l'intelligence des orques comme un prof de sciences de la vie et de la terre dont l'accent italien, même discret, lassait à la longue. (Il nous réexpliquait – ça commençait à tourner en boucle – la manière dont les orques taxent les palangriers, notamment les légines aux Kerguelen – des poissons qui nagent à deux mille mètres de fond, trop profond pour les orques –, qu'elles prélèvent sur les lignes quand les pêcheurs les remontent, ou bien les thons rouges à Gibraltar, poissons-fusées tellement plus faciles à croquer lorsqu'ils sont hameçonnés… « Bien sûr, cela leur coûte parfois la vie, car les pêcheurs ne font pas dans la dentelle avec elles ».) Pour tenter de le faire taire, Flo et Lars nous proposèrent de nous chanter « The River » de Springsteen, et Mick (mystérieusement, peut-être par antiaméricanisme primaire, il détestait celui qu'il appelait le « camionneur prognathe du New Jersey ») voulut les en empêcher en nous racontant encore un de ses souvenirs de tournage que je connaissais par cœur. Pour mettre tout le monde d'accord, je me suis lancé dans une tirade en freestyle, surfant sur une belle vague d'aquavit.

– Et quelle leçon nous donnent-elles, les orques ? Avec cette déprédation ? Hum ? Sachant que c'est la surpêche qui les contraint à venir prélever ces proies ? Elles s'adaptent, c'est tout. Et dans quel but ? Dans le but de persister. Et non de « progresser ». Tout est là. Progresser vers quoi ? Vers un « progrès » toxique, auquel nous sommes devenus addicts, mais la planète étant inextensible, c'est parfaitement débile. Absurde. Vous imaginez l'immense soulagement que nous éprouverions à l'idée de ne plus vouloir « progresser » ? Comme les orques, de ne plus vouloir la « croissance », une croissance des rendements et des accidents cardiovasculaires, des vitesses de téléchargements et des cancers, des consultings et des dépressions ; imagine-t-on le paradis d'une planète stabilisée dans une économie stationnaire ? Une population décroissante ? Moi, je vous le dis : un bonheur de bouddha, un bonheur d'orque épaulard…

Jusque-là encore, j'étais pas mal, et puis j'ai mis deux roues dans une ornière à lieux communs, une de ces geignardises communes des réseaux sociaux.

– … Bah, ça, on nous l'interdit. Il nous faut rêver d'une voiture électrique, d'une Tesla, quatre cents chevaux pour propulser sept cents kilos de batteries de cobalt et de lithium…

Donc je me suis arrêté là-dessus, comme si ma propre pile s'était vidée d'un coup. Tout le monde m'approuvait mollement. Oui, c'est sûr… Mais c'était chiant, autant qu'Edoardo.

Hormis l'alcool et quelques fous rires, je ne me souviens plus très bien de la suite de ce dernier repas, la vague alcoolée a fini par casser et déferler sous mon crâne. Je me rappelle quand même qu'il a été question de l'Océland, de Bulko et de Ludo. On en avait déjà parlé, bien sûr, mais c'est revenu sur le tapis. Edoardo a tranquillement viré en solitaire la bouée du point Godwin en nous expliquant que les delphinariums étaient ni plus ni moins que des chambres de torture nazies et que les gens qui y travaillaient étaient des bourreaux SS déguisés en clowns… Il nous a répété que les orques étaient des « êtres supérieurs » à l'espèce humaine, ce qui est bien possible, et qu'il trouvait par conséquent « parfaitement légitime » que les orques maltraitées se rebellent. Il regrettait seulement que cela n'arrive pas plus souvent. Ainsi donc nos compagnons de baignade en eaux glacées, ces angelots obèses aux couleurs de paisible vache hollandaise, prenaient tout à coup une sale tournure d'archanges de l'Apocalypse, de vengeurs masqués, de mafieux, costard noir, chemise blanche, chaussures gégènes bicolores, armés jusqu'aux dents. On aurait voulu y croire, mais, même fin saoul, j'avais du mal. Vraiment, ses discours, c'était toujours trop… Ça m'exaspérait. Or, quand on s'exaspère, on peut devenir suspicieux. Non seulement je me disais : il a remis en route sa machine à fumée verbale pour escamoter encore son petit business au pays des Vikings ; mais même plus que ça : qui était ce type, en fait ? Il malaxait cette double obsession de la pureté originelle et des dérives du national-socialisme allemand, deux tendances qui faisaient rarement bon ménage.

Heureusement, Sarah, plus à l'aise dans l'aquavit que dans l'eau salée, a remis le clocher au centre du village, ou plutôt le trou de balle au centre du caleçon : elle surprit tout le monde en entonnant une chanson paillarde que Robin reprit en chœur avec elle ! Eh beh ! On se lâchait du côté des Flandres…

Juste avant d'aller me coucher, je suis sorti avec Flo sur le pont (je veux dire : je suis sorti sur le pont avec Flo). La pluie avait cessé. L'air était si froid, si pur et si vif qu'il semblait nous transpercer, nous traverser. En inspirant, on éprouvait la sensation que nos sinus étaient des goulots de jéroboams d'un champagne glacé et secoué qui pulvérisait notre cerveau comme s'il venait de remporter un grand prix de Formule 1. Ça pétillait dans les synapses. Le ciel, devenu décidément trop froid pour permettre la moindre trace d'humidité, était désormais parfaitement dégagé. Des étoiles fourmillaient au-dessus des montagnes, la Voie lactée ressemblait à un poster d'elle-même, et si une aurore boréale avait surgi, je n'aurais plus eu qu'à embrasser Flo avec volupté. Mais il n'y eut pas d'aurore boréale, et je n'avais aucune autre raison, que je sache, de lui rouler une pelle à l'improviste. Elle non plus, à ma connaissance. Et puis mon haleine parfumée aux harengs saurs marinés dans l'alcool était bien mieux adaptée à une simple dispersion dans la nuit polaire.

On a parlé du tournage et de l'ambiance à bord, qui était devenue bien pesante ces deux derniers jours, il était temps de rentrer, on était d'accord là-dessus. Je lui parlai d'Edoardo.

– Il est plus que *space* celui-là, non ?

– Je t'avais prévenu.

– Oui mais « plus que *space* », justement. Le mec se la joue un peu Jeanne d'Arc des Orques, mais c'est surtout un argument commercial. Au final, ce qui compte, c'est son petit manège à six mille boules le ticket d'entrée.

– Ouais… Enfin quand même, tu te rends compte, le mec plonge ici en néoprène ! Non mais dans une eau à cinq degrés ! C'est aussi un doloriste, un illuminé. Nous, à Nice, on se méfie de lui, il est toujours dans l'excès.

– C'est-à-dire ?

– Il milite pour des actions violentes, des dégradations, des sabotages, des séquestrations, des occupations, ce genre de trucs.

– Pourquoi tu ne me l'as pas dit quand j'ai organisé ce tournage ?

– Je pensais que tu savais tout ça, l'essentiel est sur son site.

Je me suis tu une seconde. J'avais encore raté un truc. Je m'étais encore réfugié derrière mon statut de « réalisateur » pour échapper au travail de fourmi qu'est toujours une enquête.

– Il vient souvent à vos manifs ?

– Non, rarement, en fait. Mais il était là au printemps, quand t'es venu la première fois. Quand il y a eu l'accident avec Ludo, il a tout de suite dit : « C'est bien fait pour sa gueule. » Ça m'a choquée.

Une ombre de nuit a semblé balayer le visage de Flo, et je l'ai perçue, l'espace d'une seconde, triste, une émotion que je n'avais jamais entrevue chez elle. C'était beaucoup plus intime encore que ses culottes. J'ai levé les yeux vers le ciel pour vérifier qu'un nuage n'avait pas voilé la lune, mais non, alors j'ai pensé que le fantôme de Ludo, le plongeur de haut vol, nous avait survolés et que son aile noire était passée sur le visage de Flo, effaçant son sourire. Et j'étais convaincu que cet ectoplasme planant, bien que dissimulé par l'obscurité, bien que spectre de Ludo, lui non plus, ne souriait plus.

Flo m'a fait face, elle m'a souri de nouveau. Entre son bonnet et le col en fourrure de sa doudoune, on ne voyait d'elle que ses bonnes joues, son petit nez et ses yeux humidifiés par le froid. Je n'ai pas trop su quoi penser de ce sourire. Elle s'est alors retournée vers l'eau d'encre du fjord. Cette fille avait été foutue de se balancer dans cette flotte pour tenir une caméra face à ces avatars extra-terriens noir et blanc invraisemblables, ces bathyscaphes biologiques. Pour qui ? Pour moi. Disons pour le film. C'était pareil.

Le lendemain matin, dans le petit aéroport de Tromsø, à travers la baie vitrée devant laquelle était stationné notre Airbus 318, je regardais le nez de l'avion en me disant qu'il avait grosso modo la forme et la taille d'une tête d'orque, et je repensais encore à cette image inouïe qu'avait réussie Flo. Le face-à-face subaquatique avec cette femelle grande comme un jumbo jet (ce plan autour duquel je devrais broder toute une tapisserie de cinquante-deux minutes…). Attika, matriarche, impériale, souveraine, trois tonnes, il fallait bien ça pour incarner à ce point le concept d'« autorité naturelle ». Qu'avait-elle voulu nous dire ? La scène se superposait à une réflexion d'Edoardo plus tôt dans la semaine sur l'âge d'Attika et le lieu de capture de Bulko. Oui. Sur le papier, cette femelle pouvait être sa mère. C'était très improbable, mais c'était possible. Il faudrait un test ADN. Si c'était le cas, et puisque Flo avait été à la hauteur question images, il ne me restait plus qu'à être à la hauteur question récit lénifiant, à la Disney. Bambi chez les orques, du narratif de « la mort qui tue sa race », comme devait me le dire élégamment un peu plus tard une conseillère de la télévision.

Le grand cirque commercial planétaire

Je suis rentré chez moi et je me suis retrouvé dans mes trente-cinq mètres carrés du 10e arrondissement, plus spacieux et plus confortable que le rafiot de Lars, mais autour, les montagnes immaculées avaient été remplacées par les murs à jamais ravalés de la ville au bord du naufrage. Sur les trottoirs marchaient des grappes de trentenaires appairés sans déterminant sexuel, des citoyens pressés de l'Est parisien, plus en retard que communards, des moi en mieux sapés ; ils se reproduiraient, d'une manière ou d'une autre, avant de s'enfuir vers la Bretagne. Je retenais mon souffle. Pourquoi ? On ne sait.

J'éprouvais des sentiments contradictoires après ce premier tournage. Nous avions réussi quelques très beaux plans, le festin sous-marin et ces travellings de rêve du second soir, réglés par les orques nageant en ligne dans un crépuscule boréal qui nimbait les montagnes de la mer de Barents en arrière-plan. Mais ce que nous avait raconté Edoardo était soit trop pédagogique, soit trop délirant. J'avais envie d'intelligence. J'étais fatigué de ce genre d'énergumène, des gens de la télé, des défenseurs de la cause animale et de moi-même.

J'étais pressé de caler une interview avec Baptiste Morizot, voire de solliciter son camarade écrivain Alain Damasio. Je piaffais d'impatience d'enregistrer leurs paroles et d'imprégner le film de leurs idées, de leur puissance d'évocation, de leurs mots capables d'être à la hauteur des fjords norvégiens et des orques. Mais John-Luc m'invitait à la patience… Ainsi passèrent les jours et les semaines…

***

… et même l'automne et l'hiver, lents et poisseux comme des clochards. J'ai plus ou moins hiberné, d'ailleurs tout le monde semblait s'être à moitié endormi autour de mon projet de film à propos duquel je me demandais si quelqu'un, chez Cubic ou à la Firme, se souvenait qu'il avait été mis en production. Je flottais entre ce projet et quelques autres idées, entre le souvenir de May et mes angoisses de manque d'heures pour renouveler mon statut d'intermittent.

Linéarité d'un temps sans accroc, sauf début avril, tout au bout de la rue de Maubeuge que je dévalais mains en bas du guidon de mon bon vieux Peugeot violet vintage. J'avais changé le frein avant la veille, une des mâchoires était tordue. Je l'avais remonté en serrant bien l'écrou, mais en oubliant le contre-écrou. Maintenant, je sais à quoi sert un contre-écrou : il empêche l'écrou de se dévisser. Au carrefour de Notre-Dame-de-Lorette, le feu est passé à l'orange et j'ai voulu l'ignorer, mais un scooter a surgi sur ma gauche. J'ai freiné. À fond. Durant deux centièmes de seconde, il ne s'est rien passé (le frein avant est simplement parti avec la roue). Deux centièmes de seconde, c'est le temps estimé que met le câble du frein pour perdre son mou et se tendre. Ensuite, il se passe ce qui se passe quand on met un bâton dans les rayons.

Le guidon, le cadre, le pédalier, la roue arrière, la selle et moi dessus, tout est parti en l'air, bien décidé à continuer sa course en passant par-dessus la roue avant stoppée net. Je n'ai pas eu le temps d'exécuter un salto à la Ludo pour atterrir sur mes pieds en souriant, le bitume m'a percuté et allongé direct. Des passants m'ont relevé. Aïe aïe aïe, bobo, hosto. Fracture de la clavicule gauche et, sans casque, léger trauma crânien.

Convalescent, le bras gauche en écharpe, je pouvais aisément continuer à manier la souris de la main droite, et, surtout, mon cerveau convalescent s'accommodait avec délice au monde simplifié d'Internet. (Pour être honnête, même en temps normal, pour un crypto-journaliste comme moi – un tiers asocial et deux tiers fumiste –, Internet était une planche de salut.) Bref, tout ça pour dire que j'étais tombé sur une interview de la directrice de l'Océland, Amélie Hurst, sur CNews. L'executive-sucess-woman (concept qui n'aurait pas dépareillé dans un recueil « Tubes des années 1980 ») y plaidait pour « accompagner l'évolution des parcs marins » et pour « envisager la fin de la captivité des cétacés, mais, ajoutait-elle, ça ne peut pas se faire en deux jours, les gens qui veulent libérer nos orques et nos dauphins ne se rendent pas compte de ce que ça représente, si on ne veut pas juste les tuer ! Nous travaillons sur un projet d'enclos en pleine mer pour nos orques, dans le golfe de Girolata, en Corse, mais les discussions sont longues et difficiles. Cela représente un énorme investissement, notamment en termes de compensations pour les plages fermées. Et puis il faut bien comprendre que ce ne sont plus des animaux sauvages, d'ailleurs les spécialistes ne sont pas tous d'accord sur cette hypothèse de sanctuaire en mer… Ce sont vraiment des animaux domestiques, maintenant, pour moi, ils sont comme mes petits chiens. Nous devons les protéger, et les aimer ». En disant ça,

« et les aimer », une émotion fugitive faisait faire à sa voix un petit dérapage dans les aigus. Ma première réaction a été de la croire, on ne peut pas passer son temps à suspecter tout le monde. Cécilia me reprochait d'être parano, et depuis je me soignais en me méfiant de moi-même. Mais… ma contusion crânienne était légère, avaient dit les médecins – je demeurais lucide –, et puis deux précautions valent mieux qu'une, donc j'ai continué à fourrager dans les entrailles du Net. J'en ai appris de belles.

Alexandre et Amélie étaient les propriétaires à cent pour cent de la Hurst Financial Inc., une société domiciliée à Malte, engagée surtout dans le capital d'entreprises exploitant les cages d'engraissement des thons rouges en Méditerranée, ainsi que dans plusieurs fermes aquacoles corses (élevages de bars et de dorades, il faut croire que ce couple avait une obsession : faire nager en rond des animaux dans des cages) qui avaient suscité d'énormes polémiques sur la pollution et les intrants chimiques et hormonaux utilisés. Surtout, j'avais aussi appris, cette fois grâce à Zac, un pote de Flo qui avait recueilli pour un site d'information tous les détails des données financières du *board* de l'Océland (il avait eu interdiction, par référé du tribunal de commerce de Nice, et au nom de la nouvelle directive européenne condamnant la « violation du secret des affaires », de les publier) que la Hurst Financial Inc. détenait également des parts dans de multiples instances, certaines sans surprise, comme la Fondation pour la promotion du Grand couloir bleu ; d'autres plus opaques, comme ces 33 % du capital d'une société immobilière libanaise, la Cornice Real Estate, ou bien encore 9 % dans une mystérieuse société minière, la 2M, etc.

Alexandre et Amélie n'avaient pas fait tout ça pour rien, les écoles de commerce, l'école des cadres de la monnaie unique et le séjour au pays du capitalisme réel… Ils enquillaient de la caillasse, mon copain. Derrière le couple idéal pour couverture de magazine de salle d'attente de dermatologues du 7e arrondissement de Paris, un petit relent de Thénardier du XXIe siècle commençait à frelater les fragrances Hermès ou Guerlain. Et, pour river l'tout, Zac a ajouté :

– Et en plus tu sais qu'elle a été stagiaire de Tomasson ?

– Quoi ?

– Ouais. Elle a fait son stage de troisième année de l'ESSEB de Nantes comme assistante parlementaire de Tomasson pendant six mois.

– D'accord…

Au propre comme au figuré, j'étais encerclé par des femmes qui savaient nager…

Enfin je prenais bonne note de tout cela, mais je ne m'y engluais pas. N'oublions pas : je ne menais pas une enquête, je composais une symphonie océanique ! Raison pour laquelle je continuais à lire des choses en lien avec la portée disons plus philosophique de mon machin. Je venais de finir un essai antispéciste qui poussait jusqu'à l'absurde l'idée de déconstruction de la place de l'homme dans la nature. Certes, la domination humaine peut et doit être questionnée, et je suis convaincu que le point de vue des orques vaut au moins autant que le nôtre, mais il fallait bien admettre que même cette vision demeurait, par définition, humaine, et non cosmo-holistique, partagée par les orques et les scarabées, qui n'avaient guère participé à la rédaction de l'ouvrage. Or le refus obsessionnel d'accepter la moindre hiérarchie aboutissait à celui de toute distinction, qui finissait par tout mélanger dans une telle bouillie intellectuelle que je me demandais si la matière organique du cortex humain, cette sorte de porridge blanchâtre et grumeleux, ne s'était pas transmutée au fil des siècles ; si elle n'était pas passée, disons entre un honnête homme du XVIIIe siècle et un homme 2.0 du XXIe, de la blanquette de veau bien mijotée et bien assaisonnée à une purée pour bébé à base de navets et de choux-fleurs.

Au début de l'été (ce qui va suivre n'a qu'un lointain rapport avec notre schmilblick orquidéen mais… mais il y en a quand même un ; justement avec ce risque de mélasse conceptuelle et infantile que finit immanquablement par produire le commerce des idées dans un monde gouverné par l'argent), je revenais des bureaux de Cubic Productions pour faire un « point sur la suite » qui n'avait donné lieu qu'à des promesses tellement vagues que je doutais de plus en plus que toute cette affaire aille à son terme. Bref, j'étais dans le métro, ligne 7, quand un ado dans le carré où j'étais assis a raconté avec une voix râpeuse qu'il était le mec qui courait le plus vite de sa classe et qu'il avait eu la note la plus nulle en demi-fond. L'autre ricanait : « T'as fait la course à l'envers ou quoi ? » Le garçon lui a alors expliqué que c'était une note sur objectifs. « Tu te fixes tes objectifs, si tu les atteins t'as une bonne note. Évidemment comme un con je me suis fixé des objectifs de bestiasse et j'ai une note plus pourrie que des meufs, je te jure, qui savent pas courir. » Je me suis dit, ce gamin vient de résumer toute l'hypocrisie de notre époque (je passe sur les relents de machisme pour ne pas me disperser, pour rester concentré sur mon sujet) qui passe son temps à prétendre se préoccuper des plus faibles, des minorités, des femmes, des racisés, des handicapés, des dauphins, des orques, de tout ce qu'on voudra, tout en organisant par ailleurs une guerre ouverte et permanente de tous contre tous, alimentée par une frénésie de notations, une obsession du classement, un toc de chiffrages, qui, précisément, génèrent toutes lesdites exclusions.

Personne ne s'offusque vraiment qu'on note les élèves, depuis la maternelle ! (Où, pour que ça passe mieux, on a remplacé les chiffres par des smileys en couleur, on évalue ces petits êtres avec les mêmes outils que la propreté des toilettes de gare) ; personne n'est plus choqué qu'on classe les enfants dans toutes les matières, même en poésie ou en dessin ! Pas question, là, de notes « sur objectifs », c'est sans pitié, vieux. Mais pas en sport ! Ah non ! Pas ça ! Pas de discrimination avec le corps. Le corps, c'est sale. De toute façon, le sport, c'est pour les nuls, car il va de soi que les performances sportives d'un individu doivent tout à sa génétique et rien à son travail et à ses heures d'entraînement. Bref, toute cette vieille tradition catholique de mise au rebut du corps et du travail manuel pour célébrer les cieux éthérés de la pensée. Mais pourquoi – si la génétique doit être exclue du jugement – discriminerait-on quelqu'un qui, de fait, n'a pas, cognitivement, les mêmes capacités qu'un autre ? (Ainsi, un cancre en mathématiques serait-il fondé à plaider à bon droit que ses notes sont discriminantes car son cerveau ne comprend que t'chi à ce charabia ésotérique !) Tout cela est d'ailleurs d'autant plus saugrenu que le corps est (hors notation en EPS donc, on suit bien) devenu un outil de « valorisation ». La « plastique » – on n'en est plus à une contradiction près, du moment que ça rapporte de la pépète – est désormais un argument de vente de soi-même. Certains, les champions par exemple, ont réussi leur vente au point d'entrer au Panthéon du « Toi aussi, deviens millionnaire » de l'ancien Président. Pour les autres, s'il faut faire du sport, c'est pour entretenir son « capital santé », ou, mieux encore, parce que le corps est la vitrine de présentation de l'individu qui est à vendre sur le « marché de l'emploi » ou sur le « marché de l'amour ». Donc, tout est compétition et performances, mais (bien qu'il soit descendu de la rame, je revenais encore et encore au témoignage de mon petit pote lycéen), étrangement, on a prévu une exception pour le sport à l'école. Là : non ! Que nenni ! Halte-là, libéral forcené ! Tu entres ici en zone libérée, camarade !

Il me restait cinq stations, et ce truc me stressait. Je ne lâchais pas l'affaire : pourquoi minorer les qualités sportives de certains ? Est-on bien sûr que nos « premiers de la classe » ne sont que des élèves méritants, partis, comme tous les autres, sur la même ligne de départ de la course de fond intellectuelle ? Bah non, on sait tous désormais qu'ils sont là d'abord parce que leurs parents possèdent le capital culturel (et souvent matériel qui va avec), qu'ils détiennent toutes les clés et les codes pour permettre à leur rejeton de se faufiler jusqu'en haut. Si l'égalité motivait nos dirigeants, ils instaureraient un « handicap de départ » pour les enfants bien nés. Évidemment, comme ce sont les leurs, ils ne le feront pas. Par contre, en sport, domaine pourtant de la compétition pure par excellence (puisque inventé au départ pour canaliser la pulsion guerrière), alors là, tout soudain, des pudeurs de « Martine va chez Montessori » saisissent nos élites. Mon problème émanait donc bien de cette ambivalence de faux-cul qui suinte sous le maquillage façon appli Face App : ou bien on veut la compétition capitalisse ou bien l'égalité socialisse, mais on ne maquille pas la première intention avec des bons sentiments frelatés censés défendre la seconde.

Tout cela me trottait d'autant plus en tête que, une heure plus tôt, dans son bureau, John-Luc m'avait fatigué à propos des jeux paralympiques : il venait de proposer à la télévision un film sur le sujet, et Muriel avait trouvé ça « for-mi-dable ! ». Bien sûr, je suis, comme tout le monde, plein d'admiration pour les exploits qu'accomplissent ces athlètes – je suis éberlué par les traversées à la nage de Philippe Croizon et les messages de courage qu'il transmet. Mais, tout de même, n'y a-t-il pas quelque chose de ridicule à mesurer comment un unijambiste pourra courir plus vite qu'un manchot ? Est-ce que, pour les handicapés aussi, le grand cirque commercial planétaire doit se mettre en branle pour des courses de fauteuils roulants à propos desquelles j'ai lu récemment que 17 % des athlètes concernés ont eu recours, pour se doper à faible coût (car les budgets en paralympique ne sont pas ceux des JO officiels ou du Tour de France), à l'automutilation (plaies ou blessures qui fouettent les organismes…) !

Je comprends mal cette avalanche de mièvreries des journalistes, et de nous tous, car il va de soi que nous sommes tous sommés de trouver cet événement, comme Muriel, « for-mi-dable ». Plus que deux stations. Aussi têtu que la rame, j'avançais dans mon tunnel syllogique : pourquoi n'y aurait-il pas des compétitions ouvertes à toutes les minorités défavorisées ? Pourquoi donc, par exemple, ne pas organiser un championnat du monde d'échecs pour les simples d'esprit ? Eh oui ! Et alors ? Et pourquoi pas, je vous prie ? Au nom de quoi ces gens seraient privés d'un accès aux compétitions du « roi des jeux » ? Bien sûr, ce sera un peu épineux de juger la crétinerie des uns et des autres pour l'accession aux épreuves puisque, comme on l'a vu, l'enjeu de la compétition entraîne mécaniquement la triche, il faudra aussi s'attendre à voir débouler ceux qui bluffent en jouant aux cons…

Pourquoi faut-il toujours que je m'égare dans ces analyses méandreuses ? Certains peuvent y accorder une oreille distraite, mais, dans l'ensemble, tout le monde s'en fout plus ou moins, on préférerait probablement que j'en dise plus sur mes rêves de May, mon ambiguïté avec Flo, les raisons de ma rupture avec Cécilia, le quotidien de ma misérable vie sexuelle. Bah voilà, non, y a pas, j'm'égare et j'me fourvoie ; bon, sur ce, c'est pas l'tout, j'arrivais à ma station (en continuant à patauger dans mon raisonnement, en me disant « Faudra que je parle de tout ça à Marius, un journaliste sportif intelligent »), quand mon téléphone a sonné. C'était Flo. Je marchais sur le quai, elle me disait qu'elle était à bord du *Flo-ter*. OK, Flo, d'accord, sympa de prévenir, tout va bien ? Le temps est beau ? Le linge sèche bien ? Les sous-vêtements se parfument-ils des senteurs marines de la Méditerranée ? Sa phrase suivante a coupé court : « May a fichu le camp ! »

J'ai stoppé ma marche. J'ai pensé : il n'y a plus que Flo pour utiliser cette expression – « fichu le camp » –, inusitée depuis 1977, quand elle m'a précisé : « Elle a quitté son job à Océland, probablement trop de sollicitations, je ne sais pas… Marius m'a dit qu'elle était retournée à Vancouver, pour un petit moment. J'ai essayé de l'appeler, elle ne répond pas. »

Pourquoi ?

Y avait-il un souci entre Marius et May ? (Auquel cas : bonne nouvelle potentielle, se dirait le cynique qui sommeille en moi mais qui ouvrait un œil pour l'occasion.) Sinon, pourquoi ? Pour mille raisons possibles, en fait. Pour retrouver les orques libres du Pacifique Nord, pour le mouvement, parce que les Français sont des gros nullards, etc.

Mais bon… Tout de même, la nouvelle me déconcertait, au bas mot.

Je me dis que je ne reverrais peut-être jamais cette fille, et cela me contrariait profondément. Elle se dissiperait dans l'usure de ma mémoire, et je finirais moi-même par questionner la réalité de son existence, à l'instar de ces étoiles filantes si fugaces qu'à peine aperçues on doute de les avoir vues.

L'orque sans nom

Pfffff – Huuuuff / Pfffff – Huuuuff / Pfffff – Huuuuff / Pfffff – Huuuuff

Ensemble. En ligne. Nager. Souffler / inspirer. Ensemble. Le Clan. Mam devant. Les grands mâles sur les flancs. Ensemble. Avancer. Pousser. Les saumons. Jusqu'à Johnstone Strait. Onduler. L'avant imprime le mouvement. La tête. Les pectorales. La dorsale. La caudale. Dans cet ordre hors de l'eau. Tout en arrondis. Ensemble, de front. Nager comme on respire. Pulsations, geysers.

L'air et l'eau de la baie mélangés. Vancouver en hiver.

Pfffff – Huuuuff / Pfffff – Huuuuff / Pfffff – Huuuuff / Pfffff – Huuuuff

Dans l'eau pas de poids. Pas de quoi. Pas de chute ni de heurts. Tout est fluide et sans accroc. Nous glissons dans la trame, en quatre dimensions, de l'agua et des sons. Nos yeux sont nos sonars, et tous nous émettons. Nous voyons tous les autres, aux clics qu'ils font. Et Yanko le plus jeune, qui nage en tournoyant. Ivre de vivre, d'appartenir au clan.

Pfffff – Huuuuff / Pfffff – Huuuuff / Pfffff – Huuuuff / Pfffff – Huuuuff

Marius, de profundis

Il y a des couples comme ça, vraiment unis, même avec l'océan Atlantique et le continent américain entre eux. À l'instar de la théorie quantique, ce qui affecte l'un affecte simultanément l'autre. Trois jours après le départ mystérieux de May, c'est Marius qui a disparu.

« Disparu en mer », telle fut la conclusion du premier rapport de police, et « Notre journaliste Marius Freccero, dramatiquement disparu en mer », le titre, en une de *La Provence*, reprenait la formule consacrée.

Ce que l'on a su à ce moment-là, c'est que Marius effectuait un reportage sur un concours de pêche au gros à bord d'un yacht de vingt-huit mètres qui semblait appartenir (le dédale des sociétés écrans rendait la chose confuse) au milliardaire Ali Salim, un homme d'affaires koweïti. Ce dernier avait prêté son bateau à l'un de ses amis, un Libanais, Samy Jaafar, vice-champion du monde de pêche au gros. Il n'y avait à bord, au moment de l'accident – en plus de l'ami libanais –, que le skipper du bateau et deux « conseillers » de Jaafar; plus Marius, donc, qui avait été invité pour faire un article sur la compétition (ainsi qu'un « encadré » en forme de portrait du champion). Cinq personnes. Les témoignages des quatre survivants, que j'ai lus depuis, sont plutôt laconiques. Les deux conseillers ne parlaient pas un mot de français, mais confirmaient les témoignages de Samy et du skipper, qui expliquaient qu'un « bas de ligne » s'était entortillé autour de l'hélice du bateau et que Marius, le meilleur nageur de la bande, avait accepté de plonger avec un masque pour aller démêler le fil de nylon tressé. Il avait dû, disaient-ils, être « victime d'un malaise subit », car il avait tout simplement coulé. « Il n'a pas refait surface. » « Il a dû couler. » « Je me suis mis à l'eau, mais, sans masque, je n'ai rien vu. » « On avait bien mangé, il a dû faire une hydrocution. » « Nous avons scruté l'eau durant une heure, nous avons fait des ronds dans l'eau et puis nous avons appelé les secours. » En effet, un hélicoptère de la sécurité civile avait été dépêché sur zone pour tenter de repérer Marius, ou son corps, en vain.

Dans les mois qui ont suivi, les policiers ont réinterrogé les protagonistes, notamment sur la raison pour laquelle, juste avant l'accident, le bateau avait fait une longue ligne droite de huit milles nautiques vers le large. Samy Jaafar expliquait que le sonar avait détecté des volatiles, donc des bancs de poissons, donc des prédateurs possibles qui les intéressaient (espadons, thons rouges, requins). Cette ligne droite m'a longtemps intrigué. Notamment parce que le skipper était étrangement lapidaire, il répétait à plusieurs reprises dans sa déposition : « J'ai obéi à M. Jaafar. » Et puis, une nuit, je me suis souvenu d'un détail dans la déclinaison des états civils des deux conseillers libanais. Tout en bas de la page, pour chacun d'entre eux, le policier avait mentionné, « détenteur d'un port d'arme libanais de catégorie B avec validation consulaire française ». Le policier avait demandé aux deux :

« Étiez-vous armés ce jour-là ? » Les deux hommes avaient répondu : « Non. »

Aujourd'hui, même si je n'en suis pas absolument certain, je pense qu'ils mentaient. J'ai étudié en détail, sur Marine Traffic, le parcours du bateau ce jour-là et c'est peut-être du roman, mais je ne pense pas. Je crois que les choses se sont passées de la manière suivante.

Samy Jaafar et le skipper ont effectivement dû dire à Marius qu'une ligne s'était prise dans l'hélice au cours d'une mauvaise manœuvre alors que Samy remontait son second espadon, un coriace qui cerclait pour se donner du mou. Ils avaient dû se résoudre à couper la ligne, mais l'hélice était restée bloquée. Était-ce vrai ? Y a-t-il eu un incident réel avec le bateau ? Je ne sais pas, peut-être. Toujours est-il que Marius, dans cette chaleur de juin, repu, légèrement grisé au champagne rosé, a accepté de bon cœur de se mettre à l'eau. Il a plongé avec seulement un masque et une paire de pinces, sans tuba ni palmes. Il est allé inspecter l'hélice mais n'a rien vu. Pas la moindre trace de ligne. J'imagine qu'il s'est demandé à ce moment-là ce qui se passait, un problème mécanique sans doute, plus compliqué donc qu'un fil de pêche, mais rien d'inquiétant de toute façon, et puis il fallait vite remonter pour reprendre son souffle. Il est ressorti de l'eau. Je le vois, émergeant dans le soleil méditerranéen, les cheveux plaqués sur sa tête de Provençal franc et loyal. En appui sur la marche de mise à l'eau, ou agrippé à l'échelle, avec toujours les pinces dans une main. Il a baissé son masque sur son cou et s'est essuyé les yeux avec le pouce et l'index pour en chasser le gros de l'eau salée, et puis, en les rouvrant, il a vu ce truc. Ce truc noir. Ce trou noir vers l'âme d'une arme. Ce métal luisant, si près. La bouche d'un canon de pistolet. Il a fait comme tout le monde, il a eu un mouvement de recul, qui n'a fait qu'anticiper celui que l'impact de la balle a provoqué en lui perforant l'os frontal. Tirée à bout portant, selon une trajectoire de tir professionnel, la balle de 21 grammes de calibre .44 a tout détruit des lobes préfrontaux, de la glande pinéale et du cervelet qu'elle a traversés en spiralant avant de ressortir par la nuque. J'ignore donc si une destruction aussi foudroyante du cerveau lui a permis d'expérimenter ce que les neurologues appellent une « vague de dépolarisation massive », une explosion d'activité neuronale invraisemblable que le cerveau génère quelques minutes après l'encéphalogramme plat qui signe la mort clinique, phénomène qui a donné lieu a tant de témoignages mystico-illuminés autour des expériences de mort imminente. Pauvre Marius, comme on dit dans le Sud. Pauvre. Pauvre.

Il s'est retrouvé flottant sur le dos, la tête dans une nappe de son propre sang, qui n'avait pas fait une seule éclaboussure sur la passerelle de mise à l'eau en teck huilé. Alors ils l'ont poussé à l'intérieur d'un grand sac de toile, celui qui permet de protéger les cannes et les moulinets de pêche au gros. Ils l'ont accroché à la poupe et l'ont tracté sur huit milles nautiques, jusqu'au point GPS signalé lors de leur appel des secours. Là, ils ont lesté le sac de deux ou trois gueuzes de fonte de vingt-cinq kilos et l'ont laissé couler. À pic. Entre leur point d'action de pêche, au large des îles de Lérins, dans lequel ils faisaient des ronds caractéristiques de cette discipline, et le point d'arrivée de cette ligne droite de huit milles, la grande différence, c'était la hauteur des fonds. Il y avait soixante mètres d'eau environ là où je suppose que l'exécution a eu lieu, et neuf cent soixante-dix-neuf mètres au bout de leur ligne droite. Là où ils ont laissé le corps de Marius être englouti pour que jamais, en dépit de toutes les recherches qui ont suivi l'« accident », il ne soit retrouvé. Et il ne l'a jamais été.

Qu'est-ce que c'est que ce gros gros gros bordel ?

Ludo, Marius, ça commençait à faire beaucoup là !

Et puis pourquoi ? Pourquoi, bon Dieu ?

J'avais été vaguement jaloux de ce garçon, mais, maintenant qu'il n'était plus là, je ne l'étais plus du tout, j'étais très triste, pour lui, et pour May.

Les rumeurs enflaient, les journalistes se passionnèrent, se mobilisèrent, car la mort d'un journaliste est considérée par ses confrères, objectivement, comme une mort particulière. Ça n'est pas que la mort d'un homme, c'est une atteinte mortelle à la liberté d'informer, à la démocratie, à la civilisation, au bon équilibre du système solaire. Sur la Côte, les terrasses de juillet étaient peu à peu envahies par les touristes en tongs et les journalistes en nu-pieds. Ça jasait, ça échafaudait, ça partait dans tous les sens, la plupart doutaient de la noyade par hydrocution. Je suivais ça de loin, c'est surtout Flo qui me tenait au courant, par téléphone, que certains, pour frimer, racontaient qu'ils tenaient d'une source fiable que Marius s'apprêtait à publier un brûlot sur un joueur de l'Olympique de Marseille ; que d'autres, plus malins, pour embrouiller les autres et les mettre sur une fausse piste, racontaient que Marius enquêtait sur des proches du maire de Nice, Christian Estrosi, qui avaient accepté de servir de prête-nom à des oligarques russes cherchant à mettre leurs biens à l'abri des sanctions relatives à l'invasion de l'Ukraine. Au troisième mojito, il était question de jalousies féroces au sein du milieu gay niçois, et même d'un lien avec « l'affaire du soigneur d'Océland ». Flo commentait : « Mais bon, c'est très flou, ils n'ont rien, pas le début de la moindre info. »

On avait même pu lire sur un blog que le mobile pourrait avoir été l'élimination d'un journaliste syndiqué au SNJ-CGT (ce qu'était en effet Marius) et très opposé au rachat du journal *La Provence* par un autre milliardaire que celui du bateau, Jacques Laabil, avec qui Jaafar (celui du bateau) avait des liens personnels et commerciaux (ils étaient par exemple détenteurs à parts égales de la plus importante compagnie de taxis libanaise). Pour info, Laabil voulait couper l'herbe sous le pied de Xavier Niel qui souhaitait lui aussi faire main basse sur l'ancien journal de Bernard Tapie, pour donner une idée de l'ambiance *salsa picante* qui régnait autour du quotidien… Mais on s'égarait sans doute sur cette piste autant qu'avec les intrigues amoureuses homosexuelles du troisième mojito.

À la fin de notre longue conversation téléphonique, Flo m'a dit : « Tu sais, le plus bizarre, c'est qu'il y a sûrement un peu de vrai dans tout ça… Mais quoi ?… Je suis perdue. » « Je suis perdue », c'est une expression que je ne pensais jamais entendre dans la bouche de Flo. Elle faisait partie de ces gens qui, précisément, ne sont jamais perdus, ni au sens propre, car elle avait l'option implant GPS dans le cerveau, ni au sens figuré, car elle réfléchissait pour agir, pour avancer, et non pour le plaisir masochiste de se faire des nœuds dans la tête comme j'avais tendance à faire. Mais là, d'une manière tout à fait surprenante, je la sentais fragile. Je la questionnai, non plus sur les orques ou les jeunes hommes de la Côte d'Azur qui avaient tendance à calencher un peu jeunes, mais sur elle, sur sa vie. Elle me confia qu'elle était seule en ce moment et qu'elle se remettait d'une histoire compliquée ; jusque-là, c'était la phrase que je pouvais entendre presque tous les jours dans le métro dans la bouche des jeunes femmes qui donnent de leurs nouvelles par téléphone à un(e) interlocuteur(trice) inconnu(e) ainsi qu'à tous les inconnus assis sur les sièges alentour. La suite était un peu plus originale.

L'histoire compliquée en question n'était pas sans lien avec notre affaire (sans quoi nous n'en parlerions pas, pas le genre de la maison). Elle ne concernait pas Ludo comme je l'avais un moment imaginé, mais l'amant de ce dernier, Brahim Mokrani, le fameux milieu offensif de l'Olympique azuréen. On disait de lui qu'il était à coup sûr le futur Mbappé, il avait déjà été approché par le Barça et le Bayern de Munich. Ah bah, oui, fallait suivre, parce que, bon sang, les intrigues hétérosexuelles étaient déjà souvent bien alambiquées, mais alors en y ajoutant la bi-qualification, ça devenait imbitable, si je puis dire. D'autant que le débit de Flo, qui au départ était laconique, haché menu en bribes décousues, un petit ru alimenté par une pluie irrégulière, était soudain devenu une trombe, une avalanche d'eau déclenchée par la rupture d'un barrage hydroélectrique.

– Mais alors je te dis pas dans quoi je me suis retrouvée embarquée ! Au début, tu sais, ça m'a amusée, il y avait les soirées dans les villas du Mont-Boron où je n'avais jamais mis les pieds, j'étais obligée de louer des fringues de couturiers, je faisais ma baronne, c'était drôle. Tu m'imagines ?

(J'avais en effet un peu de mal à imaginer Flo en robe de soirée sur talons hauts, mais j'imaginais en revanche assez clairement les dessous chics nichés sous le taffetas.)

– … Jusqu'à une fête sur un yacht mouillé en face du cap Martin, le bateau d'un Russe qui a été mis au nom d'un armateur grec, un vrai micmac je te jure. Mais d'après ce que j'ai compris, le mec s'appelle Ivan Klimenko et a fait fortune dans le trafic d'uranium. Il est un gros sponsor de plusieurs clubs italiens et français et il est connu pour faire les fêtes les plus délirantes de la Côte. Je n'y suis allée qu'une fois, ça m'a suffi…

Comme elle s'était arrêtée aussi soudainement que si le lac du barrage avait fini de se déverser, je l'ai relancée, vas-y, raconte.

– Je sais pas trop… C'est comme dans les films tu vois, des seaux à champagne, des saladiers de coke, un DJ connu et au pont inférieur un baisodrome flottant avec des tas de chambres remplies de miroirs, de stuc et des trucs dorés à la con partout.

– Putain. Mais tu faisais quoi ?

– Bah… Rien. On faisait les cons avec des tas de gens barjots.

– Vous faisiez les cons ? C'est-à-dire ?

– Des fois on invitait des gens à nous rejoindre.

– À vous rejoindre ?

– Oui, nous trois, Brahim, Ludo et moi.

– Dans une chambre à la con ?

– Oui, ou ailleurs.

– Mais tu m'as dit que tu n'avais pas eu d'histoire avec Ludo ?

– Oui, je t'ai dit, lui, Ludo était *strictly* homo. Brahim, lui, est bi. Mais bon, quand ils étaient ensemble, ils étaient surtout attirés l'un par l'autre, alors parfois j'invitais quelqu'un à nous rejoindre tous les trois… Enfin bon, tu vois…

Popopopopo !… Pas vraiment, non, je ne vois pas vraiment… Pfff, d'accord, ah bah d'accord, ah bah c'est sûr, sur le *Trellskørdt*, c'était moins olé olé, les parties qu'organisait Flo, on était plutôt sur du scrabble ou du tarot. Ah bah c'est sûr là, la Flo, par rapport aux chansons paillardes, elle avait passé la vitesse supérieure ! Je me revoyais dans le port de Tromsø, m'amusant au souvenir de la cheftaine pompette chantant en chœur avec la jolie Sarah wallonne « Tripote-moi… ». Tu parles, ouais ! J'étais loin du compte ! J'essayais d'imaginer la scène. J'avais du mal. On n'était plus dans la couchette avant du *Flo-ter*, clapier humide et couettes en boule, sans stuc ni salle de bains privative, pfff ! Je me suis dit, quant à l'autre, là, le Ludo, il avait la belle vie quand même ! Le jour, il surfait sur le dos d'une orque, la nuit, il avait tout le loisir de contempler une de ces maudites culottes qui séchaient sur le pont du *Flo-ter*, mais portées, remplies, en mouvement. Voilà probablement ce qui lui greffait ce sourire inaltérable sur le visage… Mais qu'est-ce que je pouvais bien avoir avec cette maudite idée fixe de lingerie ? Je n'avais pourtant jamais été fétichiste, ni en culottes ni en quoi que ce soit. Cette question resta en suspens, car Flo me balança la suite de son récit qui valait la peine.

– À un moment donné, au buffet, je me suis retrouvée juste derrière Brahim et je l'ai entendu parler de moi à un autre joueur, je ne sais plus son nom, qui lui a demandé : « Qu'est-ce que tu fous avec cette truie catholique ? »… Et ce bâtard n'a rien répondu d'autre que : « Elle fait l'affaire. » T'imagines ? Ces connards. Et puis lui, l'ordure. Et le pire, c'est que je restais bloquée sur « catholique ». Pourquoi « catholique » ? Je suis athée. Et mes parents en plus sont protestants. C'est n'importe quoi… À force de ne plus faire de différence entre Arabes et musulmans, ils en viennent à amalgamer Blancs et cathos, c'est vraiment n'importe quoi, ces guerres de religion. Fantasmées, puis provoquées, du coup.

– Qu'est-ce que tu as fait ?

– Rien. J'étais complètement anéantie, foudroyée, je me suis cassée. C'était environ une semaine avant l'accident de Ludo.

Je marchais dans la rue avec mon téléphone qui finissait par me brûler l'oreille. Je m'assis sur un banc cinq minutes avec personne, car j'avais besoin de ranger dans ma tête ce déballage inattendu qui dézinguait mes certitudes comme une boule de bowling le triangle de quilles. Flo. La bonne copine de la promo. OK, elle pouvait être très « nature », mais là, non! Pas partouzeuse quand même! Je n'aurais pas été plus surpris si on m'avait révélé que Bruno Le Maire était le meilleur pote, le témoin des mariages et le partenaire des virées de Keith Richard. Je respirais profondément. J'entendais Flo qui me disait: « Allô, ça va? » Oui oui, ça va. Et même je commençais à trouver un début d'explication au trouble que cette lingerie déroutante avait provoqué chez moi (ce serait toujours ça de réglé). C'était bien l'indice d'une face cachée, dans tous les sens du terme, de ma collègue et néanmoins amie. Enfin, très vite, je me suis dit, allez, ça va, n'en rajoute pas, c'est toi le janséniste, le bloqué, elle a eu une aventure avec ce joueur et une petite escapade dans les soirées déjantées, bon, voilà, ça arrive, ça se tente, ça l'a sûrement vaccinée, d'ailleurs. J'ai entendu Flo me dire: « Allô? Bon, bah, on se rappelle plus tard, t'as l'air occupé. » J'ai rassemblé mes idées, ce qui était aussi simple que d'organiser une levée des couleurs avec une horde de punks en pogo déchaîné.

– Est-ce que tu crois que tout ça peut avoir un lien avec la disparition de Marius?

– Non. Enfin, lui, il fréquentait aussi ce genre de plans pour le boulot, mais il n'était pas là ce soir-là… Et puis non, je ne vois pas de lien, non.

– Et avec celle de Ludo?

– Encore moins. Ludo, c'était un gentil. Attentionné. Il était là, ce soir-là, comme dans la vie en général, pour s'amuser, je ne le vois pas magouiller quoi que ce soit, ni être en conflit avec qui que ce soit. Il était heureux de son boulot avec les orques, il ne participait à aucune de ces rivalités ridicules des mâles humains.

– Hum… Bon, on se rappelle, salut.

« Il ne participait à aucune de ces rivalités ridicules des mâles. » Moi non plus, je crois. Mais je n'affiche pas pour autant du matin au soir ce sourire extatique façon il est libre Max, y en a même qui l'ont vu voler. Moi par exemple, je l'avais vu voler, dans un saut de l'ange inoubliable. Maintenant, il doit orbiter dans les cieux, tandis que moi, je suis effondré sur un banc, comme un quasi-SDF-affilié-au-régime-des-Assedic-du-spectacle.

Le point de rupture

J'avais ce jour-là un rendez-vous avec Audrey, une chargée de programmes des documentaires à la Firme audiovisuelle (je n'avais plus droit ni à Muriel ni à son adjointe, j'étais redescendu à l'étage du dessous, celui des réalisateurs de troisième classe), elle était une des multiples conseillères de base. Elle n'écouta pas un traître mot de ce que je lui disais à propos de mon projet de tournage à Vancouver, notamment autour des travaux de Jared Towers et de Sean Townsend, qui défrichaient des données chaque année plus stupéfiantes sur la manière dont les orques échappaient à toute classification zoologique fermée. Chaque clan, chaque famille et même, et surtout, chaque individu étaient si spécifiques que toutes les nomenclatures scientifiques se cassaient sans cesse les dents sur les cas particuliers. Tout cela ne semblait pas intéresser outre mesure Audrey, qui me déclara après une longue inspiration : « Mais moi je suis bien certaine que les animaux ont beaucoup à nous apprendre, beaucoup. Oui, je suis bien d'accord avec vous. » Elle était lancée : « Je ne sais plus qui disait : "Plus je connais les hommes, et plus j'aime les animaux"… » Moi non plus je ne sais plus, Brigitte

Bardot peut-être ? Puis, brusquement, elle me fit tout un foin du bouquin qu'elle venait de publier sur l'accomplissement de soi. Elle me le montra avec autant de recueillement que si elle m'avait présenté les manuscrits de la mer Morte. Ça s'appelait *J'ose être*. OK, Josette. Osez Joséphine. À l'arrière des dauphines. Je débloquais à mon tour. La Firme louait ces bureaux, à proximité de son siège, dans ce bunker de verre en bord de Seine, et je me suis demandé, l'espace d'un instant, si je ne m'étais pas trompé d'étage, si le complexe n'abritait pas aussi, en plus de Microsoft France, un centre de soins psychiatriques. Audrey m'a demandé si j'en voulais un. « Un quoi ? – Un livre. – Ah oui. Euh, écoutez, je... » Elle a précisé : « J'en ai vendu plein au comité d'entreprise, je suis super contente ! » Et puis, surtout – on revenait un peu à notre « cœur de métier » –, elle réfléchissait à l'idée d'en faire un film, « un documentaire pédagogique, je veux dire, c'est l'essence de notre mission de service public, d'aider les gens ! Moi je pense que la télévision, j'ai envie de dire, ça peut être un coach de la mort qui tue sa race ! ». Elle s'exprimait comme ça, et notre conversation s'était conclue avec cette expression que je devais retenir... Baptiste (Morizot) ! Alain (Damasio) ! À l'aide !

Je résumai au téléphone cette entrevue lunaire à John-Luc, qui me demanda (en faisant encore plus de méandres qu'à l'accoutumée, dans une langue aux louvoiements de boa) si, pour dire vite, « on ne devrait pas changer notre fusil d'épaule » et envisager, « en effet », un doc d'enquête, le récit d'une « histoire vraie » autour de l'attaque de Nice, comme il y en a des caisses sur Netflix... Je comprenais entre les mots qu'il disait – et qui n'étaient pas de lui – et ceux qu'il ne disait pas qu'il avait parlé de notre film à Muriel, car lui, de son côté, avait à peu près autant d'idées et d'intérêt pour ce projet que pour un jeton de Caddie de supermarché au fond de la boîte à gants d'une Renault Laguna sur un parking de gare de banlieue (l'homme, va sans dire, ne faisait jamais les courses ; parfois, l'été, dans sa résidence de Provence, on pouvait l'apercevoir sur un marché de produits locaux de Lourmarin, mais jamais dans une grande surface de la région parisienne). Bref, oublié l'« hymne à l'amour océanique et la liberté marine » de Muriel, tout autant que le « coaching de plage » d'Audrey, place au sang ! Aux dents de la merde. M'a traversé l'esprit cet article que je venais de lire dans mes alertes Internet *#orques*, relatant les étranges attaques d'épaulards sur des voiliers qui se multipliaient au large des côtes portugaises. Il n'y avait pas eu de blessé, mais un ou deux bateaux envoyés par le fond. Les scientifiques demeuraient perplexes face à ce comportement. Peut-être jouaient-elles ? (Et quand une orque joue, il vaut mieux faire attention, ça n'est pas un petit chaton, elle a vite fait, si elle s'excite un peu, de casser un bateau en deux – oups, pardon. Ludo, de là-haut, en savait quelque chose.) Ou bien peut-être adressaient-elles à l'humanité un message pour lui signifier qu'il fallait arrêter, arrêter l'invasion, arrêter la destruction. Dire stop.

Et je lui ai dit : non ! Peut-être juste pour lui dire non à elle, à Muriel et à tous ses clones, je lui dis non à lui, tout de go. Je refusais de me laisser réembarquer de force sur le navire de l'abrutissement grand public. J'avais sauté – quitte à me suicider professionnellement – de ce bateau en quittant les rédactions des magazines télé, et le voilà qui revenait pour chaluter dans les eaux du documentaire. Ce navire fantôme était insatiable.

J'étais bien décidé à garder mon cap et à ne pas me disperser à tous les vents : j'étais censé réaliser un film sur les orques, pas sur la mafia du foot en PACA. OK, Ludo avait été attaqué par Bulko, ça, d'accord, ça me regardait. Mais ensuite, ce qui s'était passé, ça ne relevait plus de ma juridiction. Bulko n'avait pas été recruté par le FSB russe ou payé par un corrompu de la FIFA pour éliminer un amant gênant, que je susse. (C'est l'imparfait du subjonctif qui veut ça.) Donc bon. J'essayais de me convaincre moi-même que je pouvais aller au bout de ma démarche, mais j'étais friable dans ma détermination. J'étais face à la télévision, devenue groupe industriel de communication, à peu près aussi impuissant que Ludo face à Bulko, l'animal fou, dans le grand bassin du spectacle lucratif.

Tout se passait comme si, avec cette affaire, la boucle de la société du spectacle se refermait définitivement sur elle-même. À force de tendre un miroir truqué à notre monde, un miroir qui maquillait la violence sociale en violence physique, qui transcendait la destruction du vivant en apocalypses game-of-thronesques, la réalité reprenait à son compte cette violence physique pour se conformer à son reflet. C'était un fait.

Ludo, coincé dans la mâchoire d'une orque, et Marius, avec un projectile blindé de 9 mm dans le cervelet, avaient été entraînés au fond et en étaient morts, réunis dans une danse macabre qui conjuguait la destruction de la nature et la violence d'une série policière.

Ensuite, parce que la violence réelle devenait à son tour un bon produit, qui se vendait bien sur tous les marchés de programmes audiovisuels, il ne fallait plus s'intéresser qu'à elle, sans jamais aller creuser à la racine. Un jour, un responsable des programmes m'avait délivré sa « stratégie » en m'affirmant sur un ton pontifiant : « Ce qui fonctionne, et ce qui fonde l'essence du documentaire, c'est la transgression. Or qu'est-ce que la transgression ? Je vais te dire, le sexe, ça n'est plus transgressif, mais la violence, oui, la violence physique et la violence symbolique, l'exclusion, la discrimination… » Ça partait un peu dans le gaz, donc je lui ai dit : « L'exclusion des couches populaires de toute forme de démocratie ? » Comme il restait vaguement interloqué, j'ai complété : « Le fait par exemple qu'il n'y ait pratiquement aucun ouvrier ni aucun paysan à l'Assemblée nationale ? » Il m'a répondu du tac au tac sur le ton cassant du gars vexé : « Si, il y a même une femme de ménage black, par contre, chez les réalisateurs de documentaires, il y a surtout des hommes, et des Blancs. » J'ai hoché la tête et j'en ai rajouté : « Par exemple, énoncer que le capitalisme va tous nous tuer, ça ne vous semble pas tellement transgressif ? » Il a eu un petit sourire, je n'ai plus jamais travaillé pour lui, et j'en ai tiré une leçon, celle de fermer mon clapet quand le risque de l'ouvrir pouvait me mettre sur la paille. D'ailleurs, pour être franc, ça me convient bien. Le mot qui me revenait le plus souvent pour qualifier mon attitude générale dans la vie était un vieux souvenir de cours d'anglais en cinquième. « *John is a coward. Repeat after me: John is a coward.* » J'aimais bien l'expression, je ne sais pas pourquoi, ça sonnait bien. « *John is a coward.* » *And Sébastien as well.*

Flo m'a rappelé le lendemain, elle m'appelait sans cesse, désormais. Cette fois, elle avait deux nouvelles à m'annoncer. La première, qui donnait à mon refus héroïque de la veille une tournure guignolesque : une réalisatrice maroco-australienne avait commencé à prendre des contacts auprès des associations, des élus, des vétérinaires et des responsables de l'Océland, d'Alexandre et d'Amélie Hurst eux-mêmes. Elle était une jeune femme très médiatisée pour avoir mené ces dernières années des combats politiques tous azimuts pour « la défense de l'environnement », pour « la place des femmes dans la société », pour « la tolérance des sexualités alternatives », pour « le vivre ensemble », bref, pour toutes les causes « Muriel *friendly* ». Elle avait appelé Flo elle-même et lui avait expliqué qu'un nouveau projet contre l'enfermement des cétacés était en développement pour Disney Media Network. Nous y voilà. Le niveau encore au-dessus de Netflix. L'accident de Ludo avait allumé tous les voyants des cellules de veille de tous les producteurs de la planète et, après décantation dans les comités stratégiques, les moteurs du premier bombardier vrombissaient à l'horizon. Plus tard, toute l'armada des tournages débarquerait, avec un budget dix ou vingt fois plus important que le mien. Flo avait appris qu'ils tourneraient non seulement en Norvège et au Canada, mais aussi en Argentine, au Groenland et même aux Kerguelen.

Est-ce que, lorsque cette réalisatrice viendrait tourner sur la Côte d'Azur, elle dormirait à l'Ibis budget ? Je ne pensais pas, tandis que moi, j'allais devoir encore payer de ma poche un billet de train pour Nice après que Flo m'eut informé que, malgré l'absence de corps, une cérémonie funéraire en hommage à Marius serait célébrée au crématorium de la ville dans deux jours. J'enverrais la facture à John-Luc, on ne sait jamais (c'est un métier où il faut savoir conserver une certaine naïveté enfantine, toujours ce fameux enfant en bas âge, avant qu'il sache compter).

Paula

Il crie. Bulko. Il crie. Quoi ? Chant de douleur.

Derrière la porte de fer. Arrête.

Stop. Mal. Le mâle. Il hurle.

Pas les mêmes codes. Lui, le fjordien du Nord. De l'Atlantique Nord.

Ma mère de Patagonie, ma mer de la Terre de Feu. Pas le même langage.

Il souffre. Dans l'aquarium. Exigu.

Boule de colère. Bulko.

Pourtant, je ne l'aimais pas beaucoup.

Pitié. Maintenant. De la pitié.

Pauvre Bulko.

Un secret trop lourd

Je suis donc retourné à Nice dans un wagon de touristes en short venus officiellement pour le musée Matisse ou Chagall, mais en vrai pour s'imaginer, par-ci par-là, en Cary Grant ou en Grace Kelly flânant dans la baie des Anges, dans cet enchantement qui faisait rêver jusqu'à Los Angeles. Nous étions début juillet, plus d'un an après mon premier repérage mouvementé.

L'histoire avait traîné en longueur.

Je me suis rendu directement au crématorium tout au nord de la ville. Le bâtiment était une de ces constructions anguleuses et boisées, en harmonie avec le paysage, qui aurait pu être un Biocoop reconverti en temple de la nouvelle religion du XXIe siècle, celle qui sous-tendait mon film et l'avait rendu attractif sur le marché télévisuel, celle d'une « relation apaisée avec la nature » acceptant les cartes Visa, Master ou Amex, celle de la réharmonisation ultime de l'homme avec son environnement, poussière tu retourneras à la poussière, *ashes to ashes* pour un tarif adapté à votre budget, une église consacrée au nom du vide, de la cendre et du saint néant. Un néant au carré, une béance, puisqu'il n'y aurait ni inhumation, comment creuser du vide ? Ni crémation, comment brûler l'absence ?

J'étais légèrement en retard et, à l'accueil, une jeune femme indifférente m'a indiqué la salle réservée à la cérémonie en mémoire de Marius Freccero, la salle B. Quand je suis entré, je l'ai reconnue dans la seconde. Même de dos. Au premier rang. Et j'ai compris pourquoi, sans me l'être formulé clairement, une force m'avait poussé à revenir à Nice toutes affaires cessantes pour me recueillir devant un agrandissement de photo d'un garçon que j'avais croisé un soir dans ma vie : l'espérance de revoir May. Elle avait fait le voyage depuis Vancouver pour assister aux adieux d'un mort lui-même absent. Je ne voyais que ses épaules, ses cheveux relevés et, entre les deux, sa nuque. Gracile. À peine inclinée. Infiniment aimable.

Il y avait du monde, les bancs de bois clair de la salle B étaient pleins. Des personnes de tous les âges, rassemblées dans une enceinte de spleen devant un grand portrait en noir et blanc de Marius, regardant l'objectif, nous regardant, de son regard si droit. Des gens se serrèrent pour me laisser une petite place à l'avant-dernier rang. Deux écrans vidéo diffusaient un diaporama accompagné d'une bande-son qui enchaînait en sourdine du funk, du reggae, du trip-hop, quelques chansons de rap dont les paroles de cet art martial vocal frappaient dans le vide tel un boxeur en shadow, seul sur le ring, opposé à un absent, supposé mort en plus ; et puis aussi l'implacable « Otherside » des Red Hot Chili Peppers. Je repérai Flo, entourée de quelques amis. La succession des photographies était terrible. Elles montraient Marius depuis son enfance, un enfant rieur et charmeur, puis un adolescent frondeur, un jeune homme irrésistible, un journaliste sportif plongé au cœur de grands événements, les Jeux olympiques de Pékin, la Coupe du monde de football en Russie qui paraissait déjà si lointaine, il y avait même une photo qui le montrait avec Zinédine Zidane dans les vestiaires du Real Madrid. D'ailleurs, sur la plupart des photographies, Marius était entouré, de son frère et de ses deux sœurs, de copains, de copines, de collègues. Des photographies pleines de vie qui ne conjuraient rien du tout, qui ne faisaient que souligner l'insignifiance de quelques années passées sur cette planète de 4,5 milliards d'années.

Juste derrière moi, j'avais remarqué un grand type chauve en costume. Je n'ai rien contre les grands, bien au contraire, je n'ai d'ailleurs rien non plus contre les hommes en costume (peut-être même, là encore, au contraire), et je n'ai bien entendu rien contre les chauves (sans aller jusqu'à « au contraire », disons pas d'objection) ; par contre, grand, chauve et en costume, ça faisait beaucoup, va savoir pourquoi, ça m'irritait, sans raison. Quoique, en cherchant bien, il y avait tout de même une piste de mobile : il croisait les jambes et appuyait son soulier sur notre banc, le faisant bouger à intervalles réguliers, ce qui est, chacun le reconnaîtra volontiers, insupportable (même de la part d'un petit chevelu en jogging).

J'oubliai rapidement ces billevesées lorsque je compris que Marius était le papa d'une petite fille de neuf ans.

C'était horrible.

Elle s'appelait Salomé et eut le courage inouï de venir dire quelques mots au micro, elle dépassait à peine du pupitre et articula qu'elle préférerait ce papa-là, même mort, à n'importe quel autre papa vivant, car il resterait bien vivant dans sa tête.

Je fus incapable de retenir mes larmes, et je fus de nouveau bouleversé quand, à la sortie du crématorium, je vis May et la maman de cette petite fille s'étreindre longuement. Elles étaient enlacées avec la douceur d'un chat roulé en boule, formant une entité féminine doublement douloureuse.

Des journalistes étaient là aussi, bien sûr, des collègues de Marius authentiquement affecté(e)s et des fouille-merde en maraude, affichant des mines affligées aussi convaincantes que des mimiques censées exprimer l'accablement chez des comédiens de feuilletons du soir sponsorisés par l'habitat écoresponsable et les plats préparés bios. Ils étaient, un peu plus encore que le reste de l'assistance, impérieusement attirés par les quelques sportifs de renom (Brahim Mokrani et quatre stars françaises de l'OM, de la Juve et de l'AS Monaco) qui avaient fait l'effort de venir.

Comme il n'est pas prévu dans les rites funéraires occidentaux de hurler de douleur en s'arrachant les cheveux comme le veulent certaines coutumes méditerranéennes, ni de rester de marbre comme dans certaines pratiques bouddhistes, eh bien, ma foi, on se met à deviser de choses et d'autres, pour faire diversion, pour meubler, pour amorcer, c'est de circonstance, un genre de cadavre exquis. On dit deux mots de météo, trois sur la circulation infernale en août sur la Côte ; et puis on attend qu'un bavard prenne le relais pour engrener un petit laïus improvisé, en programme libre, sur un thème de son choix, le prix de l'essence ou les désagréments de la coloscopie, la dernière coupe de cheveux de Neymar ou l'Unedic qui fait chier, peu importe, et tous on approuve mollement en pensant à autre chose. D'habitude, on aurait fui ce genre de fâcheux comme un covidé, mais là, vas-y, vas-y, cause, tu tombes bien, tu remplaces le curé d'autrefois à l'église, cause, te dis-je, ça nous évite de le faire.

Je constatais de plus en plus à quel point Flo, la bougresse, savait tout faire, et dans le bon timing. Ainsi assurait-elle ce rôle de bavarde utile, dissertant sur les récupérations politiques locales du combat contre l'enfermement des orques. Elle donnait l'exemple des élus du parti socialiste qui se faisaient photographier dans les manifestations tout en votant contre la fermeture du parc au conseil régional. Quelqu'un lui demanda ce qu'elle pensait de la présidente très médiatique d'Animalife (une autre association active dans le combat contre l'enfermement des cétacés) qu'on avait, en effet, vue sur tous les plateaux depuis l'accident de Ludo.

– C'est une carne hargneuse, répondit Flo du tac au tac.

Je notai que l'expression sonnait bien dans sa bouche. Ça n'était pourtant pas dans les habitudes de Flo de dire du mal de qui que ce soit en public, elle faisait une exception en révélant sans détours les jalousies crasseuses et délétères qui pourrissaient les relations entre les différentes associations.

– C'est débile, mais bon, c'est comme ça, les animaux drainent aussi des esprits simples et des opportunistes.

Animalife était en effet dirigée par une imbécile matricée à la sous-culture américaine qui se répandait partout en prétendant que Flo et son association étaient des talibans de l'écologie… Je la connaissais aussi, je l'avais rencontrée et, fallait avouer, elle était une authentique pimbêche revêche, pour m'aligner sur les consonances de Flo. Elle faisait partie de ces charrettes de fats qui, au prétexte de leur aller-retour bimensuel à New York, se considéraient comme des élus parmi les ploucs français tankés au pays, même ceux de la capitale, puisqu'il y avait belle lurette que Paris n'était plus suffisant pour se distinguer de la plèbe. Flo s'occupait de son cas devant les quelques journalistes, et, comme on le sait désormais, quand Flo fait quelque chose, elle ne le fait pas à moitié. Et puisqu'on était à quelques mètres de la petite entreprise de réduction des humains en cendres, Flo en faisait de même avec la réputation de cette femme, au lance-flammes.

Elle m'impressionnait encore par sa capacité à faire face, à agir, à se comporter en adulte, à ne pas se laisser dominer par les sentiments. Elle était maintenant en train de discuter avec un militant de son association qui l'informait d'un rendez-vous avec un conseiller de l'Élysée en charge du dossier du Grand couloir bleu (que tout le monde avait oublié après l'effet d'annonce), et aussitôt elle ouvrit sur son téléphone son agenda électronique pour lui indiquer les dates possibles, tel un officier sur le champ de bataille. Un vrai « bonhomme ». Me revenaient ces lieux communs qui disent que si un homme raconte fièrement à un autre qu'il a changé de moto, disons qu'il est passé de 250 à 750 centimètres cubes, son interlocuteur mâle ne comprend pas autre chose que ça : il a changé de cylindrée. Éventuellement, les plus à l'écoute pourraient pousser leur réflexion en remarquant qu'il l'a même triplée. Et voilà tout, il va se faire plaiz', l'enfoiré, on va pas en faire tout un roman. Mais s'il raconte la même chose, mot pour mot, à une femme, elle pourrait bien comprendre que l'homme en question a un petit problème, de volume, de positionnement, d'affirmation de soi ou que sais-je, enfin ce genre de double lecture, de décryptage des non-dits, bref de toutes ces fadaises de genre que l'on retrouve à longueur de pages dans les manuels de vulgarisation psychologique et dans les analyses des magazines féminins. À ce compte-là, non seulement Flo était un bonhomme – 750 centimètres cubes, c'est noté –, mais moi, j'étais une vraie bonne femme, ne cessant de surinterpréter, comme je le faisais précisément à cet instant avec ce genre (non genré) de réflexion.

Peut-être plus éprouvante encore que la douleur trop grande pour le jeune esprit en formation de Salomé, celle des parents de Marius était terrassante. Eux prenaient toute la mesure de l'effondrement de leur vie qui, alors qu'ils approchaient de la ligne d'arrivée avec l'apaisement d'un parcours réussi, voyaient le monde s'écrouler. Littéralement. Ils donnaient le change, pourtant. Leur souffrance était cadenassée en eux, inaccessible. Ils avaient même trouvé la force d'organiser une petite réception dans un café de la vieille ville que Marius affectionnait. Il était midi et on y but du vin blanc, du rosé frais, des anisettes et des jus de fruits. La petite foule débordait dans la ruelle toujours à l'ombre et l'ambiance était mitigée, comme lorsqu'on se baigne dans une mer bien tempérée, la chaleur d'être ensemble, et que des courants froids, à intervalles réguliers, viennent réfrigérer les membres, les vagues de tristesse qui rappelaient la raison de ce rassemblement.

Les discussions néanmoins s'étaient un peu animées. Les bavards de service de la sortie du crématorium avaient été rattrapés. La majorité des personnes présentes avait la trentaine, la plupart étaient niçois, ou provençaux, la vie luttait en s'exprimant franchement.

Je faisais des calculs de trajectoire dans la foule pour essayer de me rapprocher de May, mais elle était très entourée et je ne parvenais qu'à me mettre dans la situation du gars qui, un peu petit, tente d'intégrer sans y parvenir un cercle soudé de convives bruyants, qui s'échine à attirer l'attention de l'un d'entre eux qu'il connaît en lui adressant des signes de la main, oh, oh, je suis là ! C'était pas terrible.

Au fil de mes manœuvres dans le groupe, je percevais des bribes de conversations. « Marius, putain, tu te rends compte ? En plus le beau gosse que c'était ! » ; « Cette socca, je te jure, si je m'écoute, je m'arrête plus, j'habiterais ici, je deviens une baleine » ; « Attends, c'était le bateau de Jaffar, le poto d'Ali Salim, c'est fumeux comme histoire, je te le dis… » ;

« Madona ! La petite, elle m'a mis le cœur en miettes » ; « Moi, j'ai eu l'autographe de Dimitri Payet ! »

Plus intéressant, alors que je me resservais un énième verre de rosé, un autre ancien camarade de Marius, journaliste de la rédaction d'un site d'information de Grenoble dont j'ai oublié le nom, me raconta qu'il avait levé un lièvre à propos de l'autopsie de Ludo. Quoi ? Je cherchai à en savoir plus, le mec se mit à me parler d'intérêts koweïtis.

– C'est-à-dire ?

– Je peux pas t'en dire plus.

– Ali Salim ?

– Va savoir…

Je me suis demandé s'il savait et ne voulait pas griller son scoop, ou bien s'il pataugeait dans la semoule, ce qui me parut le plus probable quand il embraya sans transition sur un tissu de révélations chuchotées, toutes plus absconses les unes que les autres. Il était question de Xi Jinping et de Carlos Ghosn, c'était complètement décousu et je ne comprenais rien. Je revins à son info sur l'autopsie. Je le questionnai sur la qualité de sa source : il ne m'en dit pas un mot ; quant au contenu de ce compte rendu d'autopsie, il m'affirma qu'il révélait un arrêt respiratoire avant l'arrêt cardiaque, ce qui était « suspect », disait, selon lui, le rapport.

– Vous allez sortir l'info ? je lui demandai.

– Pour l'instant, on n'a qu'un témoignage, il nous faudrait récupérer le document.

– Hum…

– Il y en a un qui aurait pu nous en dire plus, à mon avis, c'est…

Il fit un mouvement de la tête vers la mer…

– Marius ?

– Ouais.

– Pourquoi ?
– Il lui a rendu visite à l'hôpital le jour même.
– À Ludo ?
– Ouais.
– Le jour même ?
– Il est mort dans la nuit qui a suivi.
– T'es sûr ?
– Ouais. Recoupé. Une infirmière et deux aides-soignants.

Dans ma tête, ça s'est mis à pédaler en sprint. Marius ? Le jour même… Une coïncidence ? Bizarre. Alors quel lien ? Est-ce qu'il était allé à l'hôpital pour le tuer ? Vite, ma petite piqûre antiparano. Est-ce qu'il n'était pas plutôt allé chercher une info ? Une info mortelle. On s'est regardés avec ce mec, on pensait la même chose. Mais quoi ? Qu'est-ce que Ludo aurait pu lui dire ? Que Bulko était un agent du Hezbollah ? Le garçon secouait la tête d'un air pensif, il me fit l'impression d'être reparti dans ses supputations internationales. Je l'ai laissé.

Fallait que je demande à Flo qui était ce mec. Je la cherchai du regard, elle était en train de discuter avec un inconnu qui ne m'inspirait rien de bon, car il me jetait des coups d'œil de tueur d'abattoir au point que je finis par me demander… à force d'observer Flo… si elle était si innocente et si droite que ça. Ma petite piqûre ne faisait plus effet. Comme avec Marius, je me mis à douter. Quand j'y réfléchis, elle était toujours au centre des événements, elle savait tout, elle dirigeait le combat pour les orques tout en fréquentant les partouzes de luxe, ça me titillait soudain. Elle calait des rendez-vous avec un conseiller de l'Élysée pour ce Grand couloir bleu dont elle m'avait dit elle-même qu'elle le trouvait plus que douteux. Je me souvenais, elle m'avait dit un soir sur le *Flo-ter* : « Sea Shepherd, ils sont bien obligés de faire "comme si", mais ça pue la manœuvre politique à plein nez. » Alors ? Qu'est-ce qu'elle fabriquait ? Finalement, est-ce que je la connaissais si bien que ça, Flo ? La camarade sympa de l'école de journalisme aux bonnes joues de militante multicarte ; ou la James Bond girl, plongeuse intrépide aux culottes de soie indécentes ? Qu'est-ce qui m'arrivait ? Je décidai de m'arrêter là pour les verres de rosé. J'allai me « rafraîchir » aux toilettes et, quand je revins dans la ruelle, May était maintenant avec Flo. Les deux seules personnes que je connaissais ici ; deux femmes, l'une très proche de moi, l'autre très éloignée ; l'une en vérité limpide comme un livre ouvert, un roman *feel good* (je me demandais si je n'avais pas été victime d'une hallucination psychotique pour avoir douté d'elle l'espace d'un fond de verre), l'autre aussi énigmatique et envoûtante qu'un roman de De Lillo traduit dans une langue inconnue, en dialecte amérindien de Nouvelle-Colombie, disons. Mes deux nageuses, l'une tout en puissance, l'autre tout en souplesse, aussi inaccessibles l'une que l'autre, pour des raisons opposées, des amies intouchables. Avec la dose de rosé de Cassis que je m'étais envoyée, je m'imaginais les prendre par les épaules, une de chaque côté, leur glisser à chacune un baiser dans le cou, les faire rire et les entraîner quelque part, un air de jazz rythmant nos pas, telle la Jeanne Moreau de *Jules et Jim*, t'as qu'à croire ; l'image était aussi crédible que mon fameux couple Bruno Le Maire-Keith Richard.

J'étais obnubilé par May qui semblait ce jour-là plus fine, étonnamment plus fragile que dans sa combinaison en néoprène ou dans son maillot de bain, ses cheveux relevés de manière un peu floue, sa robe sombre et légère semblait affaiblir, pour elle et pour elle seule, la gravité terrestre dans ce petit coin de ruelle.

Fort de ma grande attirance et de mes petits verres dans le cornet, je suis allé la voir directement. Je crois me souvenir que Flo a eu la délicatesse de s'éloigner. Nous avons échangé quelques mots, je lui ai adressé mes condoléances, elle m'a remercié. C'était comme si nous avions soufflé autour de nous une bulle invisible qui assourdissait les sons et floutait les contours du décor et des gens. Elle m'a dit :

– Je m'en veux terriblement. J'aurais dû l'emmener avec moi…

Elle était triste, si triste que je me retenais de la prendre dans mes bras pour la consoler, la ficelle était grosse.

– Tu vas retourner au Canada ?

– Oui, demain.

– Tu es plus heureuse là-bas ?

– Oui. Là-bas, c'est chez moi.

Sa réponse avait été si spontanée qu'elle me laissa muet. Je mis un temps fou à me ressaisir, à trouver une idée pour enchaîner, qu'est-ce que je pouvais bien lui dire pour ne pas manquer de séduire en une formule cette femme qui me faisait un effet comme aucune autre avant elle ? Une attirance symbiotique, plus que sexuelle. J'avais droit à une réplique. Une seule. Ensuite elle repartirait au bout du monde et ce serait trop tard. J'aurais raté ma vie. Je jouais ma vie maintenant, dans la minute à venir. L'image qui s'imposait à moi, c'était celle d'un plongeon, se jeter à l'eau, sans jouer au malin comme Ludo dans son saut de l'ange spécial détartrage, non, juste un plongeon épuré et sans manières.

– Tu veux dîner avec moi ce soir ?

En même temps que je prononçais ces mots, je m'entendais moi-même, redevenu cet élève de sixième B qui demande en bredouillant à la fille de sixième D « Tu veux sortir avec moi ? », le front et les joues virant couleur Ferrari Testarossa.

Elle a laissé passer quelques secondes. Madame le bourreau, s'il vous plaît!... Puis elle a dit:

– Non, je vais rester seule.

J'ai fait un effort surhumain pour transmuter l'élève de sixième en un genre de Travis, le *taxi driver* joué par De Niro, le protecteur de la petite paumée, mais c'était pas gagné. Elle a esquissé un sourire, elle était triste pour moi maintenant, un comble, elle a ajouté:

– Je suis une femme en deuil.

Elle avait dit ça pour me faire comprendre qu'il eût été inconvenant pour elle de sortir dîner avec un homme le jour même des funérailles du précédent, ça pouvait se concevoir, même si nous n'étions plus dans le comté de Nice ou la Corse des siècles passés, j'appréciai le tact. Elle s'éloigna en silence.

Quelques minutes plus tard, après avoir salué tout le monde, elle revint vers moi. Mon cœur se mit à cogner comme un 1200 Harley. Peut-être avait-elle changé d'avis. Non.

– Salut, je m'en vais.

– Salut.

Elle m'inonda d'un regard plus noir et plus profond que les fjords de Norvège. Je me demandai ce que ce regard voulait me dire. Comme d'habitude, je ne compris rien. Alors elle souffla:

– Il y a un secret qui est trop lourd à porter pour moi ici.

Cette femme ne disait que des choses importantes, elle ne parlait pas pour ne rien dire ou pour faire l'intéressante, donc, pépère, c'est le moment d'être un peu fin, pour changer. Il y a un secret. Il y a là une clé, une clé de tout, une clé pour ton film, une clé pour expliquer les morts, une clé du monde. Et plus cette idée de clé me tournait dans les méninges, plus l'image de l'amphore de ses cuisses envahissait mes circuits neuronaux, les rendant résolument inopérants, nuls, non seulement un élève de sixième, mais déficient mentalement. Ne trouvant rien à lui répondre, je me contentai de hocher doucement la tête d'un air pénétré. Pour finir, je réussis tout de même à articuler :

– Il faudrait qu'on puisse en parler.

Elle a réitéré son regard abyssal. J'ai éprouvé la sensation que ses iris étaient en néoprène noir et qu'elle basculait en canard pour plonger dans mes yeux, les traverser, descendre en apnée jusqu'à mon hippocampe, au fin fond de mon cerveau, pour y vérifier quelque chose, pour échanger avec l'orque miniature qui y rôde, mon être profond, mon noyau dur. J'ai cru comprendre qu'elle hésitait, qu'elle était au bord de lâcher quelque chose, un fardeau, mais finalement, non, elle a doucement secoué la tête.

– Je t'ai dit, je repars pour Vancouver.

– Pourquoi si vite ?

– *Best move…*

– Pourquoi ?

Elle chuchota :

– Trop tôt pour mourir.

Tout était dit. Nous nous embrassâmes comme deux amis, deux bises. La sensation de ses lèvres sur mes joues me fit décoller du sol de quelques centimètres, j'étais plus fier que si, dans cette ruelle séculaire, les fantômes de… je ne sais pas… de Voltaire et de Diderot, de Louise Michel et de Rosa Luxemburg, de Bogart et de Bacall, de Keith et de Bruno… s'étaient rassemblés autour de moi pour me toucher comme si j'étais le messie. L'impression fut très fugitive. Je recouvrai mon identité de documentariste foireux à mesure que May s'éloignait.

Comme une orque dans la Seine

Pour toute personne désœuvrée l'été à Paris, il y a toujours un après-midi, encore plus vide que les autres, qui se termine au jardin du Luxembourg. J'avais besoin de marcher, ou plutôt de penser, et à force de lire un peu partout que l'on pense mieux en marchant, d'entendre tout le monde citer « les seules idées valables viennent en marchant » de Nietzsche, je tentais mollement de tester l'adage, même si – l'ayant déjà mis à l'épreuve – je n'y croyais qu'à moitié. Heureusement (ou malheureusement pour les « seules idées valables »), le jardin du Luxembourg en août est surpeuplé, et, faute de penser par moi-même, d'autres êtres humains se chargeaient de m'assister dans mon projet. C'est ainsi que, passant devant un vendeur de ballons gonflables et de bidules en plastique, j'entendis une maman expliquer à sa copine (elle aussi aux commandes d'une poussette prête au décollage) avec un accent du Nord irrésistible :

– J'étais a'c la grande, Kelly, tu vois, la fille à ma filleule, la ch'tiote elle a six ans. Et au marché à Denain mardi, y a un mec qui m'branche, devant un truc pareil que çui'là, un truc de jouets, des trucs en plastoc et tout ça, y m'fait la r'tape, j'me dis comme ça : bon, j'vais y faire plaisir à la môme, j'ui achète une babiole, un truc à deux balles, un pistolet qui fait des bulles. On rentre à la maison. Tu parles, ni une ni deux, le truc y fait pas plus de bulles que le trou du cul du pape.

– T'as fait quoi ? T'es retournée ? a demandé l'autre, captivée.

– Wah non, j'ai dit c'est bon, c'est un truc à deux balles, on va pas déclencher une guerre en Ukraine. On va quand même pas dégainer les guns pour un pétard à bulles. Alors la ch'tiote e'm dit : « Mais tata, le monsieur il a dit que ça marchait super bien. » Ah j'ui dit oui mais l'monsieur y fait du bizness, dans le bizness, on raconte des craques. Oh dis donc, elle m'a regardée, la petite. Ça a duré deux secondes, j'te jure dans ses yeux j'ai cru que j'allais me noyer. Et elle s'est mise à chialer, mais à chialer !

Cette femme avait dit ça : « Dans ses yeux j'ai cru que j'allais me noyer », j'ai repensé au regard de May, cette femme parlait d'or, il n'est pas tout à fait mort le temps des pépites de trottoir. Sa duègne était toute consternée, je les ai contournées, abandonnées à leur chagrin, mais ça m'a donné à penser – je mettais mes pas dans ceux de Friedrich Nietzsche –, et je finissais par conclure que cette femme était non seulement une poétesse de rue, mais aussi une fine lame de l'analyse historico-socio-politique. Elle était ni plus ni moins que l'Emmanuel Todd du Luxembourg. Car enfin, réfléchissons. Il est admis qu'en matière de transaction commerciale, une certaine tolérance dans l'interprétation de la réalité est admise. Par exemple, vous essayez un vêtement dans un magasin de prêt-à-porter qui vous va à peu près comme un Perfecto à un kangourou et la vendeuse vous dit : « Oh ! Ça vous va à merveille ! », eh bien, vous ne vous emportez pas en lui répondant : « Vous mentez, mademoiselle ! Vous mentez ! Dites la vérité, je vous en conjure, pour le salut de votre âme ! » Non. De même, un type vous refourgue une voiture d'occasion à deux mille euros en vous disant : « C'est une perle, entretenue comme un Boeing de la Japan Airlines », et, à la première révision, votre garagiste vous informe que l'embrayage est mort, et que les joints de cardan fuient comme des grabataires, vous vous dites : « L'enfoiré, il m'a bien entourloupé, mais bon, pour deux mille boules, c'est de bonne guerre. » Et plus ça monte, plus le mensonge, telle une entité gazeuse, a tendance à se dilater avec l'altitude des montants. Ainsi en est-il des pelotons de journalistes qui pédalent à l'année pour tel ou tel milliardaire ou pour le pouvoir en place – il a même fallu légiférer pour empêcher les agents immobiliers de mentir sur tout. Ensuite, au-delà, aux échelles stratosphériques, genre les guerres pour sauver les femmes martyrisées dans les pays pleins de pétrole ou d'uranium, ou les voitures électriques qui vont nous sauver, voire aller dans l'espace et tout ça, là, la loi ne peut plus rien car elle ne peut plus les atteindre.

Ainsi – j'arrive, Friedrich, je te rejoins –, pour en revenir aux développements de la pensée de ma copine des ballons multicolores, ne serait-il point imaginable, puisqu'il est entendu que les règles de l'économie et la philosophie du marché ont envahi notre société depuis environ deux cents ans, que ce rapport décomplexé à la réalité du « bizness » ait, au moins autant, voire plus, en tout cas plus en profondeur, que les fakes délirants des réseaux sociaux, pollué notre vie publique et même notre civilisation ?

Houla ! J'avais pris tellement d'altitude que la raréfaction de l'air commençait à poser des problèmes de portance. Certes j'entrevoyais bien une espèce de délitement généralisé de tout l'édifice cartésien, où plus rien n'avait d'autre valeur que celle du numéraire financier, mais en quoi ce constat pouvait-il m'être utile ? Et les orques, dans tout ça ? J'avais besoin de redescendre, voire d'atterrir. Faute d'orque, mes yeux se posèrent sur un mammifère terrestre plus commun dans cette zone géographique, un labrador, un golden retriever même, bien adapté à cet arrondissement de vieux universitaires et de jeunes consultants, un chien imposant, presque aussi gros que celui qu'avait eu mon oncle Jim, celui qu'il appelait Lebowski. Le chien marchait comme s'il était, lui aussi, épuisé par ses pensées.

J'avais acheté *Le Monde*, en papier, dans un kiosque à journaux, pendant qu'il y en avait encore. (Tout change, certes, mais ce qui changeait plus que tout, c'était le changement lui-même, son rythme et son avidité. Les petites-cousines des kiosques à journaux, les cabines téléphoniques, avaient déjà été éradiquées depuis un certain temps alors qu'elles n'avaient pas plus d'un demi-siècle ; les kiosques, eux, avaient un siècle de plus, mais la modernité numérique était plus radicale que le maoïsme, du passé il fallait faire table rase.) Je suis allé m'asseoir sur la terrasse du Pavillon de la Fontaine, qui avait gardé son allure de chalet de square. Tout, au Luxembourg, avait conservé une réminiscence de tableau du XIXe siècle, les statues de Bourgeois, les petits bateaux à voile des bassins et les chaises en fer. Une chose ne permettait guère à l'esprit de flâner dans le passé : l'accoutrement des êtres humains. Les toilettes raffinées et les étoffes inusables avaient été remplacées par des matériaux synthétiques, les harmonies de pastels par un kaléidoscope de blancs, de noirs et de fluos, les bottines au cuir bien nourri par des baskets, les couvre-chefs par des casquettes Nike, et tout était niqué. Je n'ai même pas eu le temps de lire le chapeau en une du *Monde* titrant sur l'hécatombe du dôme de chaleur qui s'était abattu et fixé sur la région de New Delhi : un homme s'est assis en face de moi, sans m'en demander l'autorisation. Quel maroufle! me dis-je pour ne pas quitter trop abruptement l'univers de ma rêverie. L'homme avait une quarantaine d'années, plutôt sportif, pas très grand, mais avec un visage très carré, à la fois inexpressif et déterminé, les cheveux très courts, presque rasés, et le regard rivé sur moi. Il a dit:

– Vous êtes Sébastien Llado?

– Et vous êtes?

Au départ, il s'était bien calé contre son dossier, là, il s'est avancé pour se pencher vers moi en posant ses coudes sur la table. Je ne sais pas pourquoi, je me suis tout de suite dit, à la manière dont ce type bougeait, que c'était un boxeur. Pas très lourd, disons un poids welter, mais s'il m'en colle une, je pars en arrière avec le journal toujours dans les mains pour faire parachute de freinage. Il n'a pas fait ça, il a repris posément:

– Vous faites un reportage sur les orques. C'est bien.

Pas un reportage, un documentaire… mais j'étais las de m'évertuer à expliquer la différence. Et je n'étais pas persuadé qu'il s'intéressât à ces distinctions sémantiques. Je regardai alentour, est-ce que le mec était seul? Il a poursuivi:

– Les orques, ça n'a rien à voir avec les affaires du football sur la Côte…

– Hormis le fait qu'une orque a bouffé le petit copain de la petite star de l'Olympique azuréen.

C'est sorti comme ça. En voyant l'expression du type, qui s'était mis à sourire, de ce genre de sourire qui ne laisse rien présager de bon, je me suis demandé si j'avais bien fait.

– Et alors? Je répète, ça n'a aucun rapport avec votre film. Vous, vous faites un film sur les orques dans les océans et tout ça.

S'il avait dit « un hymne à la liberté », j'aurais identifié une de ses sources…

– Vous ne devez pas tout mélanger.

– Qui êtes-vous ? j'ai répété.

Il m'a regardé attentivement, puis avec un air vaguement fatigué, il s'est levé – ça aurait été bref – et, avant de partir, il a ajouté :

– Tu étais à Nice pour les obsèques de Freccero. Ne mets pas ton nez dans des trucs qui te dépassent. Ou bien on te nique, toi aussi.

Niqué. C'était bien ça. C'était l'expression qui qualifiait correctement ma petite escapade au jardin du Luxembourg. Je regardai le type s'éloigner d'une démarche lente, souple, il a sorti un téléphone de son jean, il avait l'air normal, incroyablement normal. Il ne ressemblait pas du tout au yéti chauve qui m'avait, lui aussi, menacé au Cortobello à Nice. C'est ce qui le rendait beaucoup plus inquiétant, s'ILS (?) avaient recruté ce type, ce n'était pas parce qu'il était un vulgaire videur de boîte, c'est parce qu'il était vraiment méchant. J'avais envie de hurler : « Arrêtez cet homme ! – Mais pour quel motif, cher monsieur ? – Il m'a menacé, c'est un tueur ! – OK, on va rester calme, respirez, voulez-vous qu'on appelle un médecin ? »

Je n'ai pas su quoi faire. J'ai réfléchi, très incertain, flottant entre deux eaux, entre « Vous croyez m'intimider ? C'est mal me connaître ! Vous avez réveillé le héros qui sommeille en moi » (cette hypothèse de l'alternative étant très mal cotée dans mes petits sondages perso), et le « Fallait pas vous donner cette peine, il y a bien longtemps que je ne fais plus d'enquête, moi, je m'intéresse à l'harmonie du vivant en effet »… Je convoquai les analyses de Baptiste Morizot (pas Damasio, qui, lui, est plutôt favorable à la lutte violente…) et ses concepts d'« égards ajustés » avec les autres êtres vivants, notion qui pour moi ne pouvait être mise en pratique qu'avec les poissons rouges ou les golden retrievers, par ailleurs plus accessibles aux égards ajustés que les boxeurs mercenaires.

La phrase de May m'est revenue en mémoire : « Trop tôt pour mourir. » Bah oui. Pour moi aussi, du coup. En fait la peur avait pris le temps de faire un petit tour entre les tilleuls avant de me revenir en pleine poire comme un boomerang. J'avais vraiment du mal à respirer soudain. Quelle lope j'étais, merde !

Qui était ce type ? Pour qui travaillait-il ? Un flic qui faisait des perruques ? Un barbouze ? Un homme de main d'une crapule de la Côte, c'était certain. Est-ce que j'allais en parler ? À qui ? Allais-je encore pleurnicher dans les jupes de Flo ? Sous lesquelles…, etc.

***

Dans le métro, bien que l'incident continuât de me mettre très mal à l'aise, j'avais plus ou moins repris mes esprits. Faute de savoir quoi faire, pour me donner une contenance, pour me changer les idées, je me remis à feuilleter *Le Monde* et je tombai, en page 16, sur un article racontant qu'une orque s'était perdue dans l'estuaire de la Seine ! Après l'aventure du jardin du Luxembourg, je ne m'étonnais plus de rien. L'orque était presque remontée jusqu'à Rouen. C'était un jeune mâle, malade, à l'agonie. Toutes les tentatives de le reconduire vers le large avaient échoué, la pauvre bête était trop faible. Elle allait mourir. Les scientifiques allaient l'euthanasier pour lui éviter de trop souffrir.

***

Depuis que May était partie à Vancouver, je n'avais plus qu'une idée en tête : partir là-bas pour filmer les orques de la baie, un des endroits de la planète les plus fréquentés par les épaulards. John-Luc m'avait dit que c'était « impossible pour l'instant », qu'il n'avait pas encore touché un centime de qui que ce soit et qu'il ne pouvait pas « risquer sa boîte sur ce film ». Oui, t'as raison, un billet pour Vancouver et six jours de tournage avec une équipe locale nécessiteraient sans doute d'hypothéquer ses deux maisons, son appartement à Courchevel, de prostituer sa femme et, malgré tout cela, d'endetter sa descendance pour trois générations. Je savais déjà qu'il ne pourrait pas s'empêcher de me dire : « Tu ne peux pas filmer l'orque dans la Seine ? Ça ferait moins de frais… » et il trouverait ça drôle, pas moi. En vérité, je vais peut-être récupérer ces plans que je visionnai sur mon téléphone, des images horribles de cette pauvre bête perdue au-delà des raffineries du Havre, égarée dans une boucle du grand fleuve empoisonné par sept cents kilomètres de rejets industriels, de produits chimiques, de pesticides, des montagnes de déchets et de déjections humaines qui devaient l'achever. L'animal était amaigri, affaibli, la peau scarifiée, dépigmentée, ulcérée, un mammifère à bout de forces tel un symbole de notre folie destructrice. Ce monde, ce fleuve, c'est le nôtre, et c'est un monde invivable. Comment ce jeune s'était-il perdu ? Avait-il été abandonné ? Peu probable lorsqu'on connaît la solidarité infaillible des familles d'orques. Sa mère était-elle elle-même morte ? Tuée par un polluant ou un bateau de pêche, comme ça arrivait de plus en plus souvent ? On ne saurait jamais. En tout cas, il était là, nageant très doucement, de manière erratique, peinant même à reprendre sa respiration qui était beaucoup trop rapide. Il me donnait l'impression d'être aussi perdu dans cette eau douce chargée de boues toxiques que moi, à la dérive dans ce monde de la télévision et de la production audiovisuelle.

Ce pauvre animal me soufflait une autre évidence : la solitude et l'enfermement détruisent la vie, à petit feu ou de manière foudroyante. Il me dévoilait que je cachais une frilosité quasi dépressive derrière une nonchalance feinte. Je décidai qu'il était impossible de laisser May s'échapper comme ça. Même sans l'accord de la production, je devais partir pour Vancouver. Cet animal, comme toutes les orques, nous avertissait. À leur façon, elles nous prévenaient. Oui, les espaces contraints, les environnements toxiques conduisent à la folie et à une mort prématurée.

Bulko

Tout droit, tout droit. Nager.
De l'eau. De l'autre côté. L'eau, le monde. Existe.
Vestige de souvenirs. Les grands courants froids. La houle noire.
Où est Paula ? Où est Haka ? De l'autre côté du mur. Existent.
C'est derrière. Derrière ce mur. Rien n'est plus fort que moi.
Transpercer. Traverser. Traverser pour retrouver Paula.
Elle me maltraite parfois, mais je n'ai qu'elle.
Renouer avec le monde. Ou tout oublier.
Replonger dans l'eau, infinie, pour toujours, tout droit.

Suicide en piscine

Deux heures avant l'ouverture du parc au public, quand le premier employé s'est approché du bassin des orques ce matin-là, il a entendu les cris de Paula. Depuis l'entrée. Des sifflets incessants, déchirants, des hurlements de désespoir, un chant de baleine écorché en chant des morts.

Dès qu'il franchit le portail d'accès aux bassins, il le vit. Gisant sur la plate-forme de béton lissé, récemment repeinte en bleu dragée, de la cale d'isolement. Il était posé là, inerte, échoué, énorme masse effondrée sur elle-même tel un immense Zodiac bicolore et crevé. (Bulko pesait davantage que deux éléphants d'Afrique mâles.) Seule sa nageoire caudale, inerte, baignait encore dans l'eau. L'employé courut jusqu'à lui, fit le tour, et découvrit sous la mâchoire fracturée de l'orque une flaque de sang dont une moitié était coagulée tandis que l'autre demeurait liquide par miction avec l'eau chlorée. Il remarqua une larme de sang figé dans l'œil devenu vitreux.

Le jeune homme, un agent d'entretien et de sécurité, sortit son portable pour appeler son responsable. Il téléphonait juste à côté des grands panneaux pédagogiques destinés à expliquer aux visiteurs à quel point le parc se souciait du bien-être animal, à vanter la qualité de l'eau de mer purifiée et les conditions optimales pour leur santé physique et psychologique, etc.

Le rapport du vétérinaire ne le mentionna pas explicitement, mais personne n'en douta. Bulko s'était suicidé. Le bassin pourtant n'était pas grand, plutôt un petit bain de piscine municipale, mais il avait réussi à prendre un élan foudroyant et s'était propulsé de toute la puissance de ses 7,8 tonnes droit dans le mur, fissurant le béton sur toute la hauteur. Il s'était fracturé la mâchoire et enfoncé le bulbe frontal. Cependant, ni l'œdème cérébral ni l'hémorragie interne ne l'avait tué. Il était mort d'asphyxie, il s'était échoué sur la margelle et avait cessé de respirer. Il était mort d'étouffement, le vétérinaire était formel.

Suicide ou pas, réchauffement climatique ou pas, effondrement de la biodiversité ou pas, la Sealand Inc. de Zurich devait continuer à envoyer ses 15 % ROE (*return on equity*) aux actionnaires des fonds d'investissement du bastringue. Quand on avait annoncé la mort de Bulko à Alexandre et Amélie Hurst, cette dernière, avant d'exiger du service de la communication la rédaction d'une déclaration faisant part de leur « immense tristesse », avait demandé au vétérinaire s'il était possible de prélever et de congeler, sur le cadavre de Bulko, les réserves de sperme qui avaient été, de son vivant, la principale source de revenus du mâle depuis que les captures d'orques sauvages étaient interdites.

Ensuite, l'énorme masse avait été grutée sur la plateforme d'un semi-remorque et transportée jusqu'aux usines d'équarrissage de Fos, où Bulko serait réduit en croquettes pour chiens. Ainsi il fallait se résoudre à imaginer que cette orque monumentale finirait bouffée par des pékinois et des yorkshires. L'absurdité ne finirait donc jamais.

Coup de tête

La phrase chuchotée par May, « Trop tôt pour mourir », me hantait, tourniquait dans mon crâne comme la silhouette de Paula au fond de son bassin. Est-ce qu'elle parlait de Marius ? Ou d'une menace sur sa propre vie ? Depuis ma petite promenade rafraîchissante au jardin du Luxembourg, je penchais désormais nettement en faveur de la seconde hypothèse. Et puis il y avait aussi ce qu'elle avait dit juste avant, cette phrase sibylline à propos d'un « secret trop lourd ».

Je ne voulais pas lui envoyer de mail, et encore moins parler avec elle au téléphone (Flo aurait – peut-être ? – pu me donner ses coordonnées), et décidai que ma vie ne se jouerait pas sur une réplique tronquée dans une ruelle de Nice. J'allais traverser l'océan, et l'Amérique, pour May.

Étrangement, et honnêtement, je me lançais dans ce voyage autant pour Marius que pour elle. Ce mec était un mec bien. Je me souvenais de lui me défendant face à la brute du Cortobello, de son aisance, de la droiture tranquille qui émanait de sa personne. Comment pourrais-je me dire : bon, c'est pas grave, je vais me pencher sur la philosophie du Grand Tout et sur la préoccupation quotidienne d'affûter mes égards ajustés à l'endroit du « vivant » en général. Je ne suis qu'un petit être humain, avant tout malaxé par mes relations avec les autres êtres humains et par la soupe culturelle du moment, une soupe lyophilisée vendue par boîtes de quatre sachets. Même ce concept du « vivant » avait déjà été recyclé pour pouvoir, à son tour, être vendu : j'avais beau essayer de jouer au malin, c'était exactement ce que je faisais avec ce film. J'étais aussi libre de mes mouvements qu'une mouche faite aux pattes dans une toile d'araignée, et, dans ce piège, l'image de Marius en chemise verte me hantait. Un mec bien, ça n'est pas si fréquent.

« Trop tôt pour mourir. »

Vancouver, donc.

La baie du bout du monde.

Comme pour Oslo, encore pire que pour Oslo, j'avais mis mes principes dans mon slip pour brûler encore plus de kérosène pour une lubie, pour la mémoire d'un journaliste sportif, pour une femme. J'ai revécu les contrôles et les labyrinthes de duty free, je me suis retrouvé dans les troupeaux canalisés des losers d'en haut s'imaginant appartenir à l'élite mondialisée. Dans la file de l'embarquement, en plein mois d'août, je côtoyais finalement la même foule lobotomisée que dans la queue de l'entrée de l'Océland, avec des T-shirts Paul Smith plutôt que H&M, et des sacs Vuitton plutôt que Decathlon, sinon, les mêmes.

Dix heures de vol plus tard, l'esprit aussi cotonneux que les nuages que nous traversions en descendant vers la baie de Vancouver, je sus que cette ville, surgie au cœur de cette géographie de cocagne, cette cité adolescente pour nous Européens, lovée dans son écrin montagneux face au Pacifique, ne pouvait pas rester anodine.

J'ai loué une voiture pour cinquante dollars par jour, qui s'est révélée être une Fiat Panda, la même qu'à l'aéroport de Nice, la même ! Enfin, bleue au lieu de blanche, mais bon, c'était bien la peine d'aller en Amérique, au pays des Chevrolet et des douze cylindres en V ! « Panda » ! Je me suis demandé ce qui pouvait bien avoir motivé un tel nom. À coup sûr, des semaines de conseils marketing qui avaient dû coûter de quoi réaliser au moins vingt-cinq documentaires pour finir par conclure : « Panda, c'est sympa, ça fait un peu petit nounours. » Mais jamais on ne ferait entrer un panda adulte là-dedans ! Pas plus qu'une orque dans un Peugeot 3008 sur le parking de l'Océland, pour filer la métaphore des mammifères noir et blanc. Enfin bref, j'ai roulé sans me perdre – Waze éradiquant toute trace d'aventure – jusqu'au quartier d'East Burn, où j'avais loué une chambre dans un motel correct pour cent vingt-huit euros. Le mec à l'accueil m'a filé la clé sans me regarder. On m'avait raconté tant d'histoires sur la gentillesse des Canadiens que je me suis dit que les Français, probablement, entretenaient une légère confusion entre le Québec et le Canada. On verrait… En attendant, je me suis retrouvé dans cet espace, au milieu des deux lits qu'on voit dans tous les films et toutes les séries américaines sans exception. J'étais fatigué, éberlué que mon séjour se déroule sans accroc, comme si les voyages désormais se déroulaient de manière aussi aseptisée, aussi prévisible, aussi dénuée de réelle sensation physique qu'une simulation virtuelle en 3D. À la recherche de quelque chose de tangible, j'ai ouvert le rideau. Hormis un grand placard publicitaire en anglais pour les Wendy's Breakfast, le paysage aurait été le même si j'avais pris une chambre dans un Formule 1 à Aubervilliers, ou face à n'importe quel parking désolé d'une banlieue anonyme. Je me suis allongé sur le lit. J'ai estimé la valeur de ces cent vingt-huit euros. Bien sûr, je rapporterais les factures à John-Luc, dont j'attendais plus une apoplexie qu'un remboursement. J'avais dû casser mon plan d'épargne logement, ouvert dix ans plus tôt par mes parents. Il y avait sur ce compte 12 417 euros, de quoi acheter à Paris un emplacement de parking pour un deux-roues. Je n'avais qu'un vélo, dont même les voleurs ne voulaient pas.

Plutôt que de me galérer dans le *downtown* que je ne connaissais pas avec ma Panda bleue, j'ai appelé un chauffeur Uber, puisque, là comme ailleurs, la planète se bradait en *low cost* en vue d'une liquidation générale avant fermeture définitive. Le chauffeur était un sikh, comme à New Delhi. Il m'a conseillé un restaurant chinois, le Pink Buddha sur Hastings Street. Je me suis étonné qu'il ne me conseille pas un indien, mais l'argent est apatride, et les Chinois sont les plus forts. Comme le guide *Lonely Planet* de Vancouver que j'avais était aussi douteux que lui, je lui ai fait confiance. De toute façon, il était tard et, quand il est tard, qu'on soit à Vierzon, à Valparaiso ou à Vancouver, ça se termine souvent dans un chinois.

Quand j'ai vu les prix sur le menu, j'ai compris que j'allais souffrir, que l'intégralité de mon pécule allait y passer si je ne remplaçais pas les repas par des barres énergétiques au cours de ma semaine dans le port le plus branchouille de la planète. Au total, quatre-vingt-onze dollars, le prix d'un menu déjeuner à Paris chez Pierre Gagnaire, 3 étoiles Michelin, je venais de vérifier.

Quand je suis sorti du restaurant, la nuit était tombée depuis longtemps. J'ai marché sur les trottoirs animés de la ville, je craignais (j'espérais ?) de croire reconnaître May dans chaque silhouette de passante vaguement ressemblante – la mécanique du manque –, mais ça ne se produisit pas. Je suis passé devant le dôme du Science World au bout de la marina de False Creek et je me suis retrouvé devant le Craft Beer Market Place. Je suis entré, c'était rempli d'une foule plutôt jeune, joyeuse, on ne va pas trop dans ce genre d'endroit pour tirer la gueule, surtout pas en Amérique. Un immense *warehouse*, une usine à bière, je me suis assis au comptoir, j'ai commandé une Pale Ale. Ça grouillait de monde, le son des conversations était assourdissant, comme dans un élevage de canards. Tout le monde parlait, sauf moi. Je me suis dit, si je ne parle à personne ici, je ne parlerai à personne nulle part, c'était l'endroit idéal pour brancher des gens de mon âge, à demi ivres et venus ici aussi pour ce genre de rencontres improbables. J'ai regardé les petits groupes d'amis, une ou deux filles intéressantes, j'ai cherché quoi dire à qui, je n'ai rien trouvé. Je n'ai causé à personne. J'ai commandé une seconde bière, qui m'a enfoncé dans l'ennui et la solitude, ça tournait dans ma tête : quel voyage débile, je te jure. Si ça se trouve, May allait refuser de me voir, et je n'aurais plus qu'à errer de bar en bar et à claquer ma thune jusqu'au vol de retour. J'aurais dû l'appeler avant. Je me fis l'impression de rejouer une foucade adolescente, complètement ridicule à mon âge. En vrai, qu'est-ce que j'étais venu foutre ici ? À part avoir définitivement obéré toutes mes chances de devenir un jour propriétaire de mon logement, je ne voyais pas. J'ai ouvert une application « actualités françaises », Mediapart, France Info, etc., mauvaise idée, va sans dire : après l'orque dans la Seine, c'était maintenant un béluga qui s'était égaré dans une écluse à soixante-dix kilomètres de Paris ! Ça n'arrêtait plus. On dézinguait toutes les populations de cétacés, ensuite un individu fou et malade (comme Bulko) faisait une connerie, ou s'enfonçait dans l'eau douce sans raison, et c'était parti pour que les journalistes français nous rejouent *Sauvez Willy* en feuilleton quotidien plutôt que de nous informer sur le massacre silencieux partout ailleurs. Le Président lui-même, jamais en retard d'une récupération médiatique, avait évoqué ce béluga au cours de son déplacement à la réunion du G20 à Rome. Je lisais dans la newsletter du *Monde* un extrait de sa déclaration en conférence de presse : « Allons-nous donc tous finir comme cette pauvre bête ? Anéantis par un milieu hostile ? Pourtant il y a une différence entre elle et nous : elle n'y est pour rien, nous y sommes pour tout. Nous avons rendu cette planète inhabitable à maints égards, et nous continuons. Il y a déjà si longtemps, en 2002 rendez-vous compte, que le président Chirac avait dit : "La maison brûle et nous regardons ailleurs." Eh bien, non seulement ça continue, non seulement on continue à regarder ailleurs, mais encore on jette de l'huile sur le feu, on l'alimente, et on se dispute pour savoir qui a joué avec les allumettes ! Il est fini, le temps où les guerres pouvaient relancer la machine après les crises. Cette crise-là sera la dernière si nous ne prenons pas conscience que cette maison, cette planète, nous devons la partager, équitablement, ou mourir. » Tomasson tout craché. Il assenait des propos si convaincus qu'ils en devenaient parfois convaincants, en tout cas pour tous ceux (et ils étaient de plus en plus nombreux à mesure que les écrans rendaient la population amnésique) qui n'avaient pas de mémoire, car cet homme, depuis toujours, parlait dans un sens et agissait dans l'autre, comme ses prédécesseurs. Passons.

Le lendemain matin, j'avais un programme à la con : me rendre à l'aquarium. Malgré l'air frais et vif du Pacifique qui cinglait la ville, je restais englué dans mon *mood* de la veille et je me demandais si l'aquarium de Vancouver était différent des autres aquariums du monde sous prétexte qu'il était à Vancouver. Sûrement pas. Toutefois, un autre sentiment bataillait ferme et commençait à reprendre l'avantage : l'excitation de revoir May. C'était l'objectif final, car, selon les infos que m'avait refilées Flo, May avait repris ses études et travaillait à l'aquarium, comme assistante et doctorante à l'Institut océanographique qui y était rattaché.

Panda, Waze, 845 Avison Way, « Visitors Parking », j'y étais.

L'endroit exhibait des otaries, des phoques, des loutres, des pingouins, et ces milliers de poissons aux formes et aux couleurs si délirantes qu'elles laissaient penser que, si un créateur était à l'origine de la vie, il devait être sous l'emprise d'une substance très forte au moment où il les avait dessinés. En revanche, l'aquarium se vantait de ne plus détenir aucun cétacé. C'était d'ailleurs étrange : pourquoi les dauphins ou les bélugas, non (j'avais appris le matin même que le béluga de la Seine avait dû être à son tour euthanasié, évidemment, fin du feuilleton, en attendant le prochain), mais les phoques, oui ? Et les poulpes ? Dont on comprend chaque jour davantage à quel point ils sont intelligents ? Qui peut se prévaloir de fixer la limite ? Entre les êtres dignes de vivre libres et les espèces qui peuvent être enfermées par nos soins au simple motif qu'elles sont ce qu'elles sont ? Tout ça pour dire que je ne souhaitais pas refaire le touriste comme à l'Océland de Nice. Fini le mecton sans relief, le gazier insignifiant, bonjour Cary Grant. Je traversai le hall pour me présenter à l'accueil en l'arpentant posément à la manière d'un comédien de cinéma des années 1950. J'avais rendez-vous avec Sandy, la responsable des relations presse. Je lui avais pipeauté que j'étais en mission à Vancouver pour des repérages dans le cadre d'un documentaire pour la télévision française, ça aurait pu être vrai, un demi-mensonge donc, indécelable. Qui, en effet, pouvait supposer qu'un réalisateur professionnel casse sa tirelire-épargne-logement-de-papa-et-maman pour payer de sa poche ses frais de repérage ?

Juste après nos salutations enthousiastes (comme on le fait toujours – on sait jamais – avec des inconnus dans un pays étranger), Sandy, la bien nommée, car elle était de fait blonde comme le sable, m'informa d'une très mauvaise nouvelle : May n'était pas là, ni même à Vancouver. Elle achevait une mission de sept semaines à Alert Bay. C'est où, ça ? Elle m'expliqua. Putain de merde. Elle continuait à me parler, gentiment, souriante, moins arrogante qu'une Française, moins niaise qu'une Américaine, une Canadienne en un mot, avec ses yeux tels des bleuets dans un champ de blé. Je n'écoutais plus, ou ne comprenais plus l'anglais, mon cerveau calculait le temps d'un trajet en Panda jusqu'au bout de l'île de Vancouver qui mesure près de cinq cents kilomètres…

Sandy me présenta Westley, un jeune doctorant qui travaillait avec May. Ce type côtoyait May et, à ce titre, il prenait à mes yeux une valeur absurde. Je me faisais penser à ces fans impressionnés par un mec qui, un jour, non seulement ont croisé leur star préférée dans un aéroport, mais, en plus, je te jure, lui ont donné l'heure ! Waouh ! Trop de la chance ! Je lui demandai si May avait de la famille ici, à Vancouver (drôle de question, d'ailleurs, pour un réalisateur qui travaillait sur les orques, plutôt le genre qu'on pose pour gagner du temps), enfin Westley m'apprit que la mère de May vivait à Ottawa et qu'elle avait une sœur, plus âgée qu'elle, à Montréal, « et puis il y a aussi son oncle, qui tient un bar ici, le Bohemian ».

Quand Westley me dit ça, du haut de ses vingt-quatre ans, il me donna l'impression de me parler à la manière d'un enfant de CM1 qui informe son camarade que « le café qu'est toujours fermé, là, tu sais, en bas de la côte de la gare, bah, tu sais quoi ? C'est un bordel ». Et c'était bien ça, un vrai bordel.

Pas ce bar, je m'en foutais de ce bar, mais ma situation globale. J'avais un vol retour dans six jours et je voyais, cette fois réellement, se profiler un aller-retour au Canada pour rien, chou blanc, mon vieux. Voilà ce que je risquais. Tout ça pour rien ! Pendant que Westley me détaillait le programme de recherche sur lequel May était investie, je me reprochai de nouveau d'être parti sur un coup de tête de gamin, le genre d'élan impulsif qui paye toujours dans les films et les romans, mais qui, pour ce qui me concernait, risquait surtout de me coûter bonbon pour me rapporter que dalle. Et puis, maintenant, afin de ne pas passer pour un *weird* auprès de Westley et Sandy, je devais bien parler un peu de ces programmes scientifiques en cours, mais le cœur n'y était pas et les réponses en anglais continuaient à être très mal traduites par mon cerveau ralenti par la déception. Ce fut laborieux, je prenais des notes dont je savais déjà qu'elles seraient incompréhensibles à la relecture, voire illisibles.

Quand je les ai quittés, j'ai filé à mon motel de zonard pour préparer mon départ le lendemain à l'aube vers l'île de Vancouver.

Une dernière soirée dans la ville m'attendait. Or, hormis le restaurant chinois pour millionnaires, je ne connaissais qu'une seule adresse. Le Bohemian.

***

L'endroit était niché sur Granville Island, l'équivalent à Vancouver du Soho londonien ou du Village new-yorkais, quartier *arty* et encore plus hors de prix qu'ailleurs, cliché d'agence de voyages avec ses constructions de bois multicolores bâties sur l'eau, un petit Venise en planches. Ici, les gens se déplaçaient à vélo ou en canoë. Devant le café, lui-même peint en bleu sombre, quelques personnes étaient assises en lotus sur une terrasse de sapin Douglas. Une séance de yoga s'y déroulait dans un recueillement religieux. Granville décidément ressemblait à un paradis pour les amateurs de pleine conscience et de brocolis à la vapeur (pour un amateur de tuning et de merguez, moins). Ils changèrent doucement de position sur une indication chuchotée de la femme qui semblait mener la danse. Ils se mirent en boule, en « position de l'œuf », puis basculèrent sur les épaules, soulevèrent leurs jambes, en équilibre sur la nuque et les coudes. « Asana du roseau », si j'ai bien compris ce que disait la femme. Je ne savais pas trop si je pouvais traverser leur petite assemblée profondément respirante pour aller pousser la porte d'entrée du Bohemian… tel un touriste visitant par erreur une mosquée à l'heure de la prière. Pardon, pardon. Je le fis néanmoins, passant tout à côté d'un homme très fort, pour ne pas dire gros, soufflant comme un bœuf – disons comme un phoque pour rester dans l'ambiance océanique. Il n'était pas parvenu à conserver son équilibre et ses jambes étaient retombées à l'envers par-dessus sa grosse tête barbue. Gros mais souple, le bestiau. « Ce n'est pas grave, dit la femme, reste en charrue » (« *keep your plow position* »). OK. L'homme me rappela l'otarie de Steller entraperçue à l'aquarium, bien que les animaux ne pratiquent pas le yoga, surtout pas les otaries mâles de Steller (poids : une tonne) qui ne connaissent qu'une position : celle du « sac de patates ». Je parvins à la porte et pénétrais dans l'estaminet – version américaine West Coast, soit un immense saloon de bois dont les peintures déclinaient toutes les nuances du rouge, telles les couleurs des cartes postales de l'automne canadien, et puis, derrière un comptoir de chêne noirci interminable, des centaines de bouteilles bien rangées, chacune dans leur case, comme dans une apothicairerie mondiale de l'alcool.

Très étrangement, quand je suis entré dans ce bar, je me suis tout de suite senti bien. Je me suis mis à respirer normalement, comme si, depuis que j'avais posé le pied dans cette ville, un corset trop serré m'avait comprimé la cage thoracique et que, à l'entrée de cet établissement irréfragable, la main invisible de quelque fantôme éthylique avait délacé le busc. Me soulageant enfin. Ici, je suis bien. Je percevais la réalité brute, le fait que Vancouver, c'est le contraire radical de Nice, et que le Bohemian était l'exact opposé du Cortobello.

Derrière le bar se tenait un colosse d'une bonne cinquantaine d'années, une sacrée tête de caillou. Graniteuse, crâne rasé, tatoué à l'arrière, et devant un visage qui me faisait penser à la fois à celui de Brando dans *Apocalypse Now* et à celui d'un sphinx, surtout à cause de cet aspect minéral et d'un nez si écrasé qu'on pouvait facilement imaginer que le bonhomme avait défié à coups de boule un bison équipé d'un pare-buffle. La tête pourtant se mit à parler d'une voix étrangement douce, et surtout, en français !

– Bonjour, je peux vous aider ?

J'étais sidéré qu'il ait repéré que j'étais français.

– Comment savez-vous que je suis français ?

Son sourire transfigura son visage de bagnard cabossé en celui d'un garçonnet espiègle.

– La façon de marcher peut-être…

– C'est-à-dire ?

– Les Canadiens marchent comme des caribous, les Américains comme des canards, les Asiatiques comme des chats et les Français comme des castors, ou des furets, de manière irrégulière, c'est parce qu'ils pensent en marchant.

Il hochait lentement la tête, satisfait de son analyse improvisée, je compris d'ailleurs assez vite que ce paroissien avait tendance à s'exprimer par sentences, dont il aurait apprécié qu'elles fussent immortalisées par quelque scribe, en vue de publication dédiée à l'édification des masses.

– Vous voulez boire quelque chose ? Ou bien vous êtes venu fureter uniquement ?

Oui, j'étais venu fureter, il m'avait démasqué, j'étais venu renifler l'antre du tonton flingueur à la recherche d'une trace invisible de sa nièce.

– J'hésite… Vous avez du vin français ?

– Écoute-moi bien, petit, j'ai pactisé avec le dieu de l'alcool. Bacchus est mon ange gardien, partout où les hommes ont concocté un breuvage alcoolisé qui vaut la peine, j'ai récupéré la recette, je connais tous les cocktails tropicaux, toutes les bières d'Afrique, du Groenland et d'ailleurs, les alcools de serpents asiatiques et presque tous les assemblages de vins français. Qu'est-ce qui te ferait plaisir, l'ami ?

Je lui demandai quels étaient ses « vins blancs de Loire », en français bien pur. Il me demanda à quel prix. Je lui répondis du tac au tac « peu importe » avec cette même insouciance irresponsable qui m'avait fait acheter deux billets pour Vancouver. Il m'a demandé : « *Do you know* la Coulée de Serrant du château de la Roche aux Moines, en biodynamie ? » Non, je ne connaissais pas, si ça se trouve lui non plus, il disait n'importe quoi, mais je ne le pensais pas, je lui fis crédit de maîtriser son sujet. Je bafouillai un oui hésitant, il hocha la tête sans me croire. « J'en ai une d'ouverte, je te fais le verre à vingt dollars, c'est le tiers du prix. » Il connaissait le vin, et il connaissait les traîne-savate dans mon genre.

Je laissai mon regard parcourir les objets délirants, les enseignes de néon, les parures indiennes et le grizzli empaillé, les affiches de concerts et les photos encadrées. Un peu de tout, rien d'insignifiant. Je passais sur un poster d'un montage connu de Bernie Sanders, avec ses fameuses moufles, son masque covid et sa parka, assis entre Han Solo et Chewbacca aux commandes du *Faucon Millenium* ; on riait donc à présent des mêmes choses d'un bout à l'autre de la planète. Et puis je m'arrêtai sur une photo de l'homme en face de moi, en compagnie de Courtney Taylor-Taylor, le chanteur guitariste des Dandy Warhols. Les deux avaient la même taille imposante et fixaient l'objectif avec une même détermination ironique. L'homme m'expliqua qu'il s'appelait Tobias, qu'il n'était pas un simple fan des Dandy Warhols (comme mon propre oncle Jim), mais un ami personnel de Courtney Taylor-Taylor (« *This dude is a pal of mine* »), « Un copain d'enfance de mes jeunes années à Portland », lequel Taylor-Taylor approvisionnait la cave à vin du bar avec ses meilleures découvertes œnologiques, car le musicien était autant passionné par le vin que par le rock.

– Quant à « Bohemian Like You », ajouta Tobias, leur tube, c'est moi qui les ai inspirés… Non seulement parce qu'à l'époque je vivais comme un *rolling stone*, mais aussi parce que ma famille descend de l'immigration tsigane, devenue *american gypsies* durant un siècle, avant de se sédentariser sur la côte Ouest au moment de la Seconde Guerre mondiale. Tu vois le truc ?

Peu doué pour ces histoires de liens familiaux, je réfléchissais. Tobias étant l'oncle de May, sa sœur, la mère de May, avait la même histoire et May était donc, elle aussi, au moins à moitié, d'origine tsigane. D'où cette tonalité farouche que j'avais cru déceler chez elle ? N'importe quoi. Ces racines étaient probablement trop anciennes pour expliquer quoi que ce soit. Quoique… Bon, peu importe, comme May avait repris tout l'espace de mon cerveau et qu'on causait famille, j'abordais le sujet. LE sujet.

– Je connais votre nièce, May. Je suis venu ici parce que je prépare un documentaire sur les orques et que… Bon, voilà, je dois la rencontrer.

– Tu dois la rencontrer ?

– J'espère, en tout cas.

– Tu espères ?

– Oui.

– May est irrésistible, n'est-ce pas ?

– Oui. Non, enfin je…

Là je ne savais plus trop quoi répondre, je repensais au Corse de Goscinny : « Elle te plaît ma sœur ? » L'homme émit un rire voilé, un peu comme un grondement de tonnerre lointain.

– En fait, je l'ai rencontrée à Nice, quand elle travaillait à l'Océland et…

– Hum… Tu la connais bien ?

– Non.

– Son copain français est mort.

– Oui.

– C'est dangereux d'être l'ami de May.

Retour du Corse, je ne répondis rien.

– Yep… Bon, si tu es un ami de May, je te considère comme un ami de la famille.

Il me tendit la main, une pogne de bûcheron dans laquelle il écrasa la mienne (mais le soulagement prédominait). Vu de si près, on se rendait mieux compte à quel point l'homme possédait non seulement une tête et trente kilos de plus que moi, mais aussi la mémoire génétique d'un peuple millénaire, tandis que je flottais dans un présent relativement vide de sens.

Il me questionna, et je me mis à lui raconter la manière dont les orques nous renvoyaient une image dévastée de nous-mêmes, et le sentiment d'immense fatigue qui me saisissait quand je réfléchissais à l'hubris humaine qui détruit tout, et en pleine conscience. Il me dit :

– Quel âge tu as ?

– Trente-deux.

– Alors vis. Vis déjà aujourd'hui. Vis demain. Après-demain est déjà loin. Tu sens cette odeur ? (En effet, une odeur très particulière, plutôt agréable, se répandait dans le bar.) C'est le pancake flambé au pepper rum d'Aiden. Tu vas goûter ça, mon petit pote.

Aiden était un des employés du Bohemian, ses cheveux noir corbeau étaient noués en chignon, il était l'un des barmen, qui prenait son service à 18 heures. Tobias me dit :

– Aiden est un descendant des Tlingits. Il est à demi fou, c'est un insensé, poète et voleur, un ancien junkie reconverti dans la « botanique féerique » et les voyages immobiles.

J'ai goûté le pancake, puissamment alcooleux, et puis Aiden m'a proposé une tisane en me demandant :

– Tu es marié ?

– Non.

– Alors tu peux voler.

– Voler ? Voler quoi ? Qui ?

– Tu peux voler en déployant tes ailes, tu peux décoller et t'élever. Ici même. Franchir le Strait et voler jusqu'à Alert Bay. Avec quelques mouvements de bras, mais presque pas, juste en planant.

– OK. Merci, non.

Tobias me servit un autre verre de la Coulée de Serrant, gratis – John-Luc serait fier de moi –, et me dit : « Un mec qui traverse les océans pour retrouver une femme, je le respecte. »

Je ne savais pas si je retrouverais May, mais ces verres de blanc explosifs de minéralité soyeuse me donnaient l'impression que, et bah tant pis après tout ! *Muy* rock et *so* flamenco ! Tobias, Aiden, la Coulée de Serrant et le Bohemian avaient réussi à me faire croire que je n'avais pas fait le déplacement pour rien.

Un groupe de musique, les Swimming Fishes, était entré et s'installait dans un angle du bar. Ils devaient jouer ce soir-là. Tobias alla leur parler et, en réglant leur balance, ils jouèrent un rock hypnotique dont les paroles étaient en français ! Intrigué, j'ai demandé à Tobias :

– Ils sont français ?

– Non.

– Pourquoi c'est en français ?

– C'est May qui a écrit le texte.

– Je peux récupérer les paroles ?

– Si tu veux, je te les enverrai sur ton téléphone, moi je n'y comprends rien.

La dorsale de l'orque découpe le voile de l'eau,
Une lame de ciseau dans du papier cadeau
Du présent qui jamais ne sera ouvert.
Si tu n'as jamais vu, dans la baie de Vancouver
Un sabre d'obsidienne qui fend le miroir
Au nord du Pacifique, une pointe de diamant noir.

Torpilles en peau de réglisse, dans les abysses glacés
Du calcul égoïste, elles te feront sombrer.
L'orque a fui New York dans son habit yin et yang,
Killer whale en smoking, dark écho du Big Bang.

Les orques ont avalé toutes nos démissions,
Nos grands renoncements, nos petites trahisons,
Les unes derrière les autres, ça en fait des kilos,
Et pour finir des tonnes, black and white sous l'eau.
Elles peuvent plonger, sonder, s'évanouir en apnée
Dans les failles de l'inconscient, et puis réémerger.

Torpilles en peau de réglisse, dans les abysses glacés
Du calcul égoïste, elles te feront sombrer.
L'orque a fui New York dans son habit yin et yang,
Killer whale en smoking, dark écho du Big Bang.

Il faut bien faire le maximum, tout repeindre au minium.
Un peu de rhum sans delirium, dans ce taf au delphinarium
Qui sera ton funérarium, vraiment stupide bonhomme,
Quand de l'eau on t'a sorti, à moitié démoli, à moitié en vie,
L'épaulard a bien ri, l'envie gît à Miami.

Torpilles en peau de réglisse dans les abysses glacés
Du calcul égoïste elles te feront sombrer.
L'orque a fui New York dans son habit yin et yang,
Killer whale en smoking, dark écho du Big Bang.

Je me souvenais que Bulko avait été vendu tout jeune par le delphinarium de l'État de New York à celui de Miami avant d'être racheté des années plus tard par l'Océland de Nice. Quand je lus ces paroles, elles me parurent étranges, soit trop absconses soit trop faciles. En attendant, elles sonnaient terriblement juste sur le rock chaloupé des Swimming Fishes.

Alert Bay

J'ai quitté Vancouver à bord de la Panda bleue remplie à ras bord, avec seulement moi, ma valise, mon téléphone et mon appareil Canon 5D, plus des réserves d'eau, de biscuits et de bananes – comme si je m'attaquais au désert de Gobi –, ainsi qu'une carte routière qu'il était impossible de déplier dans l'habitacle car on ne pouvait pas suffisamment écarter les bras. L'ensemble n'occupait pas plus de place que deux vélos sur le pont inférieur B du ferry qui traversait le détroit de Georgia entre Vancouver West et Nanaimo. Une heure quarante de traversée, le temps d'un café-pancake au sirop d'érable pris au bar du navire, encerclé par des touristes *made in US* qui pesaient quant à eux chacun le poids de la Panda tous pleins faits. (Ce véhicule étant devenu mon étalon universel.)

Une chose ne laissait pas de m'inquiéter : j'avais téléphoné et envoyé des mails au laboratoire Cetacean Research of Alert Bay, l'anonyme « contact@ » m'avait confirmé que May travaillait bien là-bas, mais, malgré mes relances, elle ne m'avait pas rappelé. Donc, c'est avec un enthousiasme relatif, disons plutôt dans une sorte de résignation obstinée, que j'ai pris la route, avec sa double ligne jaune au milieu et ses bordées de sapins, de sapins et de sapins.

Dans la ville, la Panda pouvait encore faire illusion, mais, dès les premiers kilomètres, j'ai compris que la pauvre allait se retrouver bien isolée parmi les trucks puissants comme des locomotives et les pick-up aux allures de véhicules blindés, les Chevrolet et les Ford à huit, voire douze cylindres, qui accéléraient en produisant un grondement comparable au moteur du ferry. Un poussin s'était perdu dans un troupeau de bisons. Je n'en menais pas large et, au bout de quelques heures, alors que la calandre monstrueuse d'un tracteur de semi-remorque grossissait dans mon rétroviseur (dans les montées où la Fiat était à la peine avec ses deux petits cylindres de quatre cent cinquante mètres cubes chacun), j'essayai en vain de vérifier si le chauffeur ne ressemblait pas à ce barbouze de square, celui du Luxembourg, celui qui m'avait menacé et continuait de me poursuivre dans ces rêves à répétition des mauvais matins. La Panda, heureusement, était moins craintive que moi, et, vaillamment, sans se démonter, tel un petit âne opiniâtre, poursuivait sa progression dans les grands lacets que la route dessinait entre les montagnes, enfouie dans sa forêt de sapins sans fin.

La Panda et moi (car je l'encourageais, virage après virage, en poussant sur le volant et en jurant comme un charretier, persuadé qu'elle s'arrêterait dans un soupir de ganache exténuée si je cessais de la solliciter), nous avons roulé jusqu'à Campbell River, presque à mi-parcours d'Alert Bay. Le jour tombait, et comme la Fiat était bleu nuit, j'avais peur qu'on ne la distingue plus dans l'obscurité malgré ses faibles feux de croisement de triporteur sur dynamo. Je craignais qu'elle ne fût guère plus sur la route qu'un frêle esquif dont le feu de mât ne serait plus distingué par les porte-conteneurs sur pneus qui croisaient sur le rail de la *highway* 19A. Le dernier qui m'avait doublé, dans une ligne droite en faux plat, m'avait, en parvenant à ma hauteur, klaxonné avec une authentique corne de brume de paquebot. Cheveux dressés, acouphènes dans l'oreille gauche, j'en ai frémi de la tête aux pieds, et la voiture avec moi. Nous avons fait une embardée, nous ne formions plus qu'un, elle et moi. Je l'ai rassurée, j'ai tapoté le volant ainsi que le tissu du siège passager vide (hormis les emballages de barres chocolatées) : « C'est bon, bibiche, on va s'arrêter là… » Je lui mentais, car en vérité tout était prévu, TripAdvisor et compagnie… L'aventure n'existe plus, comme je disais… J'avais réservé une chambre au Riverside Lodge, un motel en bois près du port. Rebelote, ça n'a pas raté, toujours cet incontournable décalage entre les attentes brodées à la main par les images de dépliants touristiques et ces « cabanes au Canada » du nouvel Épinal-sur-Internet, et la réalité d'une chambre anonyme avec vue sur l'arrière du bâtiment, composée essentiellement du toit en tôle ondulé d'un hangar voisin et du moteur de ventilation rouillé d'une cuisine de restaurant.

J'ai pris une douche, j'ai fait des trucs sans intérêt. Je voulais téléphoner à Flo, à John-Luc, à quelqu'un, et je n'ai appelé personne. Je suis sorti le soir faire une promenade sur la grande digue de bois qui donnait sur l'entrée du détroit de Johnstone, large d'un kilomètre à cet endroit.

J'ai pris une photographie qui ne montrait que l'eau et les montagnes, le tout plongé dans un bleu Klein. Je rêvais de pouvoir raconter une aventure en canoë, une expédition que je pourrais décrire à la manière de Sylvain Tessson, et je me retrouvais à flâner, à *fare la passeggiata*, à *strolling around* comme un vieil Anglais sur un Pier de Brighton, ou quelque chose dans le genre.

Au bout de la digue, j'ai parlé avec quelques jeunes d'une vingtaine d'années, des étudiants venus de Seattle (State of Washington). Trois garçons et deux filles. Ils mangeaient des churros et buvaient de la bière en riant. Les garçons étaient bâtis comme des troisième ligne avec l'option fitness et portaient des chemises à carreaux bien boutonnées. Les filles semblaient avoir été refaçonnées au bistouri selon un patron standard *californian style*. J'ai pensé à Marius. Pourquoi ? Je ne sais pas, mais j'aurais aimé qu'il soit là, à mes côtés, avec sa façon de bien occuper l'espace et de savoir quoi dire, quoi faire. Les jeunes Yankees m'ont parlé d'un club dans lequel ils allaient bientôt se rendre, le MiskoDJs. Je me suis redit, bon, c'est ce que doit faire un mec de mon âge qui est en train de foirer grave un voyage aussi coûteux : au moins squatter une fête, brancher une belette américaine. Mais ils m'ont précisé que la fête était strictement réservée aux invités (ils venaient ici fêter le *bachelor* d'une amie originaire de Vancouver). Puis ils ont parlé de leur expédition en mer prévue le lendemain, ils se sont mis à parler très fort, avec ces éclats nasillés de Daffy Duck – voix de canard et cheveux laqués –, excités comme des enfants élevés en plein air au bon muesli enrichi, à l'idée de voir des baleines et des orques. Les *killer whales* les mettaient dans tous leurs états, ça m'a horripilé, je me suis dit que c'était mort, que la planète entière était devenue un Océland, qu'il n'y avait plus d'échappatoire, nulle part.

Donc encore un dîner, une nuit et un *breakfast* en solitaire, le tout aussi plaisant que du café froid sans sucre sur des brûlures d'estomac, et pis retour dans la Panda.

Faute de cabane en rondins, je dus me résoudre à admettre que mon refuge canadien consistait en cet habitacle d'automobile italienne conçue à l'origine pour succéder à la Fiat 500, le « pot de yaourt ». Je vivais ce voyage derrière le pare-brise de la même manière que si j'avais fait dérouler le fil de bitume de la 19A sur Google Street View devant mon ordinateur. J'avais même pu connecter mon téléphone à ma Space-Panda et je slalomais, coupé de tout, entre Eminem et Feu! Chatterton. Je n'avais pas davantage de contact avec les habitants, hormis les commerçants à qui j'achetais des sodas, des burgers, des bouteilles d'eau Ace Age et des barres protéinées. Je pourrais à terme ne plus sortir de ce truc, sauf pour pipi et popo; paradoxalement d'ailleurs, car plus je l'observais, plus l'ensemble me faisait penser à une sanisette sur roulettes. Bon, enfin, finalement la route a quitté la côte pour s'enfoncer dans la montagne. Il y avait moins de circulation et nous sommes passés non loin du Tsitika Peak, encore partiellement enneigé malgré l'été. La température était fraîche, et je me suis senti heureux, fugitivement. J'approchais de la petite île du Cormoran sur laquelle se trouvait May.

Je suis arrivé à Telegraph Code et j'ai filé jusqu'au terminal de Port McNeill. J'ai garé bibiche sur le minuscule parking et j'ai filé d'une démarche un peu raidie par les kilomètres au volant de la boîte à savon transalpine jusqu'au desk de la BC Ferries. Le prochain bateau était le soir, à 21 heures. Plus une heure quinze de traversée. OK, dans un premier temps je me suis dit: qu'à cela ne tienne, je rejoindrai May tel un cavalier qui surgit dans la nuit, dans un second temps j'ai modulé, ouais, c'est ça, t'as raison, je vais plutôt essayer de téléphoner. J'ai appelé le numéro du labo. Une fois de plus, répondeur. Merde. Il était 18 heures. Trois heures à tuer. Et il pleuvait encore. J'ai acheté un ticket, piéton, adieu Kung Fu Panda, petit scarabée, et puis j'ai tournicoté dans le port pittoresque de bois coloré. Ils ont une passion pour peindre le bois, dans ce pays. Pour s'occuper? Pour échapper au gris du ciel, pour essayer de prolonger toute l'année la féerie de l'automne? Le Whale Museum était déjà fermé. Le micro public de détection des chants de baleine plongé dans l'eau au bout du quai demeurait silencieux. J'ai assisté aux retours des Zodiac et des kayaks de *whale watching* à la journée. J'ai regardé ces faux Esquimaux en goretex multicolore et en surcharge pondérale et, sans surprise, je les ai détestés. D'autant plus cordialement qu'ils étaient comme moi : des voyageurs inutiles, des conteurs égotiques de leurs misérables exploits, des soucieux de la cause environnementale avec leurs gourdes isothermes et leur pleine adhésion à l'écotaxe sur leurs billets d'avion. Quel bouillon daubé. De désespoir, ou de rage, je suis allé dévorer un hamburger des familles aux hormones avant de retournicoter sur le port jusqu'à la nuit, jusqu'à 21 heures. Une heure et quinze minutes de bateau plus tard, je posai le pied sur le débarcadère d'Alert Bay, Cormorant Island. J'ai demandé où se situait le 12 Tonakwa Road et je m'y suis rendu. L'endroit abritait une bicoque de bois gris avec une volée de marches, que j'ai grimpées pour aller frapper à la porte. Rien. Silence. Aucune réponse. La maison paraissait déserte. D'ailleurs rien n'indiquait que j'étais à la bonne adr… Ah, si ! J'ai fini par repérer un minuscule écriteau sur lequel était inscrit : « Cetacean Research Center – DFO Canada ». C'était déjà ça. J'étais tellement désemparé que ce petit écriteau de bois devenait à mes yeux ce qu'une relique de la Croix devait représenter pour un chrétien.

J'ai soupiré, et je me suis dit : « Écoute-moi bien, gamin ! Si tu passes encore une nuit dans un de ces Alert Bay Cabins ou Alert Bay Lodges, c'est-à-dire vingt mètres carrés, une photo d'orque, la bouilloire pour le café soluble et CNN sur écran plat, tu vas finir dans un état proche de l'Ohio – ce qui n'était pas le cas de la Colombie-Britannique – ou comme un de ces touristes clonés, aussi intéressant qu'un jeune militant du parti présidentiel « La République écologique », un truc qui ferait s'envoler May aussitôt qu'elle m'apercevrait. Non. Pas possible. J'avais dans mon sac une couverture de survie en mylar doré. Allez Sébastien ! On est sur zone. Faut y aller, maintenant ! Où ? Je sais pas. Je me suis mis en marche sur un sentier côtier qui s'éloignait du port vers l'ouest.

La lune était presque pleine et je pouvais progresser sans la torche de mon téléphone. J'ai marché sur le chemin quelques minutes avant de comprendre pourquoi celui-ci obliquait toujours sur la droite, décrivant une courbe qui se refermait sur elle-même : au bout de deux ou trois cents mètres, j'étais déjà au bout de l'île. Cormorant Island était un caillou ridicule. J'avais vu que l'île, en forme de boomerang, n'était pas très grande, mais à ce point-là ! L'aventure ici avait lieu en mer, le reste de l'archipel disséminé dans la baie de Vancouver n'était qu'un puzzle défait de morceaux d'Amérique du XXIe siècle. Je me suis assis sous les sapins qui poussaient encore là, à quelques mètres à peine de cette langue d'océan. La grève était étroite, pierreuse, on ressentait physiquement que ça n'était pas une plage pour les petits enfants, pour les gueux de Vendée ou d'ailleurs, que l'on pouvait très vite perdre pied ici, au sens propre et au sens psychique.

J'ai bu une gorgée d'eau (bouteille en plastique, mais sans témoin). J'ai enfilé ma doudoune, il faisait quatorze degrés et ça allait descendre. J'ai réfléchi : si je continuais ma marche, dans un quart d'heure je serais revenu à mon point de départ, Gros-Jean comme devant le port d'Alert Bay, à errer comme un clébard dans les trois petites rues, à renifler les trottoirs pour y déceler une trace de May, c'était pitoyable. Je dormirais là. Sous la lune, face à ce bras de Pacifique, à l'abri des sapins. OK, Sébastien ! On va faire une pause pour la nuit, et établir le campement ici ! Au terme d'un sacré crapahutage de deux cents mètres ! Une randonnée pour résidents d'Ehpad. J'ai arrangé une sorte de petit matelas d'aiguilles de pin en dégageant les pierres. J'avais autant envie de dormir que de me casser un orteil à coups de caillasse, ou d'écouter une chanson de Jean-Jacques Goldman sur Spotify, ou d'aller prendre un bain de minuit dans ces eaux noires et profondes. Ça n'est pas un truc qu'on fait seul. Jamais je ne me serais mis à l'eau dans le fjord norvégien sans les autres, sans Flo. J'ai pensé à Flo. Si Flo avait été là, alors là, oui, peut-être un bain de minuit ? Flo était comme ça, active et fringante, elle se serait baignée, et puis elle m'aurait raconté une histoire, ou bien elle aurait chanté un truc, peut-être Jean-Jacques Goldman ? Aïe, non. Je ne suis pas si mal seul. Je suis là pour May. À cette idée, j'avais encore moins envie de dormir et je me sentais encore plus seul. Ah, putain, je vais me faire chier toute la nuit, bordel ! Il n'y avait que les moustiques pour m'occuper, c'est-à-dire m'auto-gifler. De loin, on aurait juré que je me balançais de grandes claques pour me punir de ce voyage insensé. J'ai respiré. Oublie Flo, oublie May. Respire. Bribes de sophrologie : pour remettre à sa place la souffrance, exagère-la, puis relativise-la ; par exemple, imagine que tu sois obligé de passer cette nuit en compagnie de Muriel Blot, la cheffe de rayon des documentaires de la grande surface de l'audiovisuel français. Pitié ! Allez, va, je ne suis pas si mal.

Une brise s'était levée, et le parfum de l'océan avait chassé la senteur résinée des sapins. Quelque chose en moi se détendit. Je me suis laissé aller à la contemplation de la splendeur nocturne. La lune basculait vers l'ouest et son reflet commençait à danser, là-bas, sur l'eau. Je n'étais plus derrière le pare-brise de la petite Fiat, enfin la réalité me saisissait, j'ai frissonné des pieds à la tête. J'ai réfléchi à faire une photographie avec le Canon 5D. Il fallait ouvrir l'obturateur sur pause. Pour bien faire, il m'aurait fallu un pied. J'étais censé réaliser des images, c'était mon métier en principe, mais il me manquait toujours quelque chose, une volonté ou un accessoire.

J'ai fait le vide. Sans effort, nonobstant. Comme si une bonde avait été soulevée aux alentours du fondement et que toute la merde en stress s'était évacuée d'un coup. Dans mon esprit ne persistait que le son chaloupé de la houle, très légère. Me sont revenues les paroles du rock hypnotique :

Torpilles en peau de réglisse dans les abysses glacés
Du calcul égoïste, elles te feront sombrer.
L'orque a fui New York dans son habit yin et yang,
Killer whale en smoking, dark écho du Big Bang.

Incompréhensibles, c'était ça qui était bien, elles s'accordaient sans raison, comme la houle, sans idée épuisante.

Mais le cerveau est ainsi fait qu'il rechigne à l'abstrus. Je m'étais allongé sur le dos, la capuche de ma doudoune formant un maigre oreiller. Les étoiles là-haut s'étaient allumées et dessinaient une immense trame de filaments nébuleux, les milliards de minuscules éclats de lumière blanche enguirlandaient la voûte céleste, célébraient cette éternité supérieure à notre planète, elle-même périssable. La Grande Ourse, la seule constellation que, comme tout un chacun, je connaissais, me rassura, fidèle à sa grande élégance, tels les boutons d'argent de l'habit de soirée du ciel, le smoking des orques… *Killer whale en smoking*, les paroles résonnaient sous la grande voûte céleste. Et, d'ailleurs, la Grande Ourse elle-même n'était-elle pas un « dark écho du Big Bang » ? Bah si, on ne pouvait pas trouver mieux, même. J'essayais de me projeter dans les inspirations, les intuitions ou le cheminement des pensées de May. Sans vraiment la connaître, je savais qu'elle n'était pas du genre à faire des discours sur la métaphysique des orques. Elle se contentait de vivre, d'agir dans une certaine direction, sans doute animée par le sang nomade qui coulait encore dans ses veines. Elle était venue jusqu'ici pour parvenir à oublier, à oublier Marius, à oublier Ludo, à s'oublier elle-même, peut-être, à accepter de disparaître, de fusionner dans un tout dont les orques étaient les gardiennes, à accepter l'idée insoutenable que, oui, finalement, peut-être bien que l'humanité est une engeance dont la Terre et le cosmos devront se débarrasser. Ouais… Toutes ces pensées étaient surtout les miennes, que je ne parvenais pas vraiment à mettre en pratique. Le Grand Tout. La Grande Ourse…

À ce propos, en parlant d'ours… Est-ce qu'il y avait des ours sur l'île de Vancouver ? Bonne question pour qui s'apprête à bivouaquer sur ledit archipel. De fait, je l'ignorais, voyageur ignare. Viens là, iPhone, et dis-moi, mon beau miroir cérébral : y a-t-il des ours sur l'île de Vancouver ? Je caressais le verre et le génie Google afficha sa réponse d'exergue : « Même si la star de l'île, c'est l'orque, l'ours noir lui fait de la concurrence. Vancouver Island a la plus grande concentration d'ours noirs en Colombie-Britannique, il y en aurait entre sept mille et huit mille sur l'île. Les *black bears* de l'île sont différents de ceux du continent, plus gros et plus foncés. » « Plus gros », *what the fuck* ? « Entre sept mille et huit mille » ! Bordel. C'est pas les quatre ourses des Pyrénées dédiées à la mémoire de Cannelle, c'est de la horde sauvage à la chasse au campeur désarmé, ça ! Tendons l'oreille, moussaillon ! Fort heureusement, me raisonnais-je, je n'étais pas sur l'île principale, mais sur ce caillou de Cormorant Island… Là, j'étais tranquille. Pour l'être tout à fait, je vérifiai quand même. Juste comme ça, pour m'occuper… (Je rappelle que, n'ayant eu que les sapins pour uniques interlocuteurs depuis plusieurs jours, je tournais un peu en rond.) Oh putain, si ! La vache ! Ça peut arriver aussi ! Ils traversent à la nage, ces cons-là ! C'est arrivé dernièrement. Je lisais sur le site de CBC News : « Les grizzlys seront héliportés loin de Cormorant Island vers un estuaire de la province. Ils seront marqués et un échantillon d'ADN sera prélevé pour mieux suivre leurs mouvements. Depuis qu'ils avaient été découverts par un résident, il avait été recommandé aux écoliers de ne pas se promener seuls et aux habitants de ne pas emprunter les sentiers. » Merde. « Éviter les sentiers… pas se promener seul… » Qu'est-ce que je foutais là ? Certes, l'article datait de deux ans. Mais si ça les avait repris de pousser jusqu'ici leur bain de minuit ? Justement cette nuit ? Avec ma veine, ça n'était pas exclu. Bon, je ne suis pas non plus un « écolier ». Mais les écoliers ici sont des fils de bûcherons gavés de sirop d'érable, ils doivent bien peser mon poids… (Pour info, je notai qu'un ours brun de Vancouver mâle pèse deux cent trente kilogrammes, j'échappais au kodiak, sept cents kilogrammes, qui vit plus au nord, c'était déjà ça.)

J'ai hésité à rentrer vers le port, Gros-Jean mais vivant. J'ai écouté les bruits cachés de la forêt derrière moi. Ça craquait, bien entendu. Des trucs se baladaient là-dedans. Et puis je me suis acclimaté à l'idée, avec le fatalisme du mec qui se préparait précisément à « fusionner avec le Grand Tout ». Après tout, se faire bouffer par un grizzly, ça avait plutôt de la gueule pour un ancien reporter mis sur la touche et menant une vie réservant encore moins de surprises que celle d'un vigile devant une mercerie.

J'ai fini par m'endormir, par à-coups. Je me suis surtout caillé les meules et meulé les reins jusqu'à 6 heures du mat.

À ce moment-là, derrière le grondement sourd et incessant de l'océan… Un autre son, un son que je reconnus tout de suite, lointain et envoûtant, aussi paisible que le souffle d'un dieu protecteur.

Le souffle des orques.

Et je les ai vues. Dans l'aube grise, grise comme l'eau, comme le ciel. Les geysers des évents et les dorsales luisantes. Elles croisaient là-bas. Peu nombreuses, quatre, cinq peut-être. Elles respiraient parfois par deux, parfois seules. Lointaines mais ensorcelantes. Infiniment paisibles. Sans Edoardo et ses discours assommants, sans les autres, juste la mer, les orques et moi. Deux *ridges* appartenaient à des mâles adultes.

Un sabre d'obsidienne qui fend le miroir
Au nord du Pacifique, une pointe de diamant noir.

Celles-là étaient venues me dire quelque chose, je n'en doutais plus désormais, ces êtres n'apparaissaient jamais par hasard, jamais. Ce jour serait une journée de grâce.

Orcœus

Swim et glisse like a swan.
Black swan and white swan réunis
Chchchchhhhh – Ffffffff-uuuhhh
Lignes d'eau filantes
Sillage des pectorales
Surfing ondulatoire
Splashing et milliers de bulles
Chchchchc – Laoufffffffffffffffff
Ppffffffffffff

May

À 7 heures du matin, je suis allé voir au 12 Tonakwa Road : personne. Feignants ! Je suis allé avaler un litre de café américain et engouffrer un kilo de pancakes au Bayside Inn, puis je suis retourné à 8 heures au labo. Je me disais : « Allez ! On est bon, on est pas mal. » Malgré la fatigue, j'étais d'attaque. De fait, la porte s'est ouverte, quand j'ai frappé, sur une petite secrétaire, une *native american*, qui m'a mis au parfum : May était en mer, avec le directeur du labo, Sean Townsend, et un autre technicien. Caramba ! Encore raté ! Non !

Non ! Non ! Non ! Non !...

La jeune femme aux longs cheveux noirs semblait navrée pour moi.

Mais... mais May, mais... Elle ajouta qu'ils pourraient rentrer dans la journée, « demain au plus tard ». Non, pas demain ! Demain sera trop tard justement ! Demain sera le dernier jour. Demain soir, je devrai être à Vancouver pour décoller le lendemain matin vers Paris. Fuck de chiottes. Pitié, Seigneur Tout-Puissant (je disais vraiment n'importe quoi), pas demain ! Qu'est-ce qu'ils foutaient sur ce bateau ? Est-ce que par hasard ils ne s'enlaçaient pas en dansant des slows sur le pont au rythme de la respiration des baleines ?

Cette aventure lamentable allait prendre fin sans avoir à proprement parler réellement commencé. J'avais le sentiment que si ma vie, à certains moments, avait eu un semblant de cohérence, depuis que je m'étais lancé dans cette aventure, depuis le parking de l'Océland de Nice, elle était devenue un chef-d'œuvre d'absurdité contemporaine.

Je laissai mon numéro à la jeune femme en la priant de m'appeler dès que le bateau serait de retour et je suis ressorti. J'errai sans but, je passais devant l'entrée du musée U'mista à la sortie du port, une façade en bois recouverte d'une fresque haïda. Référence à la sagesse indienne des Haïdas… qui, comme tous les colifichets amérindiens à vendre dans les boutiques à touristes, était là comme ailleurs la tarte à la crème destinée à noyer dans le sucré la culpabilité blanche et, une fois de plus, à déguiser les vols transatlantiques ou transpacifiques dans un semblant de recherche holistique autour de la « Nature », voire d'une quête avec petits déjeuners inclus du panthéisme des chasseurs-cueilleurs nord-américains… Merde alors, j'ai fait demi-tour et, dare-dare, sans réfléchir, je suis retourné au 12.

La secrétaire, toujours aimable, calme, souriante, percevant ma détresse, m'a indiqué l'adresse de May. Je sentais qu'elle était à deux doigts de me donner les clés pour que je m'y installe. Tout était, malgré tout, plus cool, ici… à part moi. J'en profitai, devant cette femme si apaisée, si empathique, pour changer d'avis rapidos sur la richesse de l'héritage des Indiens d'Amérique : un héritage vivant, crucial.

Je ne verrais peut-être pas May, mais je verrais sa maison. Si l'écriteau du labo était un morceau de la Croix, la maison de May serait la basilique Saint-Pierre de Rome. Bon, May habitait un cube de bois, isolé, construit sur un ponton, peint en rouge et vert. Un endroit paradisiaque pour quelqu'un de bonne humeur, à mes yeux un putain de parallélépipède vide et sans aucun intérêt. May restait plus opaque que jamais... Je me suis assis sur le ponton. Face à l'eau étincelante du matin. Respire. Laisse filer les idées: océan à la con. Pays à la con. Gonzesse à la con. Voyage à la con.

Je me suis ressaisi.

J'ai lu la newsletter du labo que la secrétaire m'avait aussi proposée par mail quand je lui avais expliqué que j'étais là en repérage pour un documentaire sur les orques. Les dernières publications, rédigées en anglais scientifique, me donnaient du fil à retordre, mais me faisaient renouer avec un semblant de cohérence. Après tout, oui, j'étais là pour ça.

Un article questionnait les programmes de sanctuaires pour les orques en captivité. Comme le projet nébuleux dans le golfe de Girolata, il y avait un programme de ce type dans la baie de Vancouver, mais la publication paraissait sceptique. L'exemple du dispositif installé en Nouvelle-Écosse démontrait la difficulté de l'entreprise. Plusieurs orques libérées, notamment les mâles, étaient mortes. Les orques nées en captivité étaient beaucoup trop handicapées et métaboliquement affaiblies pour se débrouiller en semi-liberté, même en étant nourries. Les mâles en particulier, dont on sait que, même à l'état sauvage, ils peinent à survivre lorsque, par accident, ils sont séparés du clan de leur mère et de leurs sœurs. L'étude prônait qu'il était peut-être plus utile d'essayer d'améliorer la condition de captivité des individus enfermés, notamment pour mener des études impossibles en mer (tout en se prononçant pour l'interdiction à la fois des nouvelles captures et de la reproduction en captivité).

Cette histoire de mâles isolés me turlupinait. Certes, Sean Townsend répétait que « la variabilité des cas individuels était très importante chez les orques, aucune norme intangible, nous ne pouvons évoquer qu'une tendance ». Nulle fatalité donc, mais quand même. Les mâles isolés étaient problématiques, pouvaient mourir de l'isolement. Triste. Je m'interrogeais sur ma propre errance, ma propre marginalisation, loin de mon métier, loin de mes parents, loin de mon jeune frère que je n'avais pas vu depuis des mois, loin des femmes que je ne fréquentais plus depuis au moins pareil. Au point que je me demandais parfois si ma libido n'avait pas été cassée et épuisée comme mon plan d'épargne logement. Je ne fantasmais presque plus sur les inconnues, ni sur les shorts des touristes féminines, ni sur le souvenir des culottes de Flo, pour dire.

Pourtant, plus la présence d'une femme particulière me manquait, plus l'idée de la féminité, de femellité, envahissait mon esprit. Je repensai à Paula. À cet échange de regards si troublant à travers le hublot. Toute cette aventure s'était mise en marche sur deux jambes là-bas, autour du bassin des orques, sur deux silhouettes entrevues, deux figures aux proportions certes incomparables, mais toutes les deux également fluides, lisses et noires. Ensuite, deux regards, celui de Paula et celui de May, sombres et tendres à la fois, m'avaient pareillement subjugué. Au moins la première, je savais où la retrouver, mais je n'irais plus jamais ; quant à l'autre, c'était l'inverse, j'étais là, mais pas elle.

Brusquement épuisé, je me suis allongé sur le dos, sur les planches du ponton, repensant à cette pauvre Paula, en boucle, vingt-quatre heures sur vingt-quatre, dans cette cuve algueuse. Le soleil montait vers le zénith et la chaleur m'a engourdi, puis assoupi. Je me suis tourné sur le côté pour m'endormir presque complètement. J'étais couché là, comme un chien que ses maîtres ont oublié devant la porte en partant en vacances.

« T'attends quelqu'un ? » j'ai entendu.

J'ai ouvert les yeux.

Elle était là.

Debout en pleine lumière. Immense. Impériale. Attika humaine et aérienne. May.

Je me suis relevé en me donnant l'impression de le faire avec autant de légèreté et de grâce qu'un SDF chassé d'un porche par un gardien de la paix des riches. Une fois debout, je trouvai May un peu plus petite que dans mon souvenir, mais encore plus belle. J'ai su dans l'instant que, oui, que chaque défaut que je lui trouverais la rendrait encore plus belle.

J'ai voulu lui faire la bise, elle s'est imperceptiblement reculée et m'a tendu la main pour que je la serre. Salut, salut.

Je lui ai expliqué que… C'est un peu débile, mais… Je dois filer en voiture jusqu'à Vancouver pour mon vol de retour du lendemain matin… Elle m'a regardé avec un sourire moqueur.

– Tu es venu pour quoi exactement ?

– Pour repérer ici, mais j'aurais dû… En effet, j'aurais dû vérifier que vous étiez là…

Elle sourit encore, elle ne croyait visiblement pas un mot de ce que je lui disais.

– … Donc tu dois partir à quelle heure ?

– Le plus tôt possible. Midi dernier délai. Le dernier bateau à Nanaimo est à 21 h 30.

– Tu fais huit mille kilomètres pour passer deux heures ici ? Vous avez les moyens, dis donc, pour ton film !

Si elle savait…

– Tu me fais visiter ?

May m'a ramené au labo. À l'étage, il y avait une simple pièce avec trois bureaux, trois ordinateurs et des tas d'étagères couvertes de dossiers, de cassettes et de disques durs. Je photographiai tout. Ça n'avait aucun intérêt. Elle le savait et continuait de se moquer.

– T'as vu ça ? Sacré truc, hein ! Des étagères ! Tu tiens une séquence d'enfer là ! Allez, viens.

Elle m'a conduit jusqu'à l'extrémité du ponton de planches étroites, jusqu'au *Dakuma*, le bateau du laboratoire, une vedette magnifique, avec une coque bleu marine et une cabine truffée d'électronique, l'inverse de la petite pièce aux étagères. Le véritable labo, c'était ça, un laboratoire flottant. May me présenta Sean, le directeur, et Logan, le marin électronicien du bord qui étaient tous les deux en train de débarquer des *flying cases*. Ils étaient tous les deux souriants, sympathiques, plutôt jeunes, plutôt beaux, ils rentraient de dix jours en mer, à observer et à étudier des orques et des bélugas, le tout avec May. Ces gars-là vivaient la vie dont je rêvais. Salauds ! Je leur souris, je leur demandai si je pouvais photographier, ils m'ont dit oui. Je les ai « mis dans la boîte » du Canon. Sur la photo, la mèche de cheveux blancs dans la chevelure très brune de Sean me frappa. C'était chic, et troublant pour un spécialiste des orques. Quand cette mèche était apparue et lui avait conféré ce bel ensemble noir et blanc, ce gars-là avait dû se dire en se regardant dans la glace : OK, les pandas, y en a pas au Canada, je n'ai donc pas le choix, je vais me consacrer aux orques. Ne sachant trop quoi faire, je me suis remis à mitrailler à tout-va, tel un agent immobilier qui photographie un appartement du sol au plafond, jusqu'aux toilettes. May leur expliquait que je travaillais pour la télévision française, et que je préparais un documentaire, et que je reviendrais peut-être avec une équipe pour un tournage… Les deux gars hochaient doucement la tête, mais semblaient avoir du mal à y croire, je pense qu'ils me prenaient pour un touriste mytho qui se fait passer pour un réalisateur, ce qui était en partie vrai. Tout était ambigu, tout était à moitié, j'agissais de manière effectivement très insolite. J'examinais l'endroit avec une telle fébrilité qu'on aurait pu croire que ce *Dakuma* se préparait à accueillir une rencontre au sommet entre Poutine et Biden en vue de négocier la paix mondiale et que je serais, pour cet événement, le seul journaliste accrédité. May était plus relax, elle s'était assise sur le coffre du dinghy et se roulait une cigarette – ou un stick ? Une frange de ses cheveux noirs, plutôt courts, lui tombait sur la moitié du visage, elle me faisait penser à Lucky Luke, en plus sexy. Elle m'a donné l'impression de réfléchir très profondément pendant quelques secondes, ensuite elle a secoué ses cheveux en arrière et a allumé sa cigarette en me regardant. Enfin elle s'est adressée à Sean en anglais pour lui dire :

– Tu sais ce que je pourrais faire, Sean ?… Je pourrais rentrer à Vancouv' avec lui.

Sean s'est interrompu dans son travail pour la regarder à son tour, à peine perplexe. Elle a complété :

– Au lieu de rentrer jeudi… Et puis ça m'évite de me taper le car.

Sean a semblé réfléchir une seconde, puis il a dit « Comme tu veux » et il s'est remis au travail, ajoutant quand même :

– Tu prendras les dubs des back-up pour le desk, et tu les préviens.

– Yep.

Alors elle s'est tournée vers moi :

– Tu vas me donner un ascenseur (« *Gonna give me a lift* » pour traduire mot à mot, sinon : « Tu vas me conduire à Vancouver »), c'est OK pour toi ?

J'ai dit oui, et j'ai pensé : tu m'étonnes que c'est OK, je peux même passer le restant de mes jours avec toi, si tu veux. Elle a conclu en disant :

– J'espère que tu as une grande voiture.

***

Elle est repassée chez elle prendre ses affaires, je l'ai accompagnée. Je lui ai demandé si je pouvais prendre une douche. Elle a dit oui. J'ai pris une douche dans la douche de May ! Vivant une émotion intense en côtoyant ses savons et ces mystérieux onguents féminins, en étant nu là où elle l'était si souvent. Je lui avais dit que j'avais besoin d'une douche, car j'avais passé la nuit dehors, à la belle étoile. J'espérais que ce détail rattraperait un peu mon statut de vrai-faux touriste, mais elle n'a pas réagi, pas du tout. Dis donc, petite ! Tu ne sais pas que des ours peuvent traverser à la nage et attaquer les écoliers ? Et qu'à l'aurore aux doigts de rose j'ai vu de mes yeux *des sabres d'obsidienne fendre le miroir* ? Hein, hein ! Allez, va, je préfère garder ça pour moi. J'étais en train de relacer mes chaussures d'aventurier quand elle a simplement dit, on aurait cru Flo :

– Allez, magne-toi, on y va.

On a pris le ferry de 11 h 45 pour Port McNeill. Avant ça, May a longuement serré dans ses bras Sean, Logan et Chenoa (l'assistante si bienveillante). (Elle les enlaçait dans des *hugs* presque amoureux, tandis qu'à moi, elle serrait froidement la main, d'accord.) De l'autre côté du bras de mer, la Fiat Panda était toujours là. Elle n'avait pas grossi. May a ri. J'ai dit :

– Je l'ai prise de la même couleur que le *Dakuma*, pour ne pas trop te dépayser…

On a baissé le dossier de la banquette arrière et on a rempli l'espace comme on tasse une valise le jour du départ, avec tous les vêtements froissés et les souvenirs débiles : ça ne rentre pas, faut pousser, s'asseoir dessus pour pouvoir faire avancer la fermeture Éclair centimètre par centimètre.

Et nous avons pris la route. Pour être tout à fait précis, moi, je l'ai reprise. Dans le sens inverse. La plupart des gens qui voyagent au Canada vivent des aventures exceptionnelles, des expéditions dans le Grand Nord en traîneaux tirés par des attelages de malamutes, ou bien des raids en kayak entre les blocs de glace de l'Alaska. Moi, mon expérience du Far West canadien se résumerait à un test au long cours de ce petit modèle automobile européen. Faute de faire un film sur les orques, je pourrais peut-être refourguer un article dans la presse automobile : « Road trip du bout du monde : l'île de Vancouver en Fiat Panda ! »

Au départ, je lui ai posé des tas de questions sur leur mission en mer : ils étaient allés au large de l'île Moresby pour retrouver un « pod » d'orques dont la matriarche était porteuse d'une balise GPS. May me répondait de manière très précise, très concise, très scientifique. En français, mais avec un accent nord-américain qui s'était renforcé, elle me résuma les relevés effectués, les pistes de recherches, et leur étonnement de les retrouver si loin à cette période de l'année, ce qui laissait penser que les ressources halieutiques diminuaient drastiquement dans la baie. Afin de tenter une nouvelle fois de jouer au malin, je lui ai demandé si (comme moi dans les fjords vikings) elle avait plongé avec les orques, elle m'a vite calmé :

– Non. Jamais. Ici, c'est interdit. On est civilisés, on laisse les orques en paix. On essaie, du moins.

Je n'ai pas trop insisté, on s'en doute. Ensuite, comme elle ne dit plus grand-chose, je parlai. Il faut dire que je ne m'étais adressé à personne depuis presque une semaine et je pense que, même seul dans cette voiture, je me serais parlé à moi-même, ce que, d'ailleurs, je faisais un peu, en sa présence. C'est ainsi que, pensant faire preuve d'une espèce de transparence tranquille, de facilité à exprimer mes émotions, je lui détaillai les états d'âme par lesquels ce voyage en solitaire m'avait fait passer, et puis, dans la foulée, je me laissai aller à raconter la manière dont ce film – comme tous les films d'ailleurs, mais celui-ci en particulier – était aussi un « voyage intérieur », une quête de moi-même.

– Mais tu t'intéresses aux orques quand même ?

– Oui… Pourquoi ?

– Je ne sais pas, je me demande si ton truc, ce serait pas plutôt le développement personnel ou… ?

J'ai entendu le soupçon d'ironie dans sa voix, qui s'est confirmé quand elle a repris :

– Tu aurais des conseils ?

– À quel sujet ?

– Bah… Tout ça, ma personnalité, mes blocages, les nœuds à dénouer dans mon histoire, dans ma communication avec les autres… Un petit *private coaching*, pour la route.

– Oui… (Écartant l'idée qu'elle se foutait carrément de ma gueule, j'ai préféré saisir la balle au bond et faire comme si nous improvisions un jeu en voiture pour faire passer les kilomètres.) Qu'est-ce qui te paraît être ton principal « blocage », comme tu dis ?

– Je bossais avec un mec à l'Océland, et pouf, il est mort. Et puis je sortais avec un mec, un autre, pis il est mort aussi.

Donc… je sais pas… Je me demandais si j'étais pas un peu mortelle ? Disons dangereuse ? Par exemple pour un autre mec qui aurait dans l'idée de me dragouiller…

Je me suis tourné vers elle. Dans le doute, j'ai souri, je ne savais pas si elle plaisantait, c'était dur de savoir avec elle, mon sourire était un peu en biais, j'avoue. Elle a voulu ajouter quelque chose, et puis non, elle s'est de nouveau réfugiée dans le silence. En regardant son profil à la dérobée, avec à l'arrière-plan les lignes vertes des sapins qui filaient, je croyais y déceler une harmonie très particulière, celle de ses origines tsiganes qui s'étaient fondues dans une certaine philosophie de vie, venue des Amérindiens de la pré-Colombie-Britannique. Enfin, puisqu'elle avait évoqué le sujet et qu'on avait quelques heures devant nous, enfermés dans cette petite boîte à pneus qui ramait comme jamais dans les côtes avec son chargement, je ne pouvais pas faire autrement que de reparler de son départ précipité de Nice, après les disparitions douteuses de Marius et de Ludo. Comme ce dernier, le sourire en moins, je me suis jeté à l'eau :

– Quand on s'est quittés, à Nice, le jour de la cérémonie en hommage à Marius, tu m'as dit « Trop tôt pour mourir » ; tu avais peur de quelque chose… non ?

Elle a pivoté vers moi, elle m'a fixé avec ses grands yeux noirs, ce regard qui était lui aussi comme un sabre d'obsidienne qui m'avait déjà découpé en deux sur la plage de Villefranche, puis elle est revenue à la route et elle a dit en regardant droit devant :

– Justement, c'est ça, si tu le savais, tu pourrais bien finir comme eux.

S'est ensuivi un de ces gros silences bien pesants, de ceux que je cherchais précisément à éviter. J'ai repensé au mec menaçant du Luxembourg, j'ai hésité à lui en parler… Tout à coup, ça m'a repris, je me suis demandé : quand même, c'est qui, cette nana ? Qu'est-ce qu'elle est dans toute cette histoire exactement ? C'était pas si clair, en vrai. J'ai eu un gros doute et je n'ai pas osé, à ce moment-là, lui parler de ce type. J'ai improvisé, je ne voulais pas non plus me mettre à parler du temps irrémédiablement gris de Vancouver qui faisait passer la Bretagne pour le Péloponnèse, ni de l'inconfort des sièges de Fiat Panda passé trois heures de route, alors je lui ai posé la première question qui m'est venue à l'esprit :

– Tu me dis si c'est indiscret, mais, avec Marius, vous étiez ensemble depuis longtemps ?

– C'est indiscret.

OK. Silence lourdingue, le retour. On approchait de Fanny Bay, à peu près à mi-parcours, je ne m'avouais pas vaincu par ce silence qui revenait avec la calme obstination d'un chat assis sur le rebord de la fenêtre et qui veut entrer. Alors, pour combler le vide, je me mis à évoquer mes propres amours contrariées. Je lui ai parlé de Cécilia, cette fille avec qui j'avais passé deux ans et huit mois, cette jolie rousse à la peau blanche un peu innocente à qui je ne parvenais pas à en vouloir. Comment pourrait-on avoir envie de vivre avec moi ? Déjà moi j'avais du mal. Toujours est-il que ça n'était pas très adroit, faut admettre. Je ne sais pas ce que j'espérais, peut-être à mon tour une petite séance de coaching privé : « Comment réussir sa relation amoureuse ? » Pas gagné car, essentiellement, de son côté, elle affichait tous les signes extérieurs de l'indifférence. Je me suis même demandé si elle m'avait écouté, mais oui, elle l'avait fait, car soudain elle a sorti son téléphone et m'a montré une photo en me disant : « C'est lui, mon amour. »

Inutile de préciser que ça a piqué ma curiosité.

Je me suis penché légèrement pour bien voir. C'était une photo de Salvador Allende ! Je l'ai reconnu. Une magnifique photographie en noir et blanc du leader socialiste chilien du début des années 1970, avec sa bonne tête, moustache fine et cravate serrée, avec cette expression à la fois si anonyme et si déterminée, et puis ses inimitables lunettes à grosse monture en écaille. Comme je m'étonnais (tout en étant soulagé de ne pas découvrir un nouveau Marius canadien, océanographe et spirituel, mannequin à l'occasion et nageur de combat s'il le fallait), elle me dit :

– Toi et moi, on est nés quinze ans après la mort de Salvador Allende, donc ça ressemble à de l'histoire morte, mais pas pour moi. Mon père a été naturalisé français quand il était encore petit, mais il est né au Chili. Ses parents avaient été expulsés du pays en 1974 et ils se sont installés en France.

– Mais toi, tu es née où ?

– À Portland. Mon père travaillait dans les vêtements de sport et il avait été recruté là-bas, il y a rencontré ma mère.

– Les vêtements de sport ?

– Bah oui. C'est un gros business là-bas, le siège de Nike est à Portland, par exemple. Mon père haïssait Philip Knight. Quand j'étais petite, il me racontait des histoires dans lesquelles Phil Knight était un vautour, un charognard pourri, et Salvador Allende un aigle royal, visionnaire et bon. Mon père est mort il y a deux ans.

– Je suis désolé d'apprendre ça.

– Et je n'y suis pour rien…

Je l'ai regardée, on ne savait jamais quand elle plaisantait.

– Depuis je m'intéresse beaucoup à l'engagement de ses parents au Chili, mes grands-parents, leurs rêves inouïs, encore vivants, au Chili et ailleurs – et pour moi, tant que je ne les oublie pas.

– C'est loin des orques.

– Non.

Je cherchai le rapport. Elle avait parlé de « rêves ». Rêves de lendemains qui chantent, rêves d'orques en liberté. Autant de rêves « au-delà » de soi, quand toute l'époque veut nous y assigner, à soi, à sa petite construction personnelle. Je comprenais mieux ses moqueries dans la voiture. Cette fille n'était jamais où on l'attendait. Elle pouvait être beaucoup de choses, une poétesse des orques, initiée par les Indiens au pouvoir sacré des champignons des îles pacifiques, et puis aussi, par héritage, une cousine américaine des Peaky Blinders, et voilà qu'elle se montrait maintenant sous les habits d'une gardienne du temple de l'espoir chilien, assassiné en 1974 par Pinochet. J'avais un peu le tournis, et ça n'était pas les virages rendus houleux par la tenue de route approximative de la Panda. May laissait toujours passer de longs silences, comme si elle prenait son élan, et puis elle me balançait des trucs inattendus qui me faisaient valser à droite et à gauche dans l'habitacle, façon boule de flipper dans les bumpers.

– Tu sais pourquoi Bulko est mort ?

– Parce qu'il était mentalement détruit et enfermé dans un bocal ridicule.

– Oui. Nous l'avons détruit, mais ce n'est pas pour ça qu'il s'est suicidé.

– Pourquoi ?

– Parce que Paula ne l'aimait pas.

Nous avons discuté du statut des mâles chez *Orcinus orca*. J'avais lu l'article de la newsletter, j'ai fait celui qui s'y connaît un brin, mais elle en savait plus long que moi, bien sûr, et elle avait vécu plus de deux ans avec ces orques-là. Elle savait de quoi elle parlait. J'ai pensé à Paula, qui m'avait fait de l'œil. Devais-je me méfier d'elle aussi ?

J'éprouvais des difficultés à débattre logiquement avec elle, mon cerveau moulinait sur un pédalier déraillé. Elle regardait le ciel.

– Les Wakash disent que l'esprit des êtres supérieurs alimente la matière des nuages. Si tu es attentif aux nuages, un jour tu verras Bulko aussi clairement que s'il nageait dans le ciel.

Quand je repense à cette phrase (que j'ai notée le soir même, dont je sais donc qu'elle a été formulée exactement comme ça), je me dis, c'est étrange, c'est très étrange, ce pouvoir de certains êtres humains à fasciner, ou du moins à concentrer l'attention. Un(e) autre qu'elle aurait prononcé les mêmes mots, et c'eût été ridicule. Avec elle, l'idée géminait son sujet en décollant dans les sphères azuréennes. Pourquoi ? Sa voix chaude et voilée ? Sa diction étrangement soignée comme seuls les étrangers le font avec le français ? Sa conviction dans la vérité des mots ? Ou bien ses seins si proches qu'ils s'arrogeaient avec candeur une place aussi floue qu'obsédante dans l'angle de mon champ de vision ? Va savoir… Ce doit être ce mystère que, faute de mieux, on nomme le charisme.

Je ne résoudrais pas cette énigme avant notre arrivée, ça, c'était certain, d'autant moins que nous n'avions pas, comme je l'avais fait à l'aller, quitté la *highway*, pour ne pas perdre de temps. Nous franchissions déjà Parksville. Nous approchions de Nanaimo et du ferry pour Vancouver.

Nous avons attrapé celui de 19 heures.

Il me restait quinze heures sur le sol canadien.

Elle m'a dit :

– Tu es à quel hôtel ?

Merde. J'avais rien prévu, j'ai répondu :

– Je n'ai pas réservé. À l'aller j'étais à l'Oakbank dans East Burn.

– Tu peux venir chez moi si ça t'arrange.
– Bah… oui.
– Dans le canapé du salon tu seras bien.
– OK.

Dits et non-dits de l'amour

May logeait dans un appartement situé à l'étage d'une de ces incontournables « maisons flottantes » de Granville Island qu'elle partageait avec une amie peintre, absente pour plusieurs jours.

Quand on est entrés, elle a jeté son sac sur le plancher clair (tout était en bois clair dans cet endroit), elle a grimpé une échelle qui menait à ce que j'ai imaginé être sa chambre, puis elle est redescendue et a filé sous la douche au fond du petit couloir en me disant : « Fais comme chez toi, sers-toi un verre si tu veux, et si tu trouves… »

Ça a duré ce que durent les douches des femmes. J'avais eu le temps de trouver une bière dans le réfrigérateur, de dénicher un décapsuleur et d'en siroter la moitié en prenant le plus de temps possible. Pas pépouze, mais presque. Elle a fini par ressortir. Elle était emmaillotée dans une simple serviette éponge rayée et une autre nouée sur ses cheveux. Je m'efforçai de ne pas regarder ses jambes, semblables à celles d'une skieuse, musclées en longueur, mais je ne voyais qu'elles, même en fixant mon regard partout ailleurs, elles s'imprimaient sur ma rétine, que je le veuille ou non. Elle s'approcha du canapé sur lequel je m'étais assis. Ne sachant quoi faire, je me suis levé. Une fois debout, je me retrouvai comme un con, pas d'autre mot, les bras ballants, la bière dans la main gauche. Elle m'a dit :

– On va aller dans un endroit que je connais bien.

– Je le connais aussi.

Elle m'a regardé, interloquée.

– C'est-à-dire ?

– C'est pas le Bohemian par hasard ?

Elle a eu un imperceptible mouvement de surprise, pour la première fois depuis que je l'avais abordée sur cette plage, un an plus tôt, je l'étonnais.

– Comment tu connais ?

– Je t'ai cherchée partout dans cette ville, darling ! (Elle n'a même pas souri.) Et, forcément, j'ai fini là-bas. Quelqu'un à l'aquarium m'a dit que ton oncle…

Elle ne disait plus rien, elle semblait intriguée, elle s'était avancée jusqu'à un pas de moi. La serviette lui faisait une sorte de minijupe ahurissante, il fallait qu'elle cesse de me montrer ses jambes comme ça. Coquetterie ? Coquinerie ? Coquebinerie ? Du coq à l'âne, je me suis avancé et j'ai voulu poser ma main sur son épaule nue, un geste irréfléchi. Elle a attrapé ma main et l'a serrée avec une force de bonhomme en me disant :

– Tss-tss-tss ! Tu fais quoi ?

– Rien.

J'ai retiré ma main, elle s'est éloignée, elle a regrimpé l'échelle, ce qui m'a achevé, j'ai vidé la fin de ma bière d'un trait. Elle a crié :

– C'est bon ? T'es prêt ?

***

Nous étions vendredi soir, le Bohemian était aussi bondé et chaud qu'un pub d'Édimbourg en face du stade de Murrayfield un jour de match. Chaleur humaine, chaleur alcoolisée, chaleur musicale. May est passée derrière le bar et Tobias l'a embrassée sur le front, ensuite May a salué des tas de gens, je me retrouvai aussi seul que la première fois. Mais pas dans le même état d'esprit. Ce soir, May était là, et, j'avais même du mal à y croire, j'allais dormir chez elle. Hé, hé ! Combien y en a-t-il dans cette salle qui peuvent dire la même chose ? Hein ? Les Canucks et les bobos de la ville la plus cool du monde ? Hein ? Personne. C'est bien ce qui me semblait… Vas-y, *come on, bartender*, envoie une bière, l'ami !

May a dansé (sur la reprise très rock de « Mrs. Robinson » des Lemonheads) « avec une grâce folle » comme aurait commenté un journaliste sans imagination, j'aurais voulu la filmer. Pourquoi certain(e)s, quoi qu'ils fassent, le font-ils avec grâce ? Les chats, les orques, May… Elle m'a rejoint avec une énorme assiette de friture et on a continué à causer. Je la questionnais inlassablement sur sa vie et elle me révélait que dalle. Jusqu'au moment où, alors que je revenais de nouveau sur les événements de Nice et que je lui racontais (peut-être pour noyer un peu le poisson ?) que je dormais là-bas sur le bateau de « ma bonne pote Flo », comme j'allais, ce soir, dormir chez elle sur une sorte de bateau immobile… Elle m'a coupé la parole pour me confier qu'elle avait eu une aventure avec elle ! Une aventure ? Oui. Avec Flo ? Oui. Avec Flo aussi ! Ah ouais, ah d'accord… Mais putain, ça va s'arrêter où, Flo ? Flo ! Qui exposait ses dessous chics sous mes yeux tout en vivant ses aventures à géométrie variable, avec Ludo, et avec May maintenant ! Salope ! Flo, merde ! Et elle aussi, d'ailleurs, May, avec son allure de panthère farouche, elle a couché à

Nice avec tout le monde ou quoi ? Sauf avec moi évidemment… Ah bah, elle est bonne celle-là !

Après cette révélation, May est repartie vers des gens qu'elle connaissait, elle aurait pu me présenter, non, elle ne l'a pas fait, elle demeurait globalement insaisissable, diversement insondable, concrètement impalpable, quant à impénétrable, je n'insiste pas. Je pensais qu'elle me séduisait à l'insu de son plein gré, qu'elle n'éprouvait en réalité aucune attirance pour moi. Elle m'a glissé un peu plus tard dans la soirée qu'elle était, en effet (rapport à Flo), plutôt attirée par les femmes. Mais, à mon humble avis, ça n'était pas évident qu'elle me dise la vérité, je doutais à fond la caisse, et je crois plutôt qu'elle incarnait cette nouvelle fluidité si tendance. Sans le revendiquer, juste en actes, en aimant, en nageant ou en dansant. D'ailleurs, moi-même, pendant que j'y étais, dans ma quête de réharmonisation avec la nature, et aidé par une pensée elle-même très fluidifiée par l'absorption de trois pintes de bière, je savais bien que la biologie n'est pas univoque, qu'elle est aussi complexe que nous le sommes, chez les arbres, chez les orques, chez les jeunes adultes de l'Ouest voués à rester adolescents à vie. Était-ce un effet des perturbateurs endocriniens ? Épineuse question qui restait sans réponse tandis que Tobias avait mis un morceau de The National : « The Day I Die ». May est revenue à mes côtés, elle m'a demandé :

– Et toi ? Où tu seras le jour où je mourrai ?

Ça non plus, ça n'était pas une question facile.

– Ça dépend de toi.

Elle a ri en secouant la tête, elle était peut-être un peu saoule aussi, je ne sais pas, et puis elle a ajouté :

– Je ne veux pas que tu sois près de moi le jour où je vais mourir, mais je veux que tu sois AVEC moi. Toi, Marius, Flo et tous les autres, même si vous êtes éparpillés aux quatre coins de la planète.

Moi et les autres… J'ai hoché la tête d'un air pensif, oui, eh bien, voilà une nouvelle matière à réflexion ! L'intrication quantique des particules et tout ça, en plus des perturbateurs endocriniens… j'avais du pain sur la planche. Il était presque 2 heures du matin quand elle m'a dit :

– Tu serais prêt à quoi pour moi ?

– À tout.

– Tu es sûr ?

– Oui.

– Viens, on s'en va.

***

À force que les femmes expriment par oral et expliquent par écrit que, bien souvent, le désir est plus fondamental que la satisfaction, j'avais fini, comme une proportion de plus en plus large de mes congénères mâles, par comprendre l'idée. Mais, comme pour tout, l'axiome est aussi affaire de limites et de proportions. Au-delà d'un certain seuil, la problématique équivoque peut se renverser, tel un avion qui franchit le mur du son, il faut alors comprendre que les commandes doivent être inversées, et retourner le problème cul par-dessus tête, pour ainsi dire.

Venons-en aux faits.

Une fois chez elle, elle m'a dit « Salut » et elle a grimpé l'échelle pour rejoindre sa chambre.

Je suis resté sur le canapé, allongé dans le noir, à laisser couler les heures gluantes qui me restaient avant de décoller.

À 3 heures du matin, elle m'a rejoint dans le canapé. Sans un bruit, elle s'est lovée dans l'écume des draps. Cette maison avait l'avantage de permettre d'exonérer l'alcool du ressenti de léger roulis, car toute la maison bougeait doucement, et nous fîmes l'amour, là. Quels que soient les lieux communs qu'on rabâche sur les premières fois, souvent décevantes, etc., je ne suis pas près de l'oublier. Pour des tas de raisons. La plus stupéfiante étant probablement le parfum de sa peau, sa transpiration elle-même sentait le miel de montagne, exactement. Ça pourrait ressembler à une métaphore grossière extraite d'un conte des *Mille et une nuits* mal digéré, pourtant (était-ce un défaut, ou plutôt le produit miraculeux d'un métabolisme particulier ?) c'était la stricte vérité. Je n'ai rien à dire de particulier sur le cou de May, ses épaules, ses seins, le creux de ses reins, ses cuisses ou ses hanches, sinon que je n'en revenais pas qu'il s'agisse des épaules, des seins et des hanches de May. J'éprouvais cette indicible – quoique rebattue – sensation de n'être plus tout à fait moi-même tout en l'étant plus que jamais. Et puis, comment décrire ces moments d'intimité ultime ? Les mots, tels des neutrinos traversant la planète, vont des yeux au cerveau sans interagir avec la barrière de la peau, sans affecter le corps, les mots sont inodores mais peuvent être pesants, beaucoup plus que le silence. Et il n'est pas possible de mettre un mot devant l'autre en préservant l'équilibre à la fois subtil et brûlant qui caractérisa nos entremêlements. Ou bien nous basculerions dans les phrases aussi alambiquées que les foulards soyeux et voluptueux qu'une Shéhérazade alanguie ferait tournoyer lentement au rythme d'une danse ensorcelante ; ou bien nous parlerions mal, comme quand l'amour met les mains dans le cambouis, et nous balancerions les mots crus, comme un môme qui dessine une bite sur un tableau de maître, comme cette petite Belge en Norvège, qui s'était fait rougir elle-même en chantant des trucs paillards, ou encore, bien pire, comme cette autrice décomplexée du dîner chez John-Luc, ah non ! Pas ça !

Il existe maintes circonstances où, à trop exprimer les choses, on les vide de leur substance, à l'instar de ces convives qui, à force de s'extasier sur le contenu de leur verre de vin ou de leur assiette, finissent par les rendre soit insipides, soit, pire – par transfert de l'objet d'agacement –, écœurants. Les mots parfois brisent la magie des sens. L'amour, ce discret coquin, se repaît de non-dits, assurant la fortune des psychiatres et la misère des poètes.

Même si cette chose qui taraudait tant les esprits et hantait toutes les créations artistiques du XXe siècle (entre autres), commençait à se dissiper dans la population occidentale qui marchait sur la ligne de crête entre deux gouffres sans fond : l'avènement d'un avatar humain hermaphrodite et la dépression des auto-confinés névrotiques. Bon, bref, peu importe, son corps resterait inscrit dans chacune de mes cellules. Mes neurones pourront dégénérer quand je deviendrai sénile, mais jamais la mémoire de ma peau n'oubliera. Si je ne sais qu'une chose, c'est celle-là.

Elle a fait glisser son index sur mon front, mon nez et mes lèvres, et elle m'a demandé :

– Pourquoi tu as si peu de confiance en toi ?

– La confiance, c'est surfait… Et puis, de toute façon, c'est fini, maintenant. Maintenant je déborde de confiance.

Elle a souri en faisant « hum… » et en ajoutant :

– Tu sais, tu m'as bien intriguée, et même un peu plus, quand tu es venu me voir à Villefranche et que tu as essayé de nager avec moi. Tu nages bien, je l'ai vu, mais tu es frileux… Un journaliste frileux, c'est pas terrible.

– Je ne suis pas journaliste.

De cela aussi j'étais absolument sûr, j'avais plein de certitudes, ce matin-là. Je me suis assoupi un moment et je me suis réveillé à 6 heures du matin. Le ciel pâlissait derrière les baies vitrées, nous étions allongés sur le côté, face à face, et, dans la lumière naissante, j'ai vu qu'une larme avait coulé sur sa joue en y laissant la minuscule traînée d'un petit escargot de peine. Je lui ai demandé pourquoi.

– Quand Marius est mort, je suis certaine d'avoir été avec lui. Il est mort dans la Méditerranée. Ce jour-là, je plongeais avec Sean sous le *Dakuma* pour y installer des micros. Toutes les mers du monde communiquent.

– Tu as regretté de l'avoir quitté ?

– J'ai quitté la France, pas lui, je ne quitte jamais personne.

Je l'ai observée longuement, j'ai compris, et telle serait mon infortune, que May ne se lierait jamais de manière formelle avec qui que ce soit. Pas plus avec moi qu'avec Marius ou aucun autre. Mais que tous, nous serions en effet avec elle *the day she will die*.

Le bref sommeil m'avait embrumé l'esprit, ma tête semblait osciller, à cause des échos lointains de la houle pacifique, des Black Storms du Bohemian et du corps de May qui avait donc imprégné le mien pour toujours. J'ai repensé à Marius si fort que j'ai eu le sentiment qu'il était là, avec nous, dans ce lit, et des larmes me sont montées aux yeux à moi aussi. J'ai voulu me ressaisir, ce qui était idiot, déplacé, bizarre même, mais c'est comme ça que j'ai réagi : en revenant aux faits, aux choses tangibles, à la mort de Marius, mais aussi à celle de Ludo, et aux responsabilités des uns et des autres. Je parlais doucement, presque en chuchotant, comme si je parlais tout seul, comme un zombie dans le petit matin gris et aqueux de Granville Island.

– Moi, je ne crois pas que les disparitions de Ludo et de Marius puissent être une coïncidence… La seule chose qui relie la mort de Ludo et celle de Marius, c'est le foot. Il y a derrière tout ça un truc ultra pourri.

Elle m'a regardé, puis a souri gentiment, et a tapé son index sur ma tempe :

– Dis donc, y en a là-d'dans !

– Je crois que le point central de cette histoire de fous, c'est Brahim Mokrani, l'amant de Ludo.

– Tu sais, Ludo, des amants, il en a eu…

– C'est-à-dire ?

– Par exemple ce mec avec qui vous êtes partis en Norvège.

– Edoardo ? Edoardo de Montis ?

– Oui. Quand il venait participer aux manifs à Nice, il dormait chez Ludo.

– Quoi ?

May souriait encore, un flash a illuminé mon cerveau. Edoardo, bien sûr, ce mec était plus que complexe, j'avais eu la confirmation qu'il était fasciné par des mouvements de droite dure, qu'il avait été consultant pour une mission pilotée par les services de l'Élysée. Comment ce gars-là, à l'évocation de l'accident, avait-il pu réagir aussi violemment contre Ludo, tout en ayant été intime avec lui ? Il n'était pas net, décidément, et je commençais à échafauder des hypothèses quand May en a remis une couche :

– Et Flo aussi d'ailleurs.

– Flo aussi quoi ?

– Flo aussi, elle a eu une brève histoire avec Ludo.

– Oui, ça, je sais…

– On dirait que ça te blesse.

– Non. Oui. Je ne sais pas.

J'ai plongé mes yeux dans les siens, ces yeux si noirs que je ne pouvais m'empêcher d'y suspecter un secret. Pourquoi me racontait-elle tout ça ? Edoardo, Flo… et elle ? Elle cherchait à faire diversion ? À force de balancer entre l'hymne océano-cosmique de Vancouver et le thriller sanglant de la Côte d'Azur, j'avais dû finir par altérer mon équilibre mental, un nouvel accès de paranoïa me saisissait. Et elle ? C'était quand même curieux, ses allusions à son compagnon « mort après être sorti avec elle », sans compter son sang de gitane. Cette fille était peut-être une sorcière : après tout elle m'avait bien ensorcelé. Elle m'a embrassé sur le front et elle m'a dit :

– Flo est une fille bien.

– Comment ça ?

– C'est même une fille formidable. Et elle t'aime bien.

– Et toi ?

– Moi aussi… Moi aussi je suis une fille formidable.

J'ai réfléchi, je me suis calmé, j'ai rassemblé mes esprits dispersés. Alors que ce matin était glorieux, le mec du parc du Luxembourg est quand même venu me rendre sa petite visite des matins de demi-sommeil glauque. ÇA m'est remonté en mémoire, ÇA avait eu lieu, et ÇA n'avait rien à voir ni avec Flo ni avec May. Alors je lui ai raconté comment j'avais été menacé à Paris par un homme qui m'avait « conseillé » de « ne pas mettre mon nez dans ces affaires qui me dépassaient », c'est ça qu'il avait dit, exactement. Elle n'a rien répondu. Elle s'est levée. Elle a sorti une clé USB de son sac en patchwork. Une clé USB en forme de ballon de football.

– Et toi, tu penses quoi de Salvador Allende ?

– Je ne sais pas. Il me fait l'effet d'être un héros. Comme tous les vrais héros, il meurt trop tôt.

Tout en gardant cette clé USB dans le creux de sa main, May m'a expliqué qu'elle s'était souvenue, au moment où

Ludo était mort à l'hôpital, d'une chose très, très dérangeante. Le matin de l'accident, le 9 mai, avant l'ouverture au public du parc, un « assistant » du vétérinaire (du moins c'était ainsi qu'il s'était présenté) était venu administrer à Bulko un traitement pour ses problèmes de dents.

– Ce truc m'était sorti de la tête parce que, tous les matins, les orques subissent des quantités de soins. Mais ce qui m'est revenu, c'est qu'il lui a fait une piqûre, avec une seringue de mammouth, ce qui était vraiment bizarre. En général, on les soigne avec des poignées de comprimés qu'on leur fait avaler en les fourrant dans les poissons. Quand Ludo est mort, je me suis souvenue de ce mec. J'ai appelé le vétérinaire. Il m'a dit qu'il n'y avait aucune intervention prévue ce jour-là… Alors j'ai compris. Je l'ai raconté à Marius. Il m'a montré ce qu'il y a sur cette clé. On a décidé ensemble qu'il valait mieux que je rentre au Canada.

Ils avaient shooté l'animal. Ils en avaient fait une arme par procuration, une arme de sept tonnes, munie de cinquante-six dents, et destinée à tuer. Ludo n'avait pas été victime d'un accident, Bulko n'avait pas agi dans son état normal, même si normal pour lui ne voulait plus rien dire depuis longtemps. Mais qui étaient « ils » ?

Je n'avais plus beaucoup de temps, l'avion était à 10 h 42, je devais être à l'aéroport à 9 heures, rendre la voiture et tout ça… Je devais quitter l'appartement à 8 heures Il était 7 h 15. May me tendit la clé en me disant qu'elle ne savait plus trop quoi faire de ça, qu'elle avait beaucoup hésité à la balancer, à la détruire, pour que ce truc pourri cesse de massacrer des vies.

– Mais en vrai ça n'est pas possible, je ne peux pas m'y résoudre. Je croyais que les orques libres me feraient tout oublier, c'est le contraire qui s'est produit. Elles m'ont convaincue d'agir. Et je te crois capable d'être à la hauteur de ce truc, en mémoire de Marius, qui est mort à cause de ce putain de fichier. Je te fais confiance pour savoir quoi en faire.

– D'où ça vient ?

– Ludo. Il l'avait refilé à Marius, qui ne voulait sortir l'affaire qu'après l'avoir recoupée avec d'autres sources – parce que Ludo refusait d'assumer ça. Il ne voulait pas que ces images soient rendues publiques sans être parfaitement… Enfin, tu vas voir.

À bord du *Raïs Salim*

J'ai introduit la clé dans mon iBook. À l'envers, puis à l'endroit, en tremblant un peu, ah non, c'est l'inverse en fait, le premier côté était le bon (la procédure habituelle, donc, pour plugger une clé USB). Je redoutais d'avoir à me taper une sextape mal filmée, mais j'ai été soulagé. Pas de cul. Mais pire. De la pornographie politique.

Le fichier QuickTime s'ouvrait sur une image de souris. Une souris d'ordinateur, filmée de très près, derrière laquelle on distinguait un fil d'écouteurs, un stylo, un bloc de Post-it. Je reconnaissais le plan d'amorce classique d'une caméra posée sur un bureau. Cela durait pas mal de secondes, puis l'image se mettait à valdinguer, à basculer, à sauter, à gîter – un plan à la Robin palmé –, jusqu'à ce qu'elle se stabilise et que l'on découvre le visage de Ludo ! Mais ça n'était pas un Face Time sur son ordinateur : il se filmait dans un miroir. Un miroir rond, nimbé d'une lumière chaude, or on ne voyait pas de caméra. Je compris qu'il utilisait un dispositif miniature dissimulé dans l'angle de la grosse monture noire d'une paire de lunettes (un peu comme celles de John-Luc, des lunettes de créatif parisien).

– T'as compris ? m'a demandé May.

– Oui.

– Marius m'a dit que des mecs dans le foot utilisaient ce genre de trucs pour faire leurs saloperies de sextapes.

Avec cette micro caméra dans l'axe de son regard, Ludo, sur mon écran d'ordinateur, nous regardait droit dans les yeux. Quelque chose clochait. J'avais du mal à reconnaître l'ange voltigeur, l'ami des orques et des enfants. Étaient-ce ces lunettes épaisses ? Non. Son nœud papillon noir, sa pochette blanche sur sa veste de smoking ? Non. Non plus. C'était autre chose : il ne souriait pas. Pour la première fois, je voyais le visage de ce garçon sérieux. Il se mit à parler d'une voix modulée et équalizée par le micro qui reproduisait, sur l'autre angle des lunettes, le même minuscule trou noir.

– Ce soir, je suis invité sur le *Raïs Salim*, le yacht d'Ali Salim, pour la fête d'avant reprise de la saison en Ligue 1. Comme d'habitude, ça va être à la fois génial et décadent, mais… mais ce n'est pas la fête que je veux filmer pour toi, maman, c'est parce que le Président sera là. Oui ! François Tomasson. En personne. Personne n'est au courant, « soirée privée », il vient « en voisin », depuis Brégançon. Tu sais que c'est un fan de foot, et je vais non seulement le rencontrer, mais même dîner à sa table, avec Brahim et les Hurst. Ali Salim lui a demandé d'intervenir pour que Brahim reste à l'OAZ, et ce dîner en petit comité est destiné à cela. Tu sais qu'il commence à être très, très convoité. Le Real Madrid vient de lui faire une offre… Tu imagines ? Je ne connais pas les chiffres exacts, mais ça donne le vertige, je te jure. Enfin bref, peu importe, je vais dîner avec le président Tomasson… Tu te rends compte ? Je vais filmer cette soirée pour toi, pour que tu partages ce moment avec moi. C'est mon cadeau pour ton anniversaire, tu m'as tellement parlé de lui. J'ai voté pour lui, moi qui ne vote jamais, parce que tu m'as convaincu de lui faire confiance. Tu le connais depuis si longtemps, depuis le comité local des radicaux de Loire-Atlantique des années 1980. Tu vois, je me souviens. Tu n'as pas voulu me l'avouer, mais je suis certain que tu étais amoureuse de lui à l'époque. Y a-t-il eu quelque chose entre vous ? Tu avais vingt ans, lui trente. J'arriverai à te le faire admettre un jour… Peut-être que je ne te montrerai cette soirée que si tu avoues…

Le visage de Ludo s'approchait du miroir, il faisait un clin d'œil derrière ses grosses lunettes, puis posait un baiser sur sa main qu'il soufflait ensuite vers nous avec tendresse.

L'image sautait brusquement et nous étions soudain sur le pont d'un immense yacht sur lequel se déroulait une réception des nababs d'aujourd'hui. Une foire au mauvais goût à cinq cent mille boules la soirée, une de ces fêtes auxquelles Flo avait assisté. Comparé à cet univers, le Cortobello passerait pour un café littéraire. La scène était filmée à hauteur d'homme, l'image tanguait au rythme des pas de Ludo. On croisait des paquets d'individus aux cheveux lissés, en costumes clairs, dépoitraillés, des femmes aux cheveux bouclés, en robes de lamé enfilées au chausse-pied, tout aussi dépoitraillées, et une musique techno-hype-Mozart-c'est-qui ?

Le son du dispositif de caméra cachée était vraiment médiocre, compressé dans les aigus, on entendait néanmoins distinctement les commentaires des bien nommés convives. Dans la bouche de ce jeune homme très excité, les mots s'éjectaient en rafale : « Non, mais j'y crois pas, t'as vu cette pétasse ! Non, mais elle est trop bad, j'te jure ! » Tandis que, devant un buffet sur lequel s'alignaient des seaux à champagne, une femme ayant probablement fait le stage « Acquérir les codes de la distinction » articulait avec soin : « Il faut absolument que tu essaies au moins une séance avec mon chamane, c'est ex-tra-or-di-naire, tu sentiras ton corps se purifier et ton âme se réenchanter. Je me sens reconnectée, reconnectée à la nature, tu n'imagines pas. » « Reconnectée à la nature » ? Je tendis l'oreille, il y avait un lien avec mon film ! Tout est dans tout, j'entendis (faiblement) son interlocutrice lui demander : « Tu as un animal totem ? – Oui, l'autruche. Oui, c'est bizarre, mais tu sais, c'est un animal très puissant et… » Ludo s'éloignait pour se frayer un chemin entre des petits groupes, des *real humans* à mi-parcours de leur auto-cybernétisation, tant les bistouris et le botox avaient frappé.

L'image ballottait de nouveau tandis que Ludo gravissait un escalier. Il empruntait une passerelle, un couloir, des gens étaient groupés autour d'une desserte agrémentée d'un saladier d'argent rempli de poudre blanche. On reconnaissait là une star de l'équipe de France, dont je ne peux pas révéler le nom (un de ces joueurs que l'on ne peut pas croiser dans la rue sous peine d'émeute, ni même au Cortobello, nulle part hormis dans ce genre de party giga select, loin des trimardeurs). On pouvait remarquer un détail très étrange, qui expliquait les lunettes de Ludo : personne n'avait de téléphone. (Même pas les footeux, déjà que leurs mains n'avaient pas le droit de toucher le ballon, alors là, elles n'avaient plus aucune utilité.) On se serait cru revenus trente ans en arrière. Les téléphones devaient sans doute être déposés lors de la montée à bord. Ludo opérait un demi-tour et on se retrouvait face à face avec Brahim, le surdoué de l'Olympique azuréen, qui l'embrassait.

L'enregistrement se coupait encore…

… et reprenait alors que Ludo (nous) était (étions) attablés au centre d'un salon à l'écart. La grande table ronde était à l'image de tout le reste, exubérante de cristal, d'argenterie, de porcelaine et de bouquets. C'était la table du capitaine, lequel était anonymisé par la présence du propriétaire du yacht, Ali Salim, et surtout par celle du président de la République française en personne, François Tomasson. « Nous » étions assis presque en face de ce dernier, légèrement décalé, Ali Salim était assis à sa droite, tandis qu'à sa gauche se tenait Amélie Hurst, la directrice de l'Océland. Quand Ludo tournait la tête, on apercevait les autres dîneurs, parmi lesquels on reconnaissait fugitivement Brahim, Alexandre Hurst et le capitaine du navire avec sa casquette de préfet d'opérette.

François Tomasson s'inclinait vers Ali Salim en lui touchant le bras pour lui glisser quelque chose à l'oreille. Le prince koweïti approuvait nonchalamment de la tête, retirant néanmoins son bras du contact de la main présidentielle.

Dans le brouhaha vaguement musical qui venait de la salle de réception attenante, il était difficile de suivre les conversations qui se chevauchaient, jusqu'à ce que le Président, décidant de se faire entendre, hausse la voix et fasse taire la tablée pour s'adresser directement à Brahim Morkrani :

– Mon cher Brahim, vous savez pourquoi je suis là, n'est-ce pas ?… Pour vous supplier. Voilà où nous en sommes ! Vous êtes en position de force face au chef de l'État ! Je ne peux rien vous imposer, mais je peux vous supplier de rester en France. La France, c'est votre pays, autant que le mien. Restez ! Restez à l'Olympique azuréen, au moins pour une saison. Vous ne perdrez rien, vous savez que les enchères continueront de monter. Mais, pour le club, pour Ali et, surtout, pour moi, je vous le demande, restez. La fidélité finit toujours par payer. Signez pour une saison de plus. Puis-je compter sur vous ?

Ludo se tournait vers Brahim, mais ce dernier ne disait rien, il se contentait de sourire en hochant doucement la tête, faisant comprendre à tout le monde que sa décision n'était pas prise. Il se tournait vers Ludo (nous) et son sourire s'élargissait. Le Président reprenait la parole :

– Si vous ne le faites pas pour moi, faites-le pour lui ! Pour votre ami. Amélie me dit qu'il est l'employé vedette de l'Océland, il n'y a pas de parcs à dauphins à Madrid, et encore moins à Manchester ! (Le Président nous regardait à présent droit dans les yeux, droit dans l'objectif.) N'est-ce pas, euh…

François Tomasson se penchait vers Amélie, sans nous quitter du regard, Amélie lui glissait le prénom à l'oreille.

– Ludovic ! N'est-ce pas, Ludovic ?

La caméra oscillait de bas en haut (Ludo approuvait). François Tomasson nous souriait en ajoutant :

– Voyez ! Je travaille aussi pour vous ! J'œuvre pour le football hexagonal et pour la paix des ménages ! Président multicartes, ce soir… Savez-vous, cher monsieur Ludovic, que votre patronne a été mon assistante ? Elle m'a expliqué que vous étiez un as de la voltige. Eh bien, ma foi, il me semble que je suis moi-même, pour ce qui est des carrières de mes assistantes… le roi du tremplin !

Tomasson était très satisfait de son bon mot, et chacun de s'esclaffer, car il va de soi que quand le Président plaisantait, tout le monde riait, et que quand le Président parlait, tout le monde écoutait. Même les fourchettes se faisaient plus discrètes. Il s'interrompit pour vider son verre de vin, que l'on s'empressa de remplir, sans abandonner pour autant le monopole de la parole.

– Tout le monde en profite. Et je suis heureux de cela. Je crois, ma foi, être doté d'une nature généreuse. Mais… comme vous le savez, générosité bien ordonnée commence par soi-même, je dois aussi penser un peu à moi. Ma femme me le dit souvent. Regardez de quoi j'ai l'air parmi vous ! Un « haut fonctionnaire » soi-disant, mais un « bas salaire » sur ce bateau. Quinze mille euros. Bruts ! Vous imaginez ? Je suis plus près de vos serveurs que de vous ! Et je ne parle pas de Brahim, là, il faut rajouter des zéros. Mais bon, je termine ce mandat et je fais comme les autres, les Schröder, les Blair et les Strauss-Kahn, je passerai aux choses sérieuses.

La voix de Ludo retentit soudain, très proche, très intime, très douce, mais au creux de laquelle on devinait une irritation contenue :

– Quinze mille euros, c'est beaucoup plus que moi. Au moins cinq fois plus si je ne me…

– À cette petite différence, jeune homme, que je ne vis pas avec une star du football…

Tomasson avait sèchement coupé la parole à Ludo, on le sentait piqué au vif par la remarque de ce simple employé, ce saltimbanque aquatique dont même l'homosexualité paraissait l'agacer. On le voyait se redresser et serrer la mâchoire quand il poursuivit :

– … Si vous voyiez ma femme avec un ballon !

Tout le monde sourit à la nouvelle blague présidentielle, des plaisanteries chaque fois un peu plus machistes et de moins en moins drôles au fil des verres. L'alcool altérait son jeu, le vieil homme surjouait cette virilité déplacée et confuse des hommes d'affaires confondant le poids des bourses et le poids en Bourse. Mais Ludo, ne se laissant pas démonter, questionna encore le Président :

– Et… donc… comment comptez-vous vous y prendre ? Vous mettre au foot vous-même, plutôt que votre femme ? Ou bien virer votre cuti, comme moi ?

Ludo avait énoncé sa question sur un ton extrêmement courtois, presque précieux, mais son culot n'avait échappé à personne, surtout pas au Président qui demeura impassible, ni à Amélie, qui s'était redressée en nous fusillant du regard. Et puis le sourire du Président s'élargissait, carnassier.

– Sans vouloir vous offenser, je crains que vous ne soyez un peu naïf, mon jeune ami… Sachez que, pour moi aussi, la mer est un eldorado… Et pas en faisant joujou avec les dauphins, ou vos baleines, ou je ne sais quoi.

François Tomasson se tournait vers Ali Salim avec un petit sourire entendu, puis changeait de sujet, signifiant qu'il souhaitait évacuer cet échange avec Ludo comme on chasse une mouche posée sur une assiette, inconvenante. Chacun comprenait qu'il fallait faire diversion, et les conversations croisées reprenaient, le capitaine avec le Président, Amélie avec Ali Salim, l'ensemble devenant difficilement audible. Jusqu'à ce qu'Ali Salim adresse un mouvement de tête à quelqu'un en face de lui, alors Ludo se tournait sur sa gauche, vers Brahim, qui, avait été lui-même entrepris (sur ordre d'Ali Salim) par Alexandre Hurst :

– Nous voulions vous faire une proposition, Brahim : investissez dans la 2M, la Mediterranean Mining. Je vous l'ai dit, ce Couloir bleu, c'est un authentique jackpot.

– Si vous saviez le nombre de fois qu'on m'a dit ça…

– Cette fois, il y a quelques assurances… L'arrêté de la préfecture maritime a été pris. Le décret du Conseil d'État sera publié six mois avant la fin du mandat. Tous les plans des deux premières plates-formes sont prêts. Gaz à tous les étages !

– Qui est à la manœuvre ?

– Nous. Ali Salim avec la Koweitian Oil Corp., 25 % ; moi et Amélie, 9 % ; Lebanon Equities, 9 % ; Pelagos Fiducial, 51 % ; il reste 6 %, un cadeau… si vous restez au club…

– Pelagos Fiducial, c'est qui ?

– C'est compliqué, mais c'est du très, très sérieux, c'est une société en trustee, domiciliée à Futuna, très puissante…

– Pelagos Fiducial, c'est moi.

François Tomasson avait coupé Alexandre et avait assené sa déclaration à Brahim à la manière dont un garçon boucher aurait jeté une carcasse de bœuf au milieu d'une tablée de végans en retraite dans un ashram ardéchois. Pour la première fois depuis le début de la vidéo, un silence complet se fit. La caméra était prise par un léger mouvement avant-arrière, celui d'un boxer avant le KO. François Tomasson concluait :

– Je ne devrais pas vous le dire. Mais c'est le cas. Donc, mon cher Brahim, vous pouvez foncer les yeux fermés. Le décret du Conseil d'État sera publié dès que je claquerai des doigts. Buvons !

Le Président levait son verre, imité par tout le monde, et il embrayait, changeant de sujet encore, tandis que je notais la time code du fichier (47 min. 14 environ), vieux réflexe de journaliste. Je savais que cette petite phrase du Président était un pavé de pur Semtex, cet explosif qui avait tant manqué à la fameuse putain de la République pour parvenir à ses fins… Lui aussi, même à demi ivre, s'en rendit compte, et d'ailleurs il s'adressait à Brahim d'une voix plus tranchante :

– Bien entendu, tout cela reste entre nous. Nous sommes bien d'accord ?

Il regardait à gauche de la caméra, vers Brahim, pas un regard vers Ludo (nous), probablement considéré comme entité négligeable. Il enchaînait, dissertant désormais en roue libre, sans imaginer l'ironie suprême que je ressentais en l'écoutant.

– Vous imaginez l'image ? Si on me voyait ? À bord de ce bateau ? À l'heure de la chasse aux jets et aux yachts, ça la foutrait mal, c'est certain… Pire que Sarkozy à bord du bateau de Bolloré après son élection ! C'est ce qui l'a tué, lui, son sentiment d'impunité. Il se sentait au-dessus de tout, trop stupide.

Ludo – la caméra – se tournait cette fois légèrement sur sa droite, vers Amélie Hurst. (On entendait encore, mais moins clairement, le Président blasonner à propos de la consommation de gasoil délirante du *Raïs Salim*.) La voix de Ludo, toute proche, presque chuchotée, demandait, sans la regarder, à Amélie Hurst :

– Qu'est-ce que c'est que ce micmac ?

– Pardon ?

– Qu'est-ce que c'est que cette histoire de forages dans le Couloir bleu ?

– Tss. Écoutez, Ludo, il a raison, ne soyez pas naïf.

– Mais enfin, mais… cette réserve, et tout le projet… C'est un énorme mensonge.

– Non. Ce ne sont pas quelques plates-formes offshore qui vont empêcher la réserve, il y a une complémentarité.

– Mais… mais non, c'est contradictoire. Cette réserve ne se fera jamais… Et le sanctuaire de Girolata pour Paula ?

– Mais voilà ! Si, ça, ça reste d'actualité.

– Mais c'est n'importe quoi quand même…

– Ludo ! (La voix d'Amélie fauchait celle du jeune homme à la mitrailleuse lourde.) Sortez un peu de votre zone de confort, élargissez le cadre. On ne vit pas sur une île, bon sang ! Ce projet est crucial pour la souveraineté énergétique française. On s'affranchira des Russes et des Américains. Et puis c'est moins dangereux que le nucléaire français, moins polluant que le charbon allemand, le gaz est une étape de transition avant la fin des fossiles. Et en plus c'est moins défigurant pour le paysage marin que les champs d'éoliennes en mer…

Ludo regardait de nouveau devant lui. Il ne répondait rien. On percevait néanmoins, derrière le bruit des conversations et des couverts, le son de sa respiration, rapide, presque essoufflée, tandis que François Tomasson semblait avoir de plus en plus de mal à contrôler les effets de l'alcool. Sa voix, avec l'âge, ayant perdu de son grain, dérapait dans les aigus alors qu'il la forçait.

– Savez-vous ce qui m'irrite le plus ? De plus en plus ? C'est la multitude. Cette multitude grouillante d'une humanité proliférante. Qui nous contraint à nous barricader. À Brégançon ou sur ce bateau. Et encore, vous, Cheikh Ali Salim, vous pouvez rester à l'abri, mais moi, je suis obligé de me la coltiner. Je dis « moi », mais je devrais dire « nous », car vous aussi, n'est-ce pas, Amélie ? (Il se tournait franchement vers elle.) Tous ces claquedents, ou ces sans-dents, comme disait Hollande, mal fagotés, mal dégrossis, c'est bien simple, je n'en peux plus. Et voulez-vous que je vous dise ce qui est encore le pire pour moi ?... (Il laissait planer un court silence, la tablée était suspendue à ses lèvres.) C'est leur soumission. Cette soumission visqueuse qui les caractérise. Car enfin ! Que ne font-ils la révolution ! Eh bien, je vais vous le dire : ils en sont tout simplement incapables ! Et, bien que ce soit notre chance, ça m'irrite plus que tout. À mon corps défendant, je les méprise. Regardez-le, lui ! (Il indiquait le serveur aux traits asiatiques qui s'apprêtait à le servir.) Moi, à son âge, à l'université de Nantes, vous le savez bien, j'étais pratiquement un révolutionnaire : « Que celui qui n'accepte pas la rupture avec la société capitaliste, celui-là, etc. » ! Souvenez-vous, Mitterrand, l'union de la gauche, 1971. J'avais dix-neuf ans. Son âge, à mon avis. Eh bien, croyez-moi, je ne me serais jamais laissé exploiter de la sorte, et encore moins humilier ! Mais lui, regardez-le, il accepte tout !

Alors que le jeune homme déposait l'assiette en courbant l'échine, Tomasson lui tirait l'oreille, à la manière d'un père taquin :

– N'est-ce pas, jeune homme ? Ne pensez-vous pas que vous devriez vous révolter ? Non ? Et puis arrêtez de sourire ! Arrête, tu m'énerves ! Arrête, je te dis !

Le serveur ne comprenait rien, et Tomasson continuait de lui tirer l'oreille vers le bas, de manière beaucoup plus agressive. Le jeune homme se trouva obligé de se retenir à la table pour ne pas basculer. L'assiette qu'il tenait en équilibre sur son bras se renversa un peu sur la nappe blanche. Alors le Président le frappa sur l'arrière du crâne, du plat de la main, en éructant : « Mais fais attention, merde ! » Une frappe très appuyée, violente, qui avait fait provoquer un mouvement de recul chez Ludo. François Tomasson se redressait :

– Oui, bon, ça va, ça va… (Essayant de plaisanter.) Il ne faudrait pas non plus que je réveille une révolution maoïste, ou khmère, ou que sais-je… Quelle est la nationalité de votre personnel ?

– Plutôt philippins, certains indonésiens, comme celui-ci, répondit Ali Salim.

Tel un crocodilien, il semblait imperturbable, mais son extrême rigidité trahissait sans doute un certain agacement face aux libertés que le Président s'octroyait avec son personnel.

– Oui. Bon… De quoi parlions-nous ?

Ludo baissa légèrement la tête vers la table, les carafes de cristal et les vases de fleurs, son cadre décapitait à l'arrière-plan le Président et le prince koweïti. Une assiette passait devant les lunettes, devant nous, et on entendait un *« Soto ayam »*, « Attention, c'est très chaud », une voix féminine avec un accent difficile à identifier. L'image plongeait vers l'assiette, sur laquelle était posé un bol de soupe asiatique légèrement fumante. Les lunettes s'embuaient, l'écran devenait flou, puis l'image bondissait de nouveau avant de plonger dans le noir. Ludo avait sans doute retiré ses lunettes pour les glisser dans la poche intérieure de sa veste. Son geste, sans commentaire, exprimait un profond désarroi.

On discernait encore le son étouffé de voix lointaines, indistinctes, noyées dans les chocs métalliques des couverts, et puis l'enregistrement se coupait. C'était la fin du fichier QuickTime.

La bombe

Je suis resté silencieux devant l'écran du *laptop*. J'ai levé les yeux vers May. Il n'y avait pas grand-chose à ajouter. Ces images expliquaient tout.

Des images volées par un homme qui voulait offrir un cadeau à sa maman, une femme pour qui ce Tomasson n'était pas loin d'être ce qu'Allende était à May, et qui se révélait n'être qu'un individu abject, non seulement un président la République corrompu jusqu'au canal de l'épendyme de la moelle épinière, non seulement un homme capable de mortifier et de frapper un employé comme au pire temps de l'esclavage, mais encore un homme qui avait, de surcroît, entraîné la mort de son fils.

Images dévastatrices.

– C'est Ludo qui t'a donné ce fichier ?

– Non.

– Qui ?

– Marius.

– Comment Marius l'a eu ?

– C'est compliqué. Il est allé voir Ludo à l'hôpital, et Ludo lui a donné la clé.

– Juste comme ça ! Il lui a filé la clé…

– Non. Marius l'a convaincu. En fait, Brahim, à la fin d'une séance d'entraînement, lui avait confié que Ludo avait filmé un truc barjot avec le Président.

– Brahim a vu la vidéo ?

– Non. Les deux seules personnes vivantes à l'avoir vue, c'est toi et moi.

– Pourquoi Marius te l'a filée ?

– Quand Ludo est mort à l'hôpital, Marius est devenu inquiet. Je lui ai raconté cette histoire de faux véto avec Bulko. Il m'a fait confiance. Comme je te fais confiance maintenant, pour savoir quoi faire.

– C'est pour ça que tu as passé la nuit avec moi ?

– Oui… Entre autres raisons.

– Quelles autres raisons ?

– J'en avais envie.

– … Comment ont-ils su que ces images existaient ?

– Marius a cherché à obtenir une confirmation de cette scène, notamment auprès des témoins présents. Je te l'ai dit, Ludo ne voulait pas qu'on diffuse ces images, il ne voulait pas qu'on l'identifie. Brahim, lui, refusait de témoigner, il lui a dit qu'il ne voulait pas « sacrifier sa carrière ». Alors Marius a parlé aux Hurst. Et là, il a fait une connerie, il leur a appris qu'il avait des images… Il s'en voulait à mort de leur avoir dit ça.

Je réfléchissais en sprintant. Les minutes passaient. Mon avion. Les révélations fracassantes. Tout me speedait comme de la caféine en intraveineuse.

– Tu crois que ce sont les Hurst qui les ont tués ?

– Oui. Enfin, Ludo, c'est sûr.

– Putain… Et Marius ?

– J'en sais rien, mais ils sont forcément impliqués. Salim a dû entendre les rumeurs dans le club et leur dire : c'est vous qui l'avez amené à bord, vous avez foutu le bordel, vous devez nettoyer. Après, avec qui ils ont organisé ça ? Qui a été leur bras armé parmi tous leurs potes mafieux… Les Croates du thon rouge, les Russes ou les Libanais de l'immobilier (aujourd'hui, après ma petite enquête sur le scénario de sa disparition en mer, je sais que c'était eux), les Arabes du foot, les Corses, y a le choix… Avec peut-être la complicité de certains services de l'Élysée, j'en sais rien…

Ainsi, il y avait bien un « ils ». Avec pour commencer Amélie et Alexandre Hurst, le couple idéal avec leur brushing spécial papier glacé, en réalité la courroie de corruption entre le pouvoir politique et le business. Ces deux-là dégazaient de la merde mazoutée comme des supertankers hors d'âge.

Quand je pense que j'avais suspecté tout le monde, chacun leur tour, Edoardo, Brahim, May et même Flo ! N'importe quoi. On n'injecte pas un produit pour rendre une orque tueuse, puis, comme ça avait raté, une autre injection, létale, dans un hôpital ; on ne balance pas une balle blindée dans le crâne d'un journaliste, on n'envoie même pas un boxeur poids welter au Luxembourg, sans avoir quelques connexions et un intérêt massif à chercher, « coûte que coûte », à effacer ce *leak* vidéo dévoilant un Président qui, sous ses airs de tonton patelin, se révélait malade, maladivement cupide, maladivement haineux. Une preuve filmée qui pouvait, et qui allait, signer la fin définitive de sa carrière. J'ai levé les yeux vers May. Elle m'a dit :

– Tu m'as juré que tu étais prêt à tout pour moi.

Je n'ai rien répondu, elle s'est éloignée vers la salle de bains sans un mot.

Quel bordel. Quelle bombe. Aucun journaliste n'avait jamais détenu un tel missile. Le Watergate, Monica Lewinsky, Cahuzac et Benalla, tout ça c'était de la roupie de sansonnet comparé.

Tomasson n'avait défendu son Grand couloir bleu de la Scandola à la Côte vermeille que pour cette unique raison : pour se prémunir de toute concurrence, pour être le seul opérateur prêt à exploiter en eau profonde les ressources en gaz identifiées dans la zone d'exclusivité économique française (gaz naturel à l'ouest, dans le golfe du Lion, et gaz de schiste à l'est, au large de la Corse ; on apprendrait plus tard que Tomasson avait détourné des moyens de l'État – notamment des satellites militaires – pour déceler ce potentiel, puis fait procéder à des carottages sauvages qui confirmeraient les données). Il aurait eu alors, le moment venu, juste avant la fin de son mandat, les mains libres pour accorder à la 2M (Mediterranean Mining), c'est-à-dire à lui-même, la concession d'exploitation. Cette décision relevait du champ réglementaire et non législatif. Avec l'aval du Conseil d'État – une formalité –, il était peinard, mon pépère, pour aller racler le fond du tonneau des derniers hydrocarbures de la planète.

May est ressortie de la salle de bains en pantalon de treillis et en T-shirt, les cheveux encore mouillés et tirés en arrière. Elle a attrapé son sac patchwork et l'a enfilé en bandoulière, puis elle m'a embrassé. Tout allait vite, sauf ce baiser, un baiser prodigieusement voluptueux, avec une petite saveur de miel. Elle m'a regardé longuement une dernière fois et elle est partie. Elle a quitté l'appartement sans se retourner. Elle m'a lancé : « Je vais travailler, tu n'auras qu'à claquer la porte. » J'ai hésité à courir après elle, comme Dustin Hoffman après

Katharine Ross, la fille de Mrs. Robinson, à la fin du *Lauréat*, mais je savais que May n'était pas comme ça. Du moins je pensais savoir ça.

Paula

Inspire – Est-ce pire – Expire – Est-ce pire
Fluide le vide – Flotter dans le flux
Plus que deux – Haka – Lui et moi
Et les geôliers autour de l'eau
Bulle du bulbe – Ballast et déballonne
Bulko n'est plus – Ni Ludo
Ni la fille en noir – Comme nous
Plonger – Dix mètres seulement
Buter sur la dalle de béton – mausolée d'eau – in the shallow
Plus bas je voudrais – dans l'eau sombre descendre
Ressentir le poids – de l'eau – de deux cents mètres d'eau
Please plouffffffffffouououououoouou iiichchchchchchchch

***

À Nice, le « show des orques » avait été remanié pour ne plus être qu'une « présentation des animaux », sans mise à l'eau d'aucun soigneur. L'Océland affirmait ne « plus jamais vouloir prendre aucun risque ». En réalité, cette pratique avait été proscrite par les autorités publiques. D'ailleurs, s'ils avaient été honnêtes, ils auraient pu avouer que, sans Ludo, et sans May pour l'assister, aucun soigneur n'avait assez de liens avec les orques pour être en mesure de refaire ce que Ludo faisait.

En mode avion

Voilà.

Me voici dans l'Airbus d'Air Canada, siège 42B, à destination de Paris-Charles-de-Gaulle, avec cette clé USB dans la petite poche droite de mon jean. J'en ai déjà fait une copie, est-ce que May en a gardé une, elle aussi ? Sûrement. Peu importe, le sort de la République est entre mes mains. Au début, j'ai dit que j'allais tout faire péter. Maintenant que j'ai tout raconté, je suis pris d'un doute. Le doute, c'est mon truc. Si j'effaçais tout ? Si je me désintéressais de ces interminables jeux de récréation d'une humanité à jamais condamnée à ne pas grandir, à rester dans l'île aux enfants de Peter Pan, version gore ?

J'ai repensé à Bulko, à Paula et aux autres. À l'infinie sagesse des grosses dames en noir et blanc qui glissent dans l'eau froide. Ce documentaire sur elles ne verra jamais le jour finalement, je crois que je le savais dès le départ. Quant à elles, elles s'en moquent. J'ai compris quelque chose de leur infinie sagesse. Et donc.

Je vais tout mettre au propre, en détail, ça fera trois cents pages facile, *no problemo*, ensuite je balancerai tout, avec le fichier. Et en effet, oui, ça va péter.

Pour commencer, tous ceux qui étaient autour de cette table ce soir-là vont manger chaud, et puis ensuite on aura un buffet froid pour tous les autres, les conseillers spéciaux, les associés, les porte-flingues, les faux vétos et les boxeurs flâneurs.

Moi-même, je serai emporté dans le tourbillon. Or, je ne suis pas Salvador Allende, loin de là, et ça me saoule d'avance. Je pourrais déjà écrire ce que John-Luc va me dire, car il sera un des premiers à m'appeler quand mon nom finira par sortir dans la presse. Il me dira : « Bon, bah voilà, bah bravo, j'ai eu Muriel, pour le film, c'est mort. » Bah oui. Tu m'étonnes, John. Ensuite il me dira : « Mais… en revanche, on peut, peut-être, imaginer faire un film de ton histoire ! C'est de la balle ! Pour une plate-forme ? Qu'en penses-tu ? » Je lui dirai non, j'arrête. Je vais laisser tomber les documentaires, comme j'ai laissé tomber le journalisme, je vais me reconvertir dans un truc paisible-Bill, matins sereins et nuits calmes. Je me vois bien, plus vieux, tranquille, installé dans le fameux cliché, dans une maison choucarde avec cheminée, avec des livres, peut-être une guitare, peut-être dans une *cabin* en rondins sur l'île de Vancouver ?

Je m'exilerai, comme l'oncle Jim, celui qui avait vécu une aventure presque aussi invraisemblable que celle-ci. D'ailleurs, ma mère me dit toujours que je lui ressemble. On doit aimanter le rocambolesque, tous les deux. Pour faire la farce, comme lui, j'achèterai un chien. Un golden, une race de labradors, du nom de la péninsule canadienne. En y réfléchissant, je pourrais aussi demander le numéro de Jim à ma mère, et l'appeler, l'oncle Jim. Il vit dans un endroit où personne ne viendra me chercher. Je lui demanderai : « Je peux venir ? » Et il répondra, je l'entends d'ici : « Je veux, mon neveu. » À bien y réfléchir, Vancouver, c'est beaucoup trop cher.

Mais… à Vancouver, il y a May.

Et les orques.

On verra, j'appellerai Jim, en tout cas…

Pour l'instant, le temps va suspendre son vol durant les dix heures de celui de l'Airbus. Dix heures de calme avant la tempête politique. Le décollage est imminent. L'appareil est au point fixe et les moteurs montent en régime, je m'apprête à mettre mon téléphone en mode avion quand un SMS s'affiche, in extremis. Ah, bah tiens, c'est Flo. Je ne lis pas. J'éteins tout. Je ferme les yeux et, à quelques heures de faire sauter la République, je ne trouve rien de mieux que de penser aux petites culottes de Flo étendues sur le filin de son bateau.

Incorrigible.

Je sens le bas de mon visage esquisser un genre de sourire un peu crispé. Je me souviens du sourire de Ludo, éclatant de lumière. Je ne saurai jamais sourire comme ça.

Je me désactive, je passe en mode avion.

J'écoute les fichiers que Mick m'a envoyés et que j'ai téléchargés.

Enregistrements audio d'Attika face à la caméra de Flo

- - - - __ °° - - - - -- _ x - -)….. -> // --- ⊕ζ⊄ Ψ϶ _ _ ---°° + : » - _ -_:.. - - - ⊂∇\\] - -- o _ _ --- n. Φ#- - --- ZΞυ↑ - - - - - x).,. ‘ /// ⊥ϕθ□¬)) -- _ ---! ∪∞↔ ../.) #``* :: (.. :°(■■§ ___ - - - ❖ϖξ♦♦÷<≈> .. ¥ - - ∬| ---- _ _.. ;.. --°°° u := ---- ° / _ _ - `# - - - - -- --- __ -- ‘ ‘ ⌠∑→⌡-- ℵ⊕ --- -.:.

Remerciements

À Christophe Guinet, Paul Tixier et Jared Towers pour leurs publications et nos échanges sur l'état des connaissances scientifiques sur les orques.

À Baptiste Morizot, à Alain Damasio (et à quelques autres… Philippe Descola et Alessandro Pignocchi ; David Graeber et David Wengrow) pour leurs écrits lumineux et leur défrichage de nouvelles voies pour sortir de l'impasse.

À Pierre Robert de Latour (*aucun rapport avec Edoardo de Montis*) pour le récit de ses expéditions norvégiennes.

À Philippe Rey et à toute l'équipe des éditions Philippe Rey.

Merci aux familles d'orques épaulards d'exister. Merci à la mienne, pour la même raison.

Mise en pages :
Anne Offredo, Valravillon

Cet ouvrage a été achevé d'imprimer
en mars 2023 dans les ateliers de
Normandie Roto Impression s.a.s.
61250 Lonrai

N° d'imprimeur : xxx
Dépôt légal : avril 2023
ISBN : 978-2-38482-009-2
Imprimé en France